U0460944

# 扎根。

韩东。著

年代
三部曲 *1*

❤ 中国友谊出版公司

　　大衣橱在门前的空地上展览了两个多小时，直到天黑，这才抬进牛屋去。

　　别忘了，赵宁生有一辆自行车。他骑在自行车上，脚不点地，就不会踩着经过的地方了。

　　可戴着一副眼镜在大田里劳动，不仅三余绝无仅有，甚至也无法想象（老陶和苏群不同，他们是下放干部，下来的时候就戴着眼镜）。小陶知道自己让老陶失望了。

　　苏群很自觉，二三十天来，从不走出公社大院大门一步。她在大院里面走动，也只是打饭和上厕所。每次，都有两个女知青跟着。

　　在这家里，老陶占据的空间有限，薄薄的一块，被置于电视机上方的墙上。镜框里的照片正是追悼会上用的那张，也是《陶培毅作品集》里用的那张。

# 目 录

1 / 一　下放

23 / 二　园子

52 / 三　小陶

75 / 四　小学

91 / 五　动物

119 / 六　农具厂

139 / 七　赵宁生

155 / 八　洁癖

170 / 九　"五一六"

200 / 十　富农

218 / 十一　扎根

237 / 十二　作家

272 / 十三　结束


289 / 韩东创作年表

# 一 下放

## 1

一九六九年十一月，老陶率领全家下放三余。在这之前，他用红铅笔在地图上画了一个圈。在老陶圈定的地方有一个形状像破布的湖泊。老陶说："这是洪泽湖，全国第二大淡水湖，就是我们要去的地方。"

洪泽湖有一半属于洪泽县。该县分水上公社和陆上公社。老陶家要去的自然是陆上公社。虽说是陆上公社，但依旧沟渠纵横，灌溉着丰沛的洪泽湖水。有水就有鱼。老陶向全家人发出了号召："我们去洪泽湖吃鱼！"不仅有鱼吃，还有足够的稻米粮食赖以为生，这便是陆上公社的好处。在老陶的想象中，洪泽是一个鱼米之乡，至少有发展成鱼米之乡的潜力和前景。

报名下放就可以获得解放的机会，这两件事一开始就是挂钩的。由于靠边站的干部很多，报名下放的人十分踊跃，老陶生怕错过这一良机，无暇细想也是题中应有之义了。况且可供选择的地方有限，仅限于苏北的两个地区——徐州和淮阴，这是江苏最穷困的地方。关于这一点，老陶自然清楚。

报名下放的干部中，有的人是从苏北出来的，这次算是回乡。有的是去投奔亲戚。也有的人曾在苏北工作过，在当地有熟人和朋友。这些因素都是他们选择的依据。老陶则不然，在苏北无亲无故，也没有在那儿工作过。因此他只能凭借一张地图，揣摩再三，然后用笔在上面画了一个圈。

果然，两天后来了一伙人，在老陶家门前敲锣打鼓，高呼口号。他们穿着绿衣服，腰间束着人造革的皮带，有几张面孔依稀熟悉。老陶一家心里很清楚，这些人就是一年前来的那一伙。当然此行的目的已不同于上次，他们不是来揪斗老陶，而是解放他来了。这正合老陶的心意。要是来另一伙人，虽然他仍会获得解放，但远没有现在这样来得干净彻底，没有现在这样说明问题。

他们振臂高呼，喧嚣声响彻整个楼道，但口号内容已经完全不同了。之后，这伙人撕下老陶家门框两侧已经泛白的红纸标语，刷上糨糊，贴上崭新的标语。这"崭新"二字不仅因为墨迹未干，纸张血红，根本差异还在于内容，用语已从"打倒""炮轰""火烧""油煎"变成"热烈欢送"和"光荣下放"了。

报喜的队伍喧哗一阵后便扬长而去了。不久，隐约的锣鼓声又在后面的居民楼内响起。看来，光荣下放的还不止老陶一家呢。

大约十分钟后，陶文江出来了。他手托一只糨糊瓶，拿着一把扫床的小扫帚，开始对付门框上的标语。由于报喜的人来去匆匆，活儿干得很不仔细，标语有的地方边角翘起，有的地方鼓着一块。陶文江小心翼翼地将标语揭起、拉直，补上糨糊，然后再用手上的扫帚扫平。最后，他用脸盆端来半盆清水，用湿抹布把多余的糨糊擦去，干了将近一小时。其间老陶几次对陶文江说：

"爸爸，你就别忙了，反正我们要下放了。"

陶文江"哦哦"两声，并不答话，一直在忙他的。老陶只好让小陶去给爷爷帮忙。

老陶心想：这事儿真荒唐。不仅因为"反正我们要下放了"。一年前，老陶被揪斗时，那伙人上门来贴标语，走以后陶文江也是如此这般，补糨糊、挤气泡，忙得不亦乐乎。经过他的努力，老陶家门框上的标语显然是被揪斗的人家中最平整结实的，也最漂亮。今天那伙人撕去它们时很是费了一番力气，后来干脆把新标语贴在了老标语上。这样一来，又增加了陶文江的工作难度。不过他很有耐心，干活时始终面目含笑。

"总算爸爸高兴，就随他去吧。"老陶心想。

## 2

老陶家住在三楼，两间房子。一间是老陶和苏群的房间，另一间陶文江和陶冯氏住。小陶的小床在爷爷奶奶的房间里。厨房、厕所在楼道对面，和邻居共用。房子建于五十年代，房间和楼道里都铺着紫红色的地板。楼梯也是木制的。

这几天老陶家里变了样，倒不是因为贴在老陶、苏群房间门框上的簇新的标语，而是房间里面。当你走进房间，所有的家具都不在原来的地方了，只有睡觉的床没有挪动。

衣橱、五屉柜、书架等大型家具都被集中到房间中央，它们原先倚靠的墙壁上露出了石灰白色的痕迹。家具本身也都面目全非，上面捆扎着草垫、蒲包。草垫、蒲包之上再用草绳密密地捆绑。地板上到处都是草屑、绳头、硬纸板以及草垫、蒲包。那些较小的家具，如樟木箱、床头柜、写字台、脸盆架也都用这些材料捆了个结实，随处乱放在墙角、门边和外面的楼道里。当然还有一捆捆捆扎整齐的书刊。所有的家具、物品都获得了空前一致的外观，都是用同样的材料包扎起来的。黄灿灿、毛茸茸的外表上勾勒着几根粗细不一的灰色铅丝。铅丝上用更细的铁丝悬挂着一些白色的小布片。上面无一例外，用毛笔写着"洪泽汪集三余——陶培毅苏群"。前者是老陶家下放的目的地，后者是老陶和他妻子的名字。

包扎工作进行了两天，老陶全家一起动手。挪动衣橱时邻居还来帮了忙。总算弄得差不多了，老陶坐在床沿上稍稍歇息。他抽了一支烟。看着包扎完毕后家具上支棱出的那些小布片，总算放下心来。

中午单位来了一个人，送有关的手续材料。苏群泡茶进来，连个放杯子的地方都没有。老陶将床沿让给该同志坐了，自己站着和他说话。苏群捧着一杯茶，在旁边侍候。该同志接过茶，抿了一口，将杯子送还苏群。苏群捧着杯子，等他再喝。该同志没有再喝，指点一番后便起身告辞了。临走时他告诉老陶：运家具的卡车下午就到。

果然，下午两点来了一辆卡车，停在楼下的院子里。车厢里站着两个年轻人，他们是来帮忙抬家具的。老陶家人喜出望外，他们本以为家具得自己弄上车去。大约是中午苏群献茶有功，老陶家才受到了特殊的待遇，这样就不用麻烦邻居了。

所有的家当都被抬下三楼，搬上了卡车。两个年轻人很有经验，将家具排得很是紧密。重的、大件的放在下面，轻的、零碎的家具放上面。衣橱是重点的重点，不仅因为体积庞大，还因为它的前面镶嵌着一面大镜子。苏群抓紧时间，在包裹好的衣橱上又加了两床棉花胎，然后用绳子扎牢。这个庞然大物用了四个人才搬上车去。两个年轻人抬前面，老陶和苏群抬后面，陶文江也从中搭了一下手。上去后，衣橱高高地耸立，俯瞰着车下站着的老陶一家以及看热闹的邻居。草垫、蒲包之间依稀露出星点镜面，目光一样闪了一下。之后，卡车驶出了院门。

老陶一家回到房间里，那儿已经空无一物，除了遍地散落的蒲包、草绳，把紫红色的地板都覆盖住了。环顾四周，老陶说："可真比以前亮堂多了！"


# 3


当晚，老陶一家住进了一家部队招待所。来这里过夜的何止他们一家？有四五十户，都是明天要下放的。招待所的院子里顿时热闹起来。大家在食堂里吃了晚饭，之后，就按性别长幼分开了。男人们住在一起，女人带着孩子住在另外的房间里。每间房间里都有十来张床铺，上面铺着雪白的床单。

熄灯以前可以互相串门，老陶、陶文江来到苏群、陶冯氏所在的房间里。那儿简直就像一个母系社会。一个老太太坐在床沿上，她的女儿或儿媳妇正端着脚盆伺候她洗脚。一个年轻的女人撩开衣服，在给宝宝喂奶。那些半大的孩子则绕着床铺追逐打闹，喧哗不已。其间夹杂着母亲呵斥孩子的声音、祖母无奈的叹息以及婴儿哇哇的啼哭。咳嗽声、打嗝声、自言自语和拉家常的声音不绝于耳。

老陶和陶文江坐在一张单人床上。这张床的规格大小和房间里的所有床铺一样，今晚完全属于老陶家，苏群将带着小陶睡在上面。陶冯氏被分配在旁边的另一张床上，与另一家的一个老太太合睡。这张床老陶家今晚只拥有一半，当然是靠着苏群、小陶那张床的一半。

老陶和陶文江坐了一会儿便出来了，回到自己的房间里。那里同样放置着十来张床。房子里空空荡荡的，气氛远不如苏群她们那边热烈。离熄灯尚有十几分钟，各家的男人们还在串门。十来分钟后，他们纷纷回来了，迅速地洗漱上床。黑暗中老陶久久不能入睡。已经三十年了，他没有和陶文江在一张床上睡过了。此刻，隔着衣裤和被子，父子俩紧挨在一起，彼此能感觉到对方的体温。

天没亮的时候响起了军号声，招待所所有房间的灯都亮了。下放的家庭开始起身，忙着收拾行李包裹。之后，呼儿唤女地来到院子里的水池边洗漱。七八只水龙头这时一起拧开，冰冷的自来水哗哗地溅落在池底的水泥上。人们在黑暗中呼喊、辨认，终于找到了家人，然后扶老携幼地去食堂吃早饭。

运送他们的大客车已经停在院子里了，有五六辆之多，整整齐齐排列着。依稀的曙色中，车头前方悬挂的大红花由灰转红，直到红得不能再红。这时，天已经大亮了。

下放的家庭按到达的目的地和人口多少，分成几组，分别登上装扮着彩旗花朵的客车。老陶家共五口，他们所在的那辆车上另有六家人，都是去洪泽汪集的，只是具体的大队和生产小队不同。据说相距也不是很远，都在附近，也就是一二里、三四里而已。这以后他们就是一块土地上的乡邻了。

就在他们联络感情、互留住址（前往的大队和下面的小队）时，车开了出去，驶上了招待所门前的马路。接着来到南京的主干道——中山路上。沿途不断地有车辆加入。接近南京长江大桥时整个车队已绵延数里，不见首尾。在运人的客车后面是运送家具、行李的卡车。卡车队伍更长，由于树木和楼房的遮挡，一时还无法看清。

车窗两侧都是欢送的人群，人们呼喊着，挥舞着手臂。车上的人也都纷纷摇下车窗，探出身去，挥手作答。在长江大桥上，欢送仪式达到了高潮。无数的锣鼓、鞭炮、旗帜和标语，两侧的队伍也更加地整齐有序了。一些穿绿衣服戴红袖章的年轻人跳起了忠字舞。

这阵势，老陶只是在欢迎解放军进城的时候才见过。当时他站在路边，激动得如痴如醉。而此刻老陶待在车上，一脸的茫然。当年解放军是进城，而他们这会儿是出城，也就是被扫地出门。既是被扫地出门，又何须如此隆重呢？老陶百思不得其解。

车行的速度很慢，比走路也快不了多少。全长两公里不到（加上引桥也不超过五公里）的大桥，他们足足走了半天。

# 4

一过桥北的桥头堡，车行的速度就加快了。路边没有了欢送的人群，隐约的锣鼓声也只是隔江可闻。他们仿佛驶入一片寂静中。窗外开始出现草垛、牲畜和农家院落。拐一个大弯时终于看见了后面的卡车队伍。老陶家的衣橱虽然显赫，但此刻并看不出来。

后来车上的人开始吃午饭，嚼着饼干、面包，喝着水壶里的凉水。几家人还彼此交换了食物，苹果、卤鸡蛋、榨菜、豆腐干等等。吃饱喝足，加上车身颠簸，大家不禁昏昏欲睡。这样不知过了多久，突然车停了。路途过半，该是下车方便一下的时候了。

丘陵地带已经结束，眼前是一望无际的苏北平原，大地圆得就像一只锅盖。所谓的厕所，不过是不远处的一个草垛。大家分批前往，去草垛后面方便。

女人自然优先，她们纷纷跨过土沟，向金黄色的草垛而去。老年妇女则由年轻的女人搀扶着，一路跨沟过坎。一位老太太实在太老了，大概有九十岁了吧？由她的孙女（按年龄估计）背着，也向草垛奔去。她的头发已经全白了，就这样白发飘飘地移近金色的草垛。

女人方便的时候，男人们则站在路边等候。他们伸长脖子前后张望，试图看见车队的首尾，最好能发现那辆运送自己家家具的卡车。可惜车队实在太长了，这条路又不够弯曲，他们只好作罢。

终于轮到男人方便了，他们亦跨过土沟，向草垛奔去。途中与解手归来的女人们擦肩而过，彼此招呼致意。等他们到达草垛背后，只见一片泥泞，就像刚下过雨似的。坑洼之中注满了尿液，上面还浮着一层泡沫。有的女人还大了便。便纸散落各处，有几张像洁白的鸽子一样被风吹着飘向前面青绿色的麦地。

在阵阵尿臊味儿中男人们解完手，系好裤子从草垛后面出来。他们回到车上，司机清点人数后继续前进。

一路上，陶文江摆弄着一只收音机。由于行车方向不定，收音机里传出吱啦吱啦的声音。播音员的说话声时断时续，一会儿清晰一会儿模糊。陶文江忙于调整方向。

他收听的是南京的某个电台。这个电台陶文江听惯了，此刻正不厌其烦一遍遍地报道着这次下放的消息。锣鼓口号声萦绕在车厢里，但已不是窗外传来的，而是出自那只收音机。最后，连锣鼓声也听不见了。

后来传来了当地电台的声音，说的是一种他们十分陌生的方言，语调生硬而突兀。大家意识到就要到了。老陶看了一下手表，已经是下午四点多钟。窗外的景色此刻也起了变化，开始出现草房、大片大片长着茅草的荒地。天空的颜色也更加灰暗，寒冷的空气通过缝隙挤进车窗。

本来，这时他们已经达到洪泽县城了。但由于前方兴修水利，车队不得不改道而行。他们从县城的边上绕过，没有经过县城，直接往下面的公社驶去。

上河工的农民在河堤上列成两队，看着车队缓缓驶过。他们不是组织来的，也丝毫没有欢迎的意思，只是打量着车队，打量着车上的人，表情严肃而呆滞。他们看的时候，车上的人也在看他们（车窗这时已经全部摇了下来）。老陶不禁想起上午的欢送场面，虽然载歌载舞，热闹非常，但那些人的目光根本就没有看被欢送的人。他们沉浸在自己的表演和欢乐之中，正是这点让老陶感到很不踏实。但此刻，上河工的农民直勾勾地盯着他们，就让人感到踏实了吗？当然不。只是，这两种不踏实是不太一样的。

上河工的人穿得很单薄，衣服破旧，有的还光着脊背。他们中青壮年居多，手里握着铁锹、扁担，一言不发。在他们的身后是已经挖掘成形的河床，既宽又深，只是还没有引水。到处都是灰黄色的新鲜的泥土。散射的夕照使景物变得异常明亮，把眼前的一切（包括伫立不动的民工）都铸成了一个整体。

车队从临时搭就的木板上通过。随后，水利工地就被抛在了身后。当他们驶上一条颠簸不已的土路时，车队已经大大地缩短了。在几个岔路口，客车和运送家具的卡车按到达目的地的不同被分流。分流是不知不觉的，老陶只是觉得车队的规模越来越小。将近天黑时土路上就只剩下了他们这辆客车。客车后面跟着四五辆卡车。那辆运送老陶家家具衣橱高耸的卡车很容易地就能辨认出来。


# 5


天完全黑了下来，窗外的景物依然依稀可辨。没有灯光，这是星辉映照的结果。此刻，他们驶入了水网密布地区。车窗两侧到处可见闪闪烁烁的水面。由于土路狭窄，根本看不见路基，车辆就像是在水面航行一样，只是那剧烈的颠簸起伏才证明他们实际上是在陆地上。由于光线暗淡，看不清沿途河流的宽窄和深浅。摇晃不已的客车似乎随时可能翻倒在路边的河水里。车上的人变得紧张起来。

后来，车终于停了。一个披着蓝大衣的人从车门那儿上来，用当地话喊着老陶和苏群的名字。老陶连忙起身，挤过去和那人握手。后来知道，穿蓝大衣的人是三余一队的生产队长，他们到达的地方叫小墩口。

老陶一家终于抵达了。他们一面和余队长接洽，一面收拾东西，和车上尚未到达目的地的几家人辞别。等来到车下，才发现客车离路边的河道还有好大一截。那河也不很宽，在月光的映照下银白一片。这时他们发现陶文江不见了。

原来陶文江转到车后，想找一个地方解手。可眼前的平原无遮无拦，既没有厕所，也不见有什么草垛。陶文江发现路基下有一条发白的公路，蜿蜒远去，望不到尽头。他以为那是一条柏油路。这条路和他们开来的土路是并行的。陶文江压根儿就没有想，他们为什么没有走这条柏油路，而是走了一条坑洼不已的土路？他看见柏油路的那边有几栋房子，窗口亮着灯。陶文江心想兴许那里有厕所。他试图跨过柏油路，去对面解手，结果一脚踩进了河水里。

柏油路根本不存在，存在的只是路边的一条普通的小河。好在河水不深，陶文江及时收住了脚步，只是把棉裤的裤腿弄湿了。脚下的那双胶鞋从河泥中拔出后灌满了水，走起路来咕叽直响。河水冰冷刺骨。这一变故也有一个好处，就是陶文江暂时忘记了解手的需要。

　　老陶决定，他和苏群留在小墩口，等着从卡车上卸家具。陶文江、陶冯氏和小陶，则由村上的妇女护送，先去三余一队。

　　小墩口离三余一队还有一里多的路程。这一段连土路都算不上，实际上只是一截高低不平的河堤，自然无法行车。否则的话，运送他们的客车便可以一直开到村头了。

　　得到大队的通知后，一队的男女老少几乎倾巢而出，来到小墩口的公路边迎接老陶一家。这小墩口在三余人看来，可是一个不一般的地方。不仅靠着公路，路边还有几栋青砖大瓦房的代销店（就是陶文江隔着"柏油路"看见的那几栋房子），当然现在已经关门打烊了。三余人今晚可不是冲着代销店来的，而是来迎接老陶一家。车下，已经聚集了八九十号人。男劳力带着扁担箩筐，是来帮老陶家抬家具的。妇女、孩子和老人则来看热闹。他们居然也带来了锣鼓家伙，此刻敲打起来。但从音调上听，远没有欢送下放的锣鼓来得热烈，大约只有一面铜锣。那鼓声也不像是由鼓发出的，也不知道他们敲打的是什么玩意儿。

　　尽管如此，老陶还是感到欣慰。一天之中，他们遇见三拨列队路边的人群，只是眼前的这些村民让老陶觉得亲切，没有什么不踏实的地方。


# 6


　　一伙妇女簇拥着陶文江、陶冯氏和小陶向村子走去。

陶冯氏缠过小脚，后来虽然放开了，但走路仍不是很利索，加上刚才陶文江落水引起的惊慌，她几乎不会走路了。两个三余姑娘，一边一个搀扶着陶冯氏。与其说是搀扶，还不如说是架着她，就这样脚不点地地向三余村奔去。

她们走得飞快。陶文江亦甩开大步，一只手牵着小陶跟在后面。月光照耀着河堤，显示出坑坑洼洼的投影，这样反倒有碍于下脚的判断。陶文江深一脚浅一脚地走着，好几次险些跌倒。说是牵着小陶，还不如说把小陶当成了拐杖。

临近村庄时传来了阵阵狗吠声。接着，前面出现了黑乎乎的树丛和房屋。零星的灯光透出，但极微弱，在月色清辉的衬托下几乎可以忽略不计。

他们来到一座桥头，过了桥就进入三余一队了。

这桥两尺来宽，是由几根粗细不等的树棍捆绑而成的。桥下流淌着粼粼闪烁的严妈河水。陶冯氏说什么都不肯再走了，任姑娘们怎么劝说拉扯都不肯挪动脚步。大家因此被耽搁在桥头。一位妇女率先过桥，她走得稳稳当当的，刹那间就到了桥那边。此举不仅没有说服陶冯氏，反倒使她更加害怕了。在陶冯氏看来，那妇女简直就像一个走钢丝的演员。

陶文江和小陶夆着胆子走过桥去，护送他们的妇女也大多到了桥那边。对岸只剩下陶冯氏和搀扶她的那两个姑娘。小陶隔河呼喊着奶奶，后者急得不禁哭了起来。后来有人出了个主意，脱下一件外衣蒙在陶冯氏的头上，这样好歹才把她弄过桥去。

他们被带到晒场上的牛屋里，养牛老汉燃起一堆火，让陶文江烤裤子。人们围着火堆坐下来，纷纷张开手指，巨大的投影在土墙上不停地晃动着。

牛屋的顶棚是芦苇秆编扎成的，此刻垂下来一咕嘟一咕嘟灰黑色的东西，像葡萄串一样，足有几百串之多。三余人称之为吊吊灰，是由烟灰、尘土附着在芦苇的叶子上形成的。养牛老汉添柴加草，火焰越升越高，眼看着就要碰着上面的吊吊灰了。陶冯氏焦急地呼喊起来。三余人异口同声地说："不碍事的，不碍事的。"

他们继续添加柴草，把火焰升得更高，直到真的碰到了吊吊灰。吊吊灰上燃起一小朵火苗，接着马上熄灭了。上面残留的火星飞舞了一会儿，也都没有了踪影。陶冯氏的焦虑更甚，她听不懂三余人的话，也不理解他们的举动，只好责骂陶文江："老头子不要命哪！还笑，怎么笑得出来的！"

陶文江咧开缺了两颗门牙的嘴，嘿嘿地笑着。他坐在火堆边上，翻转着棉裤湿透的小腿，丝丝的白气从裤子上冒出来。

烤完棉裤后，陶文江、陶冯氏和小陶被带到一户村民家吃晚饭。这时，老陶和苏群也随运送家具的男劳力进了村。家具被抬往老陶家新居前面的空地上，他们这才来到村民家与陶文江他们会合。

他们吃饭的时候屋子里围了几圈人在看，看他们吃饭。没有人作陪，这时已经过了三余人吃晚饭的时间。户主吕素英是位四十来岁的中年妇女，正在小锅屋里忙活着。小桌子上放着四只菜碗，里面盛着黑乎乎的不知是什么做的菜肴。一盏墨水瓶做成的小油灯，当真是油灯如豆，照耀着桌上的四只菜碗和老陶家人手上捧着的饭碗（里面的稀饭也不知道是什么粮食做的）。寂静中，只听见一片吸吸溜溜的吸食的声音。

饭后，由余队长率领，后面跟着三余村的村民，老陶一家前往他们的新居。经过一个桥口，他们就到了。老陶家的新家，或者说一栋房子出现在了他们的眼前。

这房子很奇怪，泥墙草顶不说（三余的房子都是这样的），屋脊明显地起伏不平，西边高东边低，有一个很大的弧度。到了东边的边缘处，又有些上翘。一看就知道这是大梁不直造成的结果。天亮后老陶家人去村上的各家走动，再也没有看见过这样的房子。

月光下，房子的地基下陷，整个墙体几乎已陷入地下。倾斜的草顶像灰白的长发般披挂下来，遮住了门窗。房子前面的空地上老陶人又看见了那久违的衣橱，在草垫蒲包的捆扎下坚定地伫立着，投下一个分明的影子。看上去，那衣橱甚至比房子还要高。当然，这只是一个幻觉。其他包扎严实的家具散落在空地的四周。余队长吱的一声推开了房门。

房子里有一股奇怪的气味。经询问，才知道这房子原先是养牛的，是生产队的牛屋。后来盖了新的牛屋（就是刚才陶文江烤棉裤的地方），牛才被从这里牵了出去。虽然它们已经离开一年多了，那股气味还留在这里。

老陶问余队长："队上有几头牛？"

余队长说："五头。"恰好与老陶家的人口相等。

在进门的地方散落着一些土坯，另有一个砌了一半像池子一样的东西。原来，队上准备帮老陶家人砌一个灶台，但他们来得实在太快了，所以只砌了半截。房子西边的角落里，三余人为老陶家人准备了一张床铺，也是用土坯砌的，上面铺了一些稻草。床铺很宽大，足够老陶一家睡在上面了。由于天黑，又没有电灯，把从南京带下来的棕绷床从包装里拆开再装上，过于麻烦。因此老陶家人只打开了一只箱子，取出几条棉花胎和被子，一家人就这么在土坯床上睡下了。

# 7

第二天一大早，老陶一家就起床了。当他们推开嘎吱响的木门走出去，就置身于一个崭新的世界里了。清晨的阳光照耀着一望无际的苏北平原，雾气还没有散尽，浮动在附近的小河上。不远的地方，树叶落尽的枝杈间露出了三余村深浅不一的草房房顶。地面有一些湿滑，乃是夜露和霜冻所致。面对一堆不知是谁堆放的山芋藤，套了四件毛衣的小陶开始练习冲锋。看来他很兴奋，老陶何尝不是如此？在凛冽的空气中，老陶不由得做起了扩胸运动。

这一天，老陶一家走访了三余一队的村民。

这里的家家户户都有一个独立的园子，四面小河环绕。正南，有一个桥口通向村道。桥口实际上是一截土埂，下面埋了水泥涵洞，以便让河水通过，因而河沟里的水都是活水。园子里面，伫立着村民的房子，一概是泥墙草顶的。房屋前后是自留地，上面种了庄稼和蔬菜。几乎每家屋后都有一个苍翠的竹园。

老陶家的牛屋也建在一个园子里，不过屋后没有竹园，门前也没有庄稼。房子前面是一块踩实的硬地。这里原先是生产队的晒场。一年多前，晒场迁到村西的一个园子里，老晒场就荒废了。和晒场同时迁走的还有牛屋，以及牛屋里养的五头牛。无论是老晒场还是新晒场都在村子的一头（老晒场在东边，新晒场在西边），离村子有一百多米远。因而老陶家的房子（老牛屋）显得孤零零的，加上没有竹园的掩映，于初冬时节越发地荒凉了。

此刻，散落在屋前空地上的家具、物品开始从包装里拆出来，露出了它们的真面目。围观的村民很多，但很少有过来帮忙的。每拆出一件东西，都会在人群中引起一阵骚动。三余人用老陶家人似懂非懂的当地话议论着，又是摸心口又是吐唾沫，如此表达惊奇的方式老陶家人也从没有见过。妇女孩子则岔着胆子走过来，把每一件让他们觉得新奇的东西摸了个够，同时露出迷惑不解的表情。其中，最让他们感兴趣的是一筐煤球，这是老陶家人完全没有料到的。

三余人只烧柴草，煤炭属于稀罕之物，何况这做得一般大小乌黑发亮的煤球呢？他们自然是从未见过。这样精致的东西居然拿来烧，居然也能把饭烧熟，三余人觉得不可思议。

由于三余人表现出的惊讶，老陶家人不免对煤球刮目相看。的确，在眼下的环境中，煤球显得那么地突出，倒不是因为它们可以烧饭，而是因为颜色。它们是那么地黑，在一片灰褐色调的乡野中没有一件东西能黑过它们，黑过这些煤球的。

一个孩子捡起一个煤球，投向不远处的一棵光秃的小树。煤球正中树干。陶冯氏大声喝止了那孩子。小陶把碎裂的煤球捡回来，可那刺目的黑色已经留在树干上了。

第二件让三余人感到惊奇的东西是大衣橱，它被从四五层包装材料里拆出来。每拆一层三余人都会发出一阵感叹，每拆一层下面还有一层。老陶家人如此慎重地对待这件东西让三余人感到很神秘。好在完全裸露后的衣橱并没有让他们感到失望，甚至比拆开以前更令人惊奇了。

不是因为衣橱高大，做工考究，也不是因为它是三余人从未目睹过的事物，而是由于那面镜子。此刻，它映照着眼前的田野。三余人早已熟视无睹的田野，在这面镜子里完全不一样了。还有那些抬头不见低头见的乡亲，在镜子里就像换了一个人似的。

他们从两边包抄过来，向镜子里探头探脑，就像那里是一口井。后面的人开始起哄，推搡着前面的人。前面的人则扭捏着，拉扯着身后的人。更多的人站在衣橱的背后，那儿没有镜子。

渐渐地，他们有所适应，站在镜子前面端详起来。一面端详，一面互相辱诮（三余话，讥讽挖苦的意思）。

"你看你黑的，就像老陶家的煤球子一样！"

"你多白啊，白得就像老陶家的钢精锅子，能照见人！"

就像他们从来不认识一样。也难怪，煤球、钢精锅之类的东西三余原本没有，今天是第一次见识。老陶由衷地感叹劳动人民真聪明，能活学活用。

大衣橱在门前的空地上展览了两个多小时，直到天黑，这才抬进牛屋去。此后的一个多月里，三余人不断地到老陶家来串门、参观，主要是看大衣橱，看大衣橱前面的镜子。来人中以妇女居多。她们打扮得漂漂亮亮的，穿着水蓝色的大襟罩衫，梳头时抹的水还没有干呢，有的发际间还插着从小墩口代销店里买的塑料

18

发卡。她们从不单独来老陶家里，总是结伴而行。有时候两三人，有时候四五人，有时成群结队，来到老陶家的镜子前，推搡打闹，笑得牙龈毕露。让老陶没有想到的是，这只他和苏群结婚时购置的衣橱如今成了联系群众的好帮手。后来他和苏群商量，决定把衣橱从卧室搬进堂屋（牛屋这时已隔成三间。一间为老陶和苏群的卧室，一间陶文江和陶冯氏带小陶住，中间的一间做堂屋），好随时让来访的村上人看照个够。

　　一个叫九月子的十六七岁的少年在老陶家刚搬来时帮了不少忙，干了不少杂活，自认为与老陶家的关系非同一般。他给了自己一个任务，就是把门，为老陶家把门。所有进入老陶家参观的妇女都得经过九月子的允许。老陶虽然不悦，但也不好说什么。一边是需要笼络的三余群众，一边也是三余乡亲（虽然只是个孩子），双方都不可贸然得罪。

## 8

　　夜里依然很冷。即使床上垫着厚厚的稻草，稻草上铺了两床棉花胎，身上压着八斤重的棉被，老陶一家仍然暖和不过来。

　　那牛屋的墙上布满无数的缝隙，或大或小，或宽或窄。最大的缝隙小陶的手甚至可以插进去。油灯熄灭以后，床头被面上游动着丝丝缕缕的月光。下半夜时，月亮下了山，就只有看不见的寒风吹拂着耳根脖颈了。由于牛屋的顶上垂满吊吊灰，陶冯氏坚决不让在房子里烤火。

开始的几夜，老陶一家就是在这样半露天的环境里度过的。后来，全家动手开始裱糊牛屋。这可是他们的拿手好戏。前面说过，陶文江有张贴标语的嗜好，他虽然干得极其认真，一丝不苟，但对牛屋这样大的面积来说毕竟速度太慢。因此，主要的工作还是由苏群完成的。余队长派人送来一担稻草，苏群将其扎成小捆，塞入墙缝里。这时，就显出小陶不可替代的作用来了。他的手小，可以直接伸到墙缝中，稻草把塞得既深又多。由于他过分卖力，有的稻草几乎塞到了墙外，从房子外面露了出来。

塞完稻草，苏群在墙上糊上一层报纸。然后，在报纸上再糊一层报纸，一共糊了两层。报纸上面，又糊了一层画报，共三层。糊完后的牛屋里焕然一新，已经完全看不出这是牛屋了。黄褐色的土墙被掩盖在报纸后面，房子里不禁亮堂了许多。陶文江拿来一根竹竿，上面绑上鸡毛掸子，清除房顶上的吊吊灰。那老鼠尾巴一样的吊吊灰其长度现在也大大地缩短了，有的地方还露出了深褐色的芦苇秆。

裱糊打扫工作进行了整整一天，用掉了将近两担稻草，还有老陶家从南京带下来的订阅了一年的《新华日报》。《解放军画报》则动用了两年的。接着，天又黑了。吃过晚饭，洗了脚，老陶一家又上床睡觉了。他们紧贴着糊了画报的冰冷而潮湿的墙壁，感到踏实了许多。屋外，北风呼啸，起伏不平的墙壁上画报一鼓一吸的，发出沙啦啦的声音，犹如催眠曲一般。

# 9

至此，老陶一家在三余一队安顿下来。接下来要做的事就不急不缓了。

他们从小墩口的代销店里买来几张芦席，把牛屋隔为三间。又在门框下方的泥墙上开了个小洞，从村上的农民家抱来一条小狗。小狗毛色黑白，白多黑少，取名叫小花。墙洞是供小花出入用的。园子东边的小河边架起了一块木板，按三余人的说法就是"码头"。老陶家人站在自家的码头上淘米洗菜、刷马桶。吃水则用一只塑料桶从河边拎取，倒入堂屋里的一只大水缸里。大水缸需要五六桶水才能装满。老陶家人在水缸里加入明矾，然后用一根专用的树棍搅拌，河水中的杂质于是随明矾沉淀到了缸底。大水缸每过一周清理一次。这是用水。烧饭，则仍然用从南京带来的煤炉（老陶家带下来的煤球还有两筐）。牛屋进门处的土灶被清除掉了。按老陶的计划，他们家将于明年动工盖新房子，届时将包括一间专门的锅屋，到时候再砌灶台不迟。

上厕所是一个问题。三余人一般是在园子里埋一口粪缸，三面用芦席或玉米秸扎一道半人高的篱笆，上厕所的时候便蹲在里面。粪缸前没有篱笆，无遮无拦，一面出恭一面可以向外面张望。男女老少都如此，寒暑或者半夜只要便急就来到此地。老陶家人去农民家串门的时候，常常会看见篱笆里面蹲着一个人，探出头来和自己打招呼。"吃过啦？"他们说。

小孩子不懂事，有时候会把屎拉在园子外面，因此而招致大人的责骂。老陶家人虽然渐渐地明白了肥水不流外人田的道理，对三余人这一习惯也有了充分的认识，但还是无法效仿。

老陶家的园子里也埋了一口粪缸，扎了一圈篱笆，但那是倒马桶用的，他们从不亲自来粪缸边大小便。晚上，每张床前的地上都放着一只痰盂，供起夜小解之用。早晨起来，或把痰盂里的小便直接倒入粪缸，或就近倒进马桶。大便则通通在马桶里。但提着马桶或端着痰盂走到外面，若是被村上的人看见的确是一件很尴尬的事。老陶家人的秘密最终还是被村上的人发现了。"他们家在屋里屙屎！"三余人说，觉得这样的行为很不卫生。

因此，老陶家的马桶放置得很隐蔽，在陶文江、陶冯氏房间的一角，前面还拉了一道布帘子。虽然，上马桶的人不易被前来串门的村民发现，但气味告之了一切。老陶家人在家里上马桶的时候总是战战兢兢的，就像在做什么见不得人的事。马桶也三日一倒，直到囤积了满满一桶。

借着这一话题，我想再啰唆一下老陶家人的擦屁股纸。他们用染成粉红色或漂成白色的卫生纸擦屁股，在三余人看来，这是难以理解的。三余人擦屁股用的是随手可取之物，比如一片树叶、一把稻草。严冬时节，没有树叶，他们就用土疙瘩擦屁股。孩子们更是百无禁忌，拉完了，把屁股一撅，啧啧啧唤来一条狗，肛门立刻被舔得干干净净。更小的小孩无法自己料理擦屁股的事，大人就用笤把或鞋底在他们的胯下一抹，便算了事了。

一次小陶也撅起屁股，呼唤小花，被陶冯氏瞅见，不免怒斥一通。在老陶家人看来，这是极其不卫生的。可见，仅仅是在如何上厕所才是卫生的这样的事情上，老陶家人和三余人的分歧就很明显，甚至是无法调和的。

# 二 园子

## 1

老陶一家在牛屋里住了不到一年，第二年秋天他们开始盖新屋。这件事已经筹划了很久，按老陶的话说，他们这是要打万年桩，因此马虎不得。但老陶家到底要盖一栋什么样的房子呢？

先说三余人的房子，一概是泥墙草顶的。砖头房子村上根本没有，只有去一里地外的小墩口才能看见几栋（代销店）。三余人的房子是土坯砌成的，制作土坯的方法又有多种。最常见的是挖松一块地面，灌上水，撒上麦眼稻壳、剪短的稻草，然后牵来一头牛，或者人脱了鞋赤脚下去踩踏。一面踩一面灌水。踩踏的时间越长越好，泥就越熟。这样的熟泥制作出的土坯不易开裂。

泥踩熟后用铁锨铲入一个木制的模具中，上面抹平，就是一块半成品的土坯了。在太阳下面晒干后，这些土坯就可以用作砌墙或者灶台了。农闲时节，三余人经常在家门前的空地上脱土坯。脱好后的土坯像砖头一样地码成一堆，上面覆盖着厚厚的稻草以防雨雪。

还有一种省事的办法，在一块收割后的稻田里，让牛拖着石磙在上面反复碾轧，直到轧实轧平。稻茬的下面是稻根，稻根抓握着泥土，也能起到麦眼稻壳的作用。然后，将一把刀子插入稻田，用牛或者几个男劳力拉着，在稻田里划出一道道的直线，纵横交错，犹如棋盘一般。把方格里的土块取出来，就是可以用来盖房子的土坯了。

这样的方法虽然省事，但费力，而且将田地挖去一层不免会破坏土壤的养分，下一茬长出的庄稼必然歉收。因此最常采用的还是第一种制作土坯的方法。

房屋的结构自然是用木料。三余虽地处平原，荒地很多，但树木却比较稀少，能做房梁的大树则是少之又少。因此村上人盖房的时候还得去供销社买木头。老陶家暂住的牛屋就是用本村的树木做房梁的，因此屋脊不平，看上去很丑陋。

屋顶则一概是稻草的，因此新建的房子金黄耀眼，煞是好看。但几场风雨一过就开始发灰，并且越来越灰，直到变成了焦黑色。

盖房在三余人是一件大事，其他的材料倒可以就地解决，唯独制作房梁的木头得去供销社里买，得花钱。村上人难得有现钱，加上请工吃饭的开销难以承受，因此一生中能盖一次房子就已经很不错了。

土坯、木头、稻草三样备齐，实际盖房也就一二十天的事。大模样完工后开始内外装修，用的仍然是拌了麦眼稻壳经反复踩踏的熟泥。熟泥这时当石灰用，在房子内外反复涂抹，抹的遍数越多自然越好。三余人相互比较的是抹墙的次数（其他各项指标则差不多，没有可比性）。抹的次数越多，墙上的裂缝就越小。

如果你能不厌其烦地抹上四五遍，那墙上的裂缝就会像老太婆脸上的皱纹一样，细密而丰富。越抹，墙上的裂缝就越细小，也就越密。

如此细致的工作也只有在室内才能感觉到。房子的外墙，抹上几遍熟泥后就披上了防雨的草帘子。草帘子也是用泥巴糊上去的，一层压着一层，自下而上直到屋檐，一般有四五层之多。它的作用就像蓑衣，下雨时雨水会顺着草秆滴落下来，而伤不到里面的泥墙。草帘子一般是用麦秆编扎成的，颜色更是金黄，其色泽变化一如稻草屋顶。不说房子颓败以后的情形，新盖起来的时候当真是金光闪耀，不仅屋顶，整个房子都是一样的。

这是三余人建房的一般情形。当然也有贫穷的人家省略了一些程序，比如屋外的墙上没有草帘子。

关于三余建房，我大致先说这么多。

2

老陶家建房有两个有利条件。一是安家费。这是按政策规定，由有关部门专门发放给下放干部家庭的。按每人八十元计，老陶家有五口人，也就是说有四百元的经费可供建房。二，建房所需的劳力是无偿的，由当地生产队按工分计酬，也就是说由生产队集体负担。这也是政策规定了的。

老陶家人要考虑的仅仅是：是建一栋三余人那样的泥墙草顶

的房子，还是建一栋小墩口代销店那样的青砖瓦房？如果建三余人那样的房子，肯定会是全村最好的。如果建瓦房，那就更不用说了。

最后他们决定，二者结合，墙仍用土坯砌，顶上则盖瓦。这样做既可以避免脱离群众，又能起到打万年桩的效果。如果完全用当地的材料建房，就有了明显的可比性，那样反倒不好。

经仔细观察，老陶发现泥墙自有它的好处。冬暖夏凉，外面披挂着草帘子，可遮挡雨水，也还算结实。草顶就不行了，颜色逐年灰暗不说，每过几年还得翻新一次。

但最值得一提的还是老陶家准备采用的支架桁条，不是木头的，而是钢筋水泥浇注成的。这一点上，实实在在地体现了老陶打万年桩的思想。即使多年以后土墙倒塌、瓦顶离析，那水泥桁条也将永远存在。水泥桁条隐藏在泥墙瓦顶之间，不易被人察觉，也像老陶打万年桩的想法一样，不为人知。

采用水泥桁条还有一个意想不到的好处，就是：屋脊看上去非常地平直。这对于住了一年屋脊弯曲的牛屋的老陶家人而言，不无重要。老陶为此兴奋不已，他想：即使是小墩口代销店的那几栋青砖瓦房的桁条也不过是木头的！

其他的下放干部建房，并没有准备采用水泥桁条的。因为这种由夹板螺钉固定的水泥桁条，虽经有关部门反复推荐，但毕竟超出常规，让人心里不踏实。知道这些以后，老陶就更加得意了，甚至有些飘飘然起来。他进而想到：即使在南京，他们家原先住的那栋三层居民楼，其支架结构也还是木头的。

水泥桁条绝对是新生事物，在这穷乡僻壤、落后的农村老陶一家不禁赶了一回时髦。有了这样的认识，再让老陶在建房时放弃使用水泥桁就绝无可能了。

新屋的宅基选在牛屋旁边，和牛屋在同一个园子里。

上文说到，三余人的房子都建在小河环绕的园子里，因此无须北方农村那样的院墙。小河便是院墙、界沟，将家家户户隔开，又将家家户户连接在一起。三余人的园子彼此相邻，南面有一个桥口，通向村道。老陶家牛屋所在的园子则在村东，村道的南面，因此桥口在北面，也就是屋后。

说到园子，不仅三余人的房子建在园子里，园子也是一个基本而普遍的地理概念，所有有河道四面环绕的田块都称为园子，无论那里有没有房子或是住家。生产队的晒场在一个园子里，大队部和三余小学也分别在一个园子里。更多的园子里没有房子，只是田地。园子的大小也不尽相同，有一亩左右的适合于住家的园子，也有一二十亩，甚至二三十亩的大园子。

老陶家牛屋所在的园子有七八亩大小，牛屋建在北面靠东的地方，仅占了园子的一个很小的角落。刨去牛屋和以前作为晒场的空地，园子的绝大部分是种着庄稼的农田。从中辟出一块地方盖房子，当然是不成问题的。

牛屋位于桥口以东，老陶家选择盖新屋的宅基则在桥口西面。将建的房子和牛屋一样，是朝南的，但与牛屋不在一排，而是向前（或向南）挪了二三十米。建成后的房子，屋后到桥口和北面的河沟之间将有一大块空地。而牛屋则几乎是盖在河边上的。

老陶计划中的园子西北两面是小河，东面，将挖一条干沟，沟边种上刺槐。刺槐生长迅速，满身是刺，可作为天然的篱笆，用以和东边的牛屋隔开。南面，扣除划分给他们家的自留地，就是生产队集体所有的农田了。整个园子约有八分多地（刨去盖房的宅基地）。

老陶计划中的园子不能算是真正的园子。它是园子中的园子，只不过是生产队为老陶家划定的私人区域。进出园子仍得走原先住牛屋时所走的桥口。这的确是一件无奈的事。

## 3

秋收以后，老陶家的房子开始动工了。

由余队长率领，队上来了十几个精壮劳力。老陶家新屋的地基垒得尤其高，夯得尤其结实，完全符合老陶打万年桩的要求。沉重的水泥桁条和青色的大瓦片也从县城里运到了，卸在牛屋门前的空地上，显得十分地扎眼。由于这不是一般的房子，三余的工匠无法胜任有关的工艺，老陶特地请来了十三队的小董。此人也是从南京下放来三余的，下放前是南京一家建筑单位的二级瓦工。小董是工人，而非干部，这类下放人员被称作下放户。有关下放户的情况我下面再说。

随水泥桁条和瓦片运来的还有两百块青砖，老陶计划在大门两侧砌两个砖头"门楼"。这样做没有任何实际意义，只不过是标榜而已，标榜他们家的房子明显地与众不同。老陶认为，光是屋顶上的瓦片和水泥桁条的构架还远远不够，得有一个明确的标志，说明他的审美以及打万年桩的信心。

小董负责砌两个青砖门楼。他将门楼砌得歪歪倒倒、摇摇欲坠，返工多次后还是不能把门楼砌得很直，最后还是三余砌土坯的高手完成了这一艰巨任务。老陶心中不悦，向家里人抱怨小董太无能了，也不知道他的二级瓦工是怎么混到手的。一面又感叹三余人聪明，到底是在实践中锻炼出来的。小董本人也不明白这是怎么回事，在南京时砌几块砖头自然是不在话下。他一会儿说没有合适称手的工具，一会儿又说一年多不干瓦工，手生了。在老陶明显的不满和三余人的嘲笑声中，小董不禁面红耳赤，越发地笨手笨脚起来。直到给水泥桁条上夹板时才显出了小董的作用。

那水泥桁条的一端预留了四个圆孔，与之配套的夹板上也有四个圆孔。上梁时须将桁条上的圆孔对齐，一面放一块夹板，然后插入一根粗大的螺钉，再用螺帽旋紧。三余人从未见过螺钉之类的东西，自然不知道怎么对付。这不比砖头和土坯，品质不同，但砌法是一样的。小董自然见识过螺钉，年轻力壮，手劲又大，三下五下就将螺帽旋紧了，直到紧得不能再紧，想卸下来都不可能。老陶终于欣慰地笑了。

上瓦的活也只有小董能干。他蹲在房顶上，用锤子钉着绊住瓦片的小钉子，动作虽不免笨拙，但却是一副舍我其谁的模样。天气晴朗，没有丝毫落雨的迹象，盖好后的房顶会不会漏雨暂时还不得而知。

剩下的工艺和材料则基本上是三余特色了。他们在土坯墙外糊了三层稀泥，然后围上草帘子。室内，则糊了四层稀泥，最后一遍是石灰。关于石灰还有一个笑话。

苏群去小墩口的代销店里买石灰，对方说没有。她指着院子里堆得像座小山似的"石灰"说："明明有石灰，为什么你不肯卖给我？"会计（三余人对售货员的尊称）闻言大笑。原来那根本不是什么石灰，而是磷肥。老陶家抹墙的石灰最后还是从县城里买回来的。

三余人虽然从未使用过石灰，但明白工艺和抹泥巴是一样的。村上的抹泥高手把石灰当成稀泥将老陶家的新屋抹了个通体透亮。

新屋被隔成四间。房间之间的隔墙是用向日葵的秆子做的，外面糊上泥巴，泥巴外抹了一层石灰。这样做成的墙既薄又平。房子的顶棚上则铺了淡黄色的望席，吊吊灰的祸患被从此杜绝。

正屋的西边另盖了一间专门的锅屋，门向东而开，其工艺材料与三余的房子完全相同。锅屋泥墙草顶，房顶上竖起了一截两尺来高的烟囱。锅屋里砌了灶台，分别支了三掌、六掌两口大铁锅。两口铁锅之间有一个圆洞，放入一个做得十分粗糙的瓦罐，三余人称为汤罐。汤罐用以盛水，利用烧锅时的余热加温。当然，在灶台的外侧紧靠着灶台，少不了一只木头做的风箱。在锅屋与正屋之间有一条密封的走道，有一米多长。狭隘的走道仅能供一个人进出。

老陶家的新屋最特别的当属窗户。

窗户是普普通通的窗户，四四方方的，木头做的窗框，窗页上镶嵌着几块玻璃。但在三余，这是绝无仅有的。三余人的房子，墙上没有任何窗户。他们所谓的窗户最多能算是一个墙洞，也就两块土坯大小。夏秋两季，墙洞敞开着，入冬以后便被土坯堵上了。因此三余人的房子里即使是白天也漆黑一团。用玻璃嵌在墙洞上的人家少之又少，更别说有窗框窗页可以随意开合的窗户了。三余人把这样的窗户称作活窗，而仅仅镶嵌了玻璃的（只有稍稍富裕的人家才有）称作死窗。

无论活窗还是死窗，老陶家新建的房子上都有无数。活窗，每间房间的墙上都有，甚至连小锅屋的墙上也开了一扇。死窗，走道两边的墙上则各有一个，用以出入的时候采光。

最让三余人无法接受的还不是老陶家窗户众多，他们居然在堂屋北面的墙上，正对着大门开了两扇窗户。三余人认为这是很不吉利的，也极其难看。三余人家的堂屋，对着大门一般放置着一排泥柜。泥柜上担一块木板，木板上放着一些他们觉得值得炫耀的物品，如红宝书、小圆镜、一只竹壳热水瓶等等。具体放些什么，得看这家人的富裕情况。这些零碎什物的上方，堂屋正北的墙上一概贴着一张毛主席画像，以及过时的宣传画、褪色的对联之类。

老陶家张贴毛主席画像和对联的地方既然开了两扇窗户，那就无法再贴什么了。三余人对此难以理解。尤其是老陶家人站在窗边，就能看见屋后的村道。从那儿走过的村上人说："老陶家的窗户就像两只眼睛样的，瞪得圆圆的。"

老陶家还是开了一个墙洞，既无窗框窗页，也没有镶嵌玻璃，就在青砖门楼的下方，圆圆的，大小如两块土坯。这是供小花出入的狗洞。如果这也能算墙洞的话，老陶家就开了一个。

# 4

新屋落成后，老陶家开始搬迁。这回，不同于一年以前，无须动用草垫蒲包之类的包装材料。新屋近在咫尺，仅三十多米的距离。村上来了四五个男劳力帮忙，仅花了个把小时就将大件家具抬了过去。小件家具和零碎物品，老陶家人则亲自动手，在牛屋和新屋之间来来回回跑了无数趟。围观的村民仍然很多，但他们的注意力已不在老陶家带下乡的那些东西上，而在老陶家的新屋。

老陶家落在牛屋里不再需要的一些东西，被村上人哄抢一空。天黑以前，牛屋这边已被搬得干干净净。苏群贴在墙上的报纸画报被村上人撕扯下来，甚至墙缝里塞的稻草也不放过。牛屋又恢复了老陶一家搬来以前的模样，四壁灰暗，土墙开裂。这样的地方自然不会引起老陶家人的丝毫留恋。

不过也有例外，就是小花，现在，它已经长成一条大狗了。看见人们喜气扬扬、来来往往，它感到十分地不解。不解渐渐地变成了某种惊恐。"狗你们家还要不要呢啊？"村上人竟然把它当成了搬家中需要抛弃的东西。

"狗当然要啦，它是我们家的一员。"苏群说。

"这么大的狗，得喂多少粮食？"村上人说。

"你们家要它，它怎么不跟过去呢？"他们问苏群。

小花始终待在牛屋里，和那些准备丢弃的东西在一起。这就给了他们一个印象：它也被老陶家人抛弃了。村上人的目光绕着小花周身打转，估量着它的毛皮、它身上的肥膘。他们甚至已经闻到扑鼻的狗肉香味儿了。

一直挨到天完全黑了，三余人这才不甘心地走了。小陶始终密切地注视着小花的动向。此刻，它趴在牛屋门边，两只前爪搭在门槛上，伸直脖子，脑袋平贴着爪子。它一面惊魂不定地看着小陶，一面发出呜呜的哀鸣。

小陶端来一碗红烧肉，放在小花的鼻子前面，这才一步步地把它引进了老陶家的新屋。


## 5


接下来是整饬园子，老陶领着小陶开始植树。他们在与牛屋相隔的土沟旁种了一排刺槐。这种树生命力极强，容易存活，根须在地里乱窜，竟然从自留地里冒了出来。有一些越过土沟，长到牛屋那边去了。刺槐的生长速度较慢，但仍然可以成材——如果注意及时修理剪枝的话。老陶却故意任其蔓延，枝蔓纠结，长成了一片灌木。加上刺槐的枝条上无处不在的小刺，的确作为一道严紧的篱笆。

园子的西边，临河的地方则种了二三十棵柳树。柳树生长迅速，虽然木材不堪大用，但杨柳依依，是一道极好的风景。老陶从村上弄来一些粗大的树枝，砍去旁枝错节后就剩下了青青的柳树棍。他亲自挖洞（得三尺见水），将这些光秃的树棍栽下去。

小陶的任务是掩土浇水。然后等待春天的来临，那时树棍就会发泡抽条了。

另外，老陶家的园子里还种了桑树。这种树生长较慢，但木质坚硬，在三余是很贵重的树种。挑担子的扁担以及各种农具的木柄都是用桑木做的。

另有一种树，三余人叫磕浆，用指甲或其他硬物在树皮上轻轻一划，就会冒出一股白浆。磕浆的叶子圆而大，村上每户人家的门前必有一棵，用作夏天乘凉。据说这种树白浆冒得越多，生长就越快，因此村上的磕浆树干上无不伤痕累累，记录了当年刀刻斧划的一道道宽阔的疤痕。

磕浆以外，另一种叫苦楝的树也可以乘凉。它的叶子虽然不大，但这种树由于味苦不易生虫，乘凉时不会有毛茸茸绿莹莹的毛毛虫掉进菜碗里。楝树的根茎还可作药，治疗寄生虫，这下文里我会说到。

老陶家还种了香椿、臭椿、桃树、枣树等等。凡是三余当地所有的树种在老陶家的园子里都能够找到。

有一种树叫泡桐，在三余是绝对没有的。老陶从洪泽县林业局的苗圃里买来泡桐，按书上记载的方法将泡桐树根截成三寸长的小段，埋入土中。第二年就长出了拇指粗细一人多高的树苗，再将这些树苗移植到所需的地方。泡桐生长极其迅速，树干又直又高，叶片宽阔，远远超过了当地的磕浆。只是木质轻软细腻，三余人觉得一无大用。老陶却说：泡桐很金贵，可用来制作缝纫机的盖板和收音机的外壳。这两样东西，在老陶家下放以前三余人从未见过。后来在老陶家见到了，不禁有些想入非非。他们从老陶家索要了泡桐树根，在自己家的园子里也开始种植泡桐。泡桐越长越高，挺拔向上，三余人仿佛看见了自家屋里的缝纫机和收音机。

除引进一些新的树种外，老陶还在自家的园子里搞起了嫁接，比如将水蜜桃的树枝嫁接到毛桃树上。有关的技术老陶以前一无所知。但他识字，会看书，所有的知识都是从书上看来的。

书中自有黄金屋。这黄金屋如今在老陶看来就是他们家的新屋，以及新屋所在的园子。明白这个道理后，老陶更加潜心读书。这一时期他看的书有《果树嫁接》《科学种田》《怎样种蔬菜》《怎样饲养家禽》等等。他还订阅了一本《科学实验》，更是百读不厌，放在枕边，带往田头，就是上马桶的时候也会翻上几页。

除此之外，老陶还从村上人家的竹园里挖来一截竹根，埋在屋后至河边的空地上。竹根和刺槐的根一样，四处乱窜，不久便冒出了许多竹笋。竹笋长大后将成为真正的竹子，届时，老陶家新屋就会处于一片苍翠竹林的掩映之中，村上人再不会觉得他们家的后窗难看了。

从桥口到新屋，开辟了一条小路。小路的两边种上了向日葵。向日葵秆可做建筑材料(房间的隔墙或篱笆)，向日葵籽可以食用。尤其是那脸庞一般的向日葵头，谦逊地弯垂下来，如果你来老陶家做客，将会受到向日葵们的夹道欢迎。

北面的河边还种植了条柳、黄花菜。木本和草本兼而有之，实用和观赏相互结合。

# 6

再说自留地。

西面靠河开垦了一溜菜地，专种蔬菜。老陶家所种的蔬菜无所不包，番茄、土豆、萝卜、辣椒、韭菜、菠菜、苋菜、卷心菜、冬瓜、南瓜、黄瓜、丝瓜、茄子、瓠子、葫芦、生姜以及葱蒜，各种豆类（豇豆、扁豆、蚕豆、四季豆），各种青菜（生菜、瓢儿菜、矮脚黄和高秆白）。说起来不免杂乱，老陶却料理得井井有条。各种蔬菜农时有别，生长期也各不相同，老陶总能安排得十分妥当，兼种改茬，尽量利用有限的地力，以保证任何季节里都能品尝到时鲜。同时，也没有忘记引进三余没有的蔬菜品种，实践蔬菜种植的新技术。

就拿青菜来说，三余只有生菜。这是一种青绿色的菜叶，味道苦涩，而且特别耗油。按三余人的说法：生菜吃下肚寡得慌。老陶让南京的亲戚从邮局寄来一些新品种，矮脚黄、瓢儿菜和高秆白。矮脚黄的味道远比生菜好吃。瓢儿菜就更别说了，降霜以后变得甜丝丝的，按三余人的话说，就像放了白糖一样。高秆白作为专门的腌菜其优点无与伦比，棵大、梗长、叶小，简直没话说。这些菜第二年就移栽到三余人的菜地里去了。他们仍然种味道苦涩寡淡的生菜，但已经不是人吃，而是用来喂猪。这种菜有一个优势，就是特别易于生长。

如今，老陶家的粪便也有了去处。老陶谆谆教导小陶肥水不流外人田的道理。陶文江黎明即起，将三只痰盂里的小便收集一处，倒入马桶中。这只马桶再由小陶提到屋外，倒进粪缸里。需要时老陶再将粪缸中的粪肥舀进粪桶，担到菜地上泼洒。祖孙三人犹如接力一般，终于将一家人的粪便用到了该去的地方。

每天傍晚，老陶站在河边，手持戽瓢，将河水泼向身后的菜地。河水在半空展开，很大的一片，然后清脆地洒落在菜叶子上。有时候水雾中还会出现一道隐约的彩虹，算是对老陶辛勤劳动的奖励。

菜地以外的自留地则种庄稼。

第一年，老陶家种了花生，收了带壳花生七八十斤。之后，村上人带着小锛、挎着篮子来地里又刨了第二遍。第二遍之后又刨了两遍，他们总能找到花生。落茬花生又收了二三十斤，谁刨到便归谁所有。来的大多是妇女小孩，他们或撅着屁股或蹲在地里翻找。开始的时候还把刨到的花生往篮子里装，三遍以后已找不到花生，若真能找到也不值得装进篮子，他们当即就在地里剥开吃了。似乎，他们是为了吃花生而不是收花生而来的。

由于村上人蜂拥而至，老陶家的园子不免被践踏得有些凌乱。第二年，他们家就不种花生了，改种玉米。

老陶家人并不关心玉米的收成，他们的目的是吃嫩玉米，也就是在玉米还没有完全成熟时掰下来吃。只有这一种吃法符合他们的口味。而玉米成熟后再掰下，搓下玉米粒挑到机房里机成玉米面煮粥或摊饼，老陶家人则兴趣不大。

他们的这种吃法，在三余人看来不免奢侈。因此，玉米虽然长在自家的自留地里，每次掰嫩玉米时都是偷偷摸摸的。一家人相互告诫，须小心在意，不要走漏了风声。

但在下放干部之间，吃嫩玉米却颇为流行。他们彼此将嫩玉米作为礼物，拜访时悄悄地带上一大包，犹如在南京走亲戚时提着水果罐头。邻近几个大队的下放干部之间，关系很是亲密，经常互相走动，说他们是走亲戚也不为过。

除此之外，老陶家的自留地上没有种过其他的农作物。究其原因，他们家吃粮不愁。下放三余后，陶冯氏和小陶变成了农业户口，在生产队吃粮。由于他们不挣工分，每次分粮都得用现金购买，买粮的价格比以前在粮站里买便宜了很多。分的粮食数量大，陶冯氏和小陶每年能分近八百斤粮食。品种多，有水稻、小麦、玉米、山芋等等。水稻、小麦之外的杂粮几斤折合一斤。不仅陶冯氏、小陶够吃，就是全家享用也有盈余。不在自留地上种粮，光种菜，或能当菜和零食吃的粮食（如花生、嫩玉米）便不难理解了。

老陶、苏群、陶文江仍然是城市户口，带薪下放，有足够的工资为陶冯氏、小陶在生产队购粮。他们自己亦有油粮供应。每月数次，苏群骑自行车往返于三余和汪集之间，从公社的粮站里驮回米面、菜油，顺带采购一些三余所没有的生活必需品。

吃在老陶家完全不是一个问题。他们甚至比在南京时吃得更好了，更新鲜，品种也更丰富了。

## 7

锅屋南边筑了一道向日葵秆的篱笆，向西一直拐到河边。篱笆内圈起一块空地，老陶家用土坯砌了鸡舍，在里面养鸡。最多的时候，老陶家养了二十几只鸡，不同品种花色都有，公母大小齐全。每天两次，苏群打开篱笆的门，给鸡喂食。她喂的是一种糠和米饭混合的食物，糠多饭少。鸡食黄灿灿的，由于刚在炉子上煮过，冒着袅袅的热气。苏群用勺子将鸡食从一只钢精锅里舀出，掇在地上。

老陶家养的鸡母多公少，主要用于产蛋，而不是吃肉。除了三余当地所有的草鸡，他们还引进了一种浑身雪白的来亨鸡。这种鸡不仅毛白，下的蛋也是白的，而且个大（蛋），产蛋的天数也多。草鸡下一个蛋隔一天，也有下两个蛋隔一天的。来亨鸡一般下五六个蛋才会隔一天，也有下七个蛋隔一天的。老陶家的鸡蛋供大于求，这总比供不应求要好。

下蛋下累了，母鸡们便抱起窝来，开始孵小鸡。看着它们成天拢着没有受过精的鸡蛋，一副劳而无功的样子，老陶家人不免觉得可笑。

老陶从村上有公鸡的人家买来鸡蛋，让母鸡们孵。自此以后他们家的鸡圈里才有了小鸡和公鸡。公鸡是那些小鸡长成的，后来的小鸡又是那些公鸡所生的。

老陶的本意，是小鸡孵出后，若是母鸡就留着以后下蛋，若是公鸡，在未打鸣以前杀了吃，据说是很补身体的。

小鸡刚破壳时，一概毛茸茸黄灿灿的，样子很是可爱。那时还分不清公母。到能分公母时，小公鸡总是比母鸡表现得活泼好动、富于个性。一日无事，老陶兴之所至地给几只小公鸡起了名字。一只小公鸡正在换毛，身上深一块浅一块的，老陶便叫它破棉袄。

还有一只尾翎茁壮，走起路来摇摇摆摆的，老陶给它起名芭蕉扇。这下坏了，当它们长到可以宰杀的时候老陶家人却舍不得了，因为他们杀的不是小公鸡，而是芭蕉扇和破棉袄。老陶家的小公鸡于是在各自名字的保护下逐渐长大，开始打鸣和强奸母鸡。因此，老陶家鸡圈的兴盛是有其原因的。

老陶家还养过鸭子，不多，只有两只，由九月子代养（关于他放鸭子的故事我下面再讲）。养过鹅，为了看门。养过羊。老陶计划一家人能吃上羊奶，但因为每天需要割草喂羊过于麻烦，老陶又托人把羊卖了。至于狗、猫，就更不在话下。关于它们的故事以后再说。

老陶家从来没有养过猪，这是一件很奇怪的事。三余村上，几乎人人家里都养猪。老陶家没养猪大约是猪的生长期长，怕培养出感情，而且每天喂食，也太费事了。


# 8


老陶家的园子终于整饬完毕。隔得很远，就能看见老陶家新屋那青灰色的屋顶。后来新屋变成了旧屋，青灰色的屋顶仍然不变，仍然是青灰色的。老陶家房子的地基垒得很高，房屋高大，是村上矮小的草房无法比拟的。它旁边的那栋牛屋，在新屋巍峨身影的压迫下似乎陷入地下，更加地破败了。植树、种菜，加上饲养家禽，老陶家的园子不禁郁郁葱葱，鸡飞狗跳，一派繁荣景象。

一天，老陶对苏群说："你去学医吧，学会打针换药，给村上人看点小病。"苏群马上心领神会，意识到打万年桩的第二个步骤开始了。

他们家来自南京，在三余无亲无故。从原则上说，他们来此是接受贫下中农再教育的，政治上无任何优越可言。加上盖了这座新屋，虽然有助于改善生活条件，但不免让三余人眼红，有脱离群众的倾向。因此，打万年桩的第二个步骤可命名曰：联系群众。

苏群下放前一直在青年团工作，没有学过医，但她体弱多病，倒是经常去看医生。久病成医，这是有利条件之一。有利条件之二，是她识字，能看书。老陶通过看书，能把园子整饬得井井有条，苏群为什么就不能通过看书给三余人看点小病呢？

于是她购买了《农村赤脚医生手册》《民间验方三百例》等书，以及红汞、紫药水、消炎粉、扑热息痛、土霉素等常见药品。老陶和苏群仍保留着睡前阅读的习惯。每天晚上，夫妻二人倚靠在床头，各自捧着一本书。老陶手里的那本是《怎样种蔬菜》，苏群手里的那本是《中草药的识别和采集》。他们各得其所，在一盏煤油灯的照耀下，一直读到深夜。

说到苏群行医，除了久病成医、能看医书外，还有一个有利条件，就是三余人很少看病，几乎没有吃过什么药，因此基本上没有抗药性。吃一点药下去，马上药到病除。苏群行医的效果很快就显露出来了，对她的积极性来说自然是莫大的鼓励。于是苏群更加勤奋地钻研有限的医书，练习简单的技能（如包扎、打针等等）。

每天傍晚，苏群背着一只木头医箱，内装一些器械和药品，走家串户地给村上人换药。那些无名肿毒、农具误伤后的感染，经过几次清洗消炎很快就好了。让苏群得意的是，她竟然治好了几个人的背疮（三余人称瘩背）。这是一种很严重的病，由于溃烂处位于脊背的中枢神经附近，所以较难治愈，最严重的情况下有可能危及生命。

苏群的得意之作，还有为九月子治好了瘌痢头（学名黄癣）。

九月子十五六岁的年纪，再过一两年就该娶媳妇了，可因为那流脓的秃头和小儿麻痹症落下的残腿，至今还没有定亲。队上为了照顾他，平时只派他一些杂活，记六分工。于是九月子就有了大量的闲暇时间来老陶家帮着做一些杂事。

由于九月子和老陶家的这层关系，苏群决定治好他的瘌痢头。她从洪泽县医药公司买来灰黄霉素，服用一段时间后，九月子的头上果然长出了簇新的黑发。那黑发是那样地黑和茂盛，几乎都不像是真的。很长时间以来，九月子舍不得剃头，他的头发留得很长，遮住了顶上又圆又亮的秃疤。九月子在村上招摇而过，炫耀着他的一头乌发，自然也一并宣传了苏群奇妙的医术。至于那条小儿麻痹症落下的残腿，苏群就无能为力了。去河边帮老陶家拎水时，九月子仍然是一瘸一拐的。

苏群并不满足于这些。《民间验方三百例》上说，楝树根的皮煮水后服用，可用来驱虫。三余楝树多得是，就是老陶家的园子里也种了十几棵。苏群于是挖了不少楝树根，剥皮后煮水，制成汤药，分送给村上的乡亲。他们服下后，果然拉出了白花花的蛔虫。在不到一周的时间里，村上的人打下的蛔虫足足可以装上一水桶。苏群的成就感自然不言而喻。

眼看到了插秧季节，三余的妇女赤脚下田，手脚整天浸泡在水田里，久而久之便长满了小红疹，奇痒难忍。经过查阅医书，苏群得知，这叫水稻皮炎。《偏方选编》里有一则土方，用稻草煮水加上明矾便可治愈。稻草三余多得是，明矾也是老陶家的必备物品（用以澄清饮水的）。苏群按照医书上的记载，每天在六掌大锅里煮一锅稻草明矾水，然后用洗脸盆盛了，放在村口路边，让下地归来的妇女们洗手洗脚。

这一招果然灵验，插秧妇女手脚上的小红疹马上就消退了。即使当时不退，瘙痒也能得到缓解。队上的妇女姑娘们（插秧是她们的专职，男劳力从不插秧）说："老陶家的药水神了！"她们专门给稻草明矾水起了个名字，叫止痒水。她们说："老陶家的止痒水神了，管用呢啊！"

这一时期苏群还学习了扎针（针灸）。

她的医药箱里有一只塑料耳朵，和真人的耳朵一般大小，颜色也近似于肤色。这只耳朵也是从洪泽县医药公司里买的，专门用于扎针练习的。上面，以红线勾勒出不同的区域，如芝麻大小的黑字标明了穴位。苏群没事就在这只粉红色的耳朵上练习扎针。据说，耳朵上包括了与人体所有器官对应的穴位，也就是说，通过针灸耳朵就能治疗浑身上下甚至五脏六腑的疾病。

事实上，苏群给村上人扎针时并不局限于他们的耳朵，而是手脚胳膊腿上到处都扎。相反，针灸耳朵倒是需要更高的技术的。苏群的练习也不局限于那只假耳朵。她常常一手持针，在自己的另一只手上猛扎，直扎得酸麻不已、鲜血淋漓。苏群得为三余贫下中农生命安全负责。

小陶有时也跟着苏群练习扎针。按老陶的指令，他弄来一块带皮的猪肉，在上面扎针不止。老陶为何要让小陶学习针灸呢？一来，小陶对那只粉红色的耳朵表现出了强烈的兴趣。二来，事关小陶的前途和未来。在三余扎根，当一个农民，这是肯定了的，但最好能学会一门手艺，这样，以后的日子也许会好过一些。苏群取得的成就大大地启发了老陶，假如日后小陶能当上三余的赤脚医生，怎么的也比种地强啊。

小陶学医几乎未能进入实践阶段，到后来他兴趣全无，而且也没有表现出任何作为医生的天分。每次打针小陶都忘记了洗手。一次，他在老陶的屁股上练习打针，一针下去不仅疼痛难忍，事后老陶的屁股肿了好几天。老陶送了小陶一个外号——鸡爪子医生，学医之事便告结束了。

小陶的确打过针，但不是给人打的（在老陶身上练习的那次不算），而是给猪打的。给猪打针要求自然就不那么严格了。不仅小陶，苏群打针也多半是给三余的猪打。养猪几乎是三余人唯一有经济收益的副业，给猪打针治病比给人打针治病要重要得多（在三余人看来）。比如只有一针青霉素，主人和猪都生了病，最后打针得到治疗的肯定是猪，而不是主人。

当苏群意识到在三余当一名兽医比当一名人医更能联系群众时，为时已晚。这时，她作为人医的名声已经在四乡八里传扬开了。

关于青霉素，我想再啰唆几句。三余人很迷信这种药品，据说一针下去，病势再沉重的猪都会立马欢蹦乱跳。由于这种迷信，青霉素在三余很金贵，一个人除非快死了，是不会轻易使用青霉素的。如果连青霉素都治不好，那人就完全没救了。

邻近大队的一个赤脚医生，用蒸馏水冒充青霉素给农民治病，居然治好了不少人。虽然后来被揭露出来，但在这个例子中，对青霉素的虔诚显然起了重要的作用。当然，这一招用在猪身上就不灵了。

苏群难得有机会用青霉素给村上人治病。这样也好，因为注射青霉素事先要做皮试，三余根本没有做皮试的条件。不做皮试就注射，早晚是要出事的。而给猪打青霉素需不需要做皮试，我就不得而知了。

# 9

再说陶文江，六十九岁了，按三余人的算法已是七十有余（虚龄）。这么大的年纪在三余很罕见。三余一队有两百多口人，年过七十的几乎没有。三余人早婚，生孩子也早，过了五十岁就算是老人了。陶文江虽然一向身体健康，但如此高龄自然不用下地干活。他不像苏群那样走家串户，访问村民，但联系群众一事并没有忘记。他以自己的方式为扎根三余出着一份力。

村上人都知道陶文江好说话，时不时地会来向他借钱。他们不说借，而说夺，"老爹爹，跟你夺几块钱用用呢。"

夺就是借的意思。但一般夺去的钱村上人是不会还的（陶文江也从不指望他们还），因此这个夺字比借字更准确恰当。

村上人一般从陶文江那里夺两块钱、三块钱，也有夺一块钱的。五块以上陶文江便面有难色，不能擅作主张，得开家庭会议决定。

上文说到，陶文江、老陶和苏群都是带薪下放的，陶文江每月的退休金三十多元。村上人虽然每次夺的数目不大，但夺的次数多，也不是一个人来夺，所以这三十多元基本上花在他们身上了。超过这笔钱就得夺老陶、苏群的工资了。倒不是陶文江吝啬，不借五块以上的钱，而是他想尽量在自己的退休金内解决，所以得匀着用。

村上人还经常通过陶文江，将自留地上的土产卖给老陶家。价格肯定高于集市，同时也免去了赶集的辛苦和花费的工时。

老陶家养鸡以前，村民经常拐着篮子来卖鸡蛋。陶文江用家里的那杆十六两的老秤称了，全部收下。于是，村上所有的人家都来老陶家卖鸡蛋。长长的队伍从堂屋里一直排到大门外，弄得老陶家像收购站似的。甚至，在他们家自己养鸡以后，村上人还来卖过鸡蛋。开始时陶文江照收不误。老陶觉得这事儿实在荒唐，他说："连自己家鸡下的蛋都吃不完，怎么还要买别人的鸡蛋呢？"

陶文江回答说："可以腌成咸鸡蛋。"

因此，虽然陶文江很少走家串户，沉默寡言，但村上的人缘却是极好。经常有一些村民在老陶家门前转悠，他们不是来看老陶家的家具和新屋的（热潮已经过去），而是专门来找陶文江。

村上有一个光棍叫有明，经常上门，也不说话，看着老陶一家吃饭。夏天的时候就陪老陶家人在屋外的空地上乘凉，迟迟不肯离去。有明不说话，陶文江也不说话。老陶家人都知道他是冲陶文江来的，但不知道找陶文江何事。后来他们发现，有明是在等一支烟。

陶文江本人吸烟，仍保留着给来人递烟的习惯。有明一来，他就默默地递上一支香烟。对方抽完，接着等第二支。一晚下来，有明大约能等到三四支香烟（这是陶文江吸烟的频率）。最后，夜露已重，老陶将乘凉的竹床搬回屋去，一家人准备睡觉，陶文江给有明递了最后一支烟。有明接着，夹在耳后，心满意足地走了。那支烟他大约准备临睡以前享受。

后来在老陶的倡议下，老陶和陶文江都改抽了三余的旱烟袋（厉行节约，为打万年桩做准备），陶文江还得预备一盒香烟，用以招待来访的村民。

陶文江的做法虽然起到了联系群众的作用，但破费实在不小。对于这件事，老陶不免有些看法。特别是当他看出陶文江并非是出于心计，而是生性如此，大手大脚，就更加不满了。如今已不比当初，工资说断就断，他们得做好最坏的准备。作为一家之主的老陶感到了肩上无形的压力。

# 10

新屋落成，园子也整饬得差不多了，老陶的目光转向了三余一队。

三余一队是老陶家房子、园子所在的地方，陶冯氏和小陶都在队上吃粮。所以说三余一队就是他们的家，队上的乡亲父老就是他们的亲人。三余一队的兴衰就是老陶家的兴衰，三余一队的未来就是他们家未来。这是一种荣辱与共的关系。老陶于是带着建设新屋、园子的热情投身到队上的农业生产中去。

首先得摸清一队的田亩情况以及历史现状。老陶准备了一个塑料皮的小本子，走到哪里带到哪里，一面和村上的干部群众聊天，一面不停地往上面记着什么。

几个月下来，老陶对三余一队的了解比三余人还要全面深入。这得归功于当年他在南京郊区搞土改时经受的锻炼。老陶对农村生活并不陌生，可以说有着丰富的经验。当然，他搞土改的地方是苏南农村，节气和农作物的生长情况与三余有所不同。但两地都是农村，有其互相比较借鉴的地方。况且经过盖房和整修园子，老陶对三余的农村生活也已有了非常具体的了解。

让我们翻开老陶小本子中的一页，就知道我绝不是在信口开河。


齐沟子：七十六亩，其中十亩地薄长势不好，割苕子十亩作底肥，磷肥每亩四十斤，种粳稻。

小尖子：十亩，地势好培育壮苗，种籼稻。

大丰田：二十六亩，苕子二十亩作底肥，磷肥用沾秧根的方法，每亩十五斤。

东南春田：……

东湖田：……

小堂屋基田：……

村头麦茬田：……

这里不仅有三余一队田亩的自然情况，更有老陶的分析理解和计划。此外，老陶还有三个本子，一本记着一队每天的农业大事，一本是队上的秋蚕养育日记。最后一本里记录了村上每家的人口情况，包括姓名、脾气、穷富、身体状况以及相互间的亲属关系。

老陶家的人，除了老陶，行走在村道或田埂之上，只能分清道路左边或右边的田块，只有老陶能叫出三余一队每一块田地的大名和别号。为此老陶很得意，嘴巴几乎都笑到耳朵根上去了。

一队是个穷队，全村两百多口人，老陶家下放那年粮食产量刚过九万斤。按每人四百斤分粮，每年能卖给国家的余粮不过几千斤。余粮少，所得的现金就少，公积金就少。公积金少就无法购买所需的生产资料，用以发展队上的生产。这是一种恶性循环。老陶的宏伟蓝图从增加粮食生产入手，计划第一年增产粮食一万斤，第二年增产两万斤，第三年增产三万斤。也就是说，第三年三余一队的粮食产量就得达到十五万斤。这个数字，队上的人连想都不敢想。一年过去后，一队的粮食总产量果然增加了一万斤，达到十万斤了。在此基础上，他们有些敢想十五万斤了。当然，也只是想想而已。

按老陶的计划，粮食产量达到十五万斤后，卖余粮的钱加上发展副业（养蚕、索粉等）的收入，自己家再拿出一点存款，就能购买一台手扶拖拉机了。

在这件事情上，不能说老陶没有一点私心。他设想，小陶长大后可以学开拖拉机，当一名拖拉机手，怎么的也比在地里干活要强啊。由于买拖拉机的钱很大一部分是老陶家出的，争取拖拉机手的名额应该不成问题。村上的人暂时还没有意识到开拖拉机的好处和体面，他们只是想象那突突作响的手扶拖拉机停靠在村头晒场上、奔跑在队上的田间地头。能这样地想一想，他们就非常地兴奋了。总之，队上的人越来越信服老陶了。

余队长也很倚重老陶，凡事都要和对方商量。到后来他几乎不怎么过问队上的事，一切都由老陶代理，老陶实际上成了三余一队的生产队长。然而，当余队长真的提出让老陶接替他干生产队长时，对方却不肯接受。老陶谦虚地说："我们是来接受再教育的，向贫下中农学习，队上的事能出一份力就出一份力，但主要还是参谋作用。这个家，还得你来当！"

但真的要在三余扎根，也不是一件容易的事。将来小陶就得在三余娶媳妇、生孩子，陶文江、陶冯氏、老陶和苏群就得埋在这里。村西头的那片坟地里将出现老陶家的祖坟，每到清明时节将有来自村里的孝子贤孙祭扫哭号。看来，这是一个颇为长期的过程，不是一时半会儿能完成的。

然而不久来了机会。一天余队长亲自上门，为大队副书记（也姓余）八岁的闺女提亲。如果老陶家愿意，不仅扎根有望，还能攀上余书记这门贵戚，在三余打万年桩的计划就有了切实的保障。可事到临头，老陶家人却有些犹豫不决。娃娃亲在三余很普遍，但对从南京下来的老陶家人而言未免有些耸人听闻。况且，这门亲一旦定下来，就再也不能变卦了，扎根之事就永无反悔之日了。

老陶思虑再三，经过和家人的反复商量，最后还是婉拒了。他对余队长说："陶陶还小，能不能成才还不一定，不能辜负了余书记的闺女。过些年再说吧，有没有这个福气，得看他自己的努力了。"

对这门亲事，不能说老陶没有动过一点心。他的答复之所以这样小心翼翼，婉转迂回，不仅是给自己留余地，也是怕得罪了余书记。当然，得罪是肯定了的。老陶想：只有在别的地方加以弥补了。于是他更加忘我地投入到三余一队的生产建设中去。

　　老陶和男劳力一起在田间劳动，犁地、挖沟、割稻割麦，冬天下到戽干的河沟里捵河泥。他穿着长筒胶鞋，陷在冰冷滑溜的河泥里，用木合子将乌黑的河泥一合一合地往上捵，看见家里人从岸上走过也不打招呼。与此同时，苏群每天傍晚在村上挨家挨户地串门，为村上人治病。陶文江在家里接待客人，给人递烟。小陶上学，早出晚归。陶冯氏则管理家务，择菜做饭。这便是老陶一家下放一年后的生活图景和大致格局。现在，我该转入下一章了。

# 三 小陶

## 1

小陶生于三年困难时期。生他的时候，老陶一家没有肉吃。去副食品商店里买肉要凭肉票。肉票每人每月一张，一张肉票可以买二两肉。老陶家当时四口人，也就是说每个月可以买八两肉。这些肉票都攒着，以待小陶的出生。

一天老陶在一家商店里发现了一种肉罐头，500 克装，也就是一斤肉。每个罐头只需四张肉票（八两），就是说买一个肉罐头他们就赚了二两肉。老陶高兴得不得了，马上跑回家拿来积攒了一个月的肉票，买了一个罐头。到后来，老陶家已不再积攒肉票，改攒肉罐头了。到小陶出生时，他们已经攒下了五个肉罐头。

这些肉罐头是专门供应担任哺乳任务的苏群的。她将肉罐头转变成甘甜的乳汁，再供应给小陶。当然，仅仅靠五个肉罐头是远远不够的。

老陶于是来到当年搞土改的南京郊区，居然让他弄到了两条黄鳝。每条黄鳝拇指粗细，一尺来长。老陶自然兴奋不已。这两条荒年的黄鳝最终也变成了乳汁，被小陶贪婪地吸收了。

这次重逢使农民朋友回想起老陶待他们的种种好处。

一年冬天，互助组仅有的牛死了，老陶摘下手表，让他们卖了，去买一头牛。离开郊区时，老陶将带下去的所有的家当都留了下来，包括一张书桌、一件大衣和一只搪瓷脸盆。回南京后，老陶用自己的工资资助一位当地青年读书，一直读到大学毕业。多年以来，老陶和他的农村朋友始终保持着往来。每次来南京看病他们都会来老陶家里借宿，打地铺睡在老陶家的地板上，有时一睡就是个把月。至于到底要住多长时间，那得看病情的严重程度以及治疗情况。

对于自己所做的一切，老陶认为已有回报。他根据不多的农村生活经验，创作了一系列的短篇小说。这些小说后来在刊物上发表，使老陶名扬全国，终于吃上了文学这碗饭。对一个生长在城市的年轻人来说，的确是很难能可贵的。和农民朋友保持经常性的接触、和他们谈论农时墒情乡村野事自然十分地必要。

老陶买回两条黄鳝后的一天，从郊区来了一个农民。他走进洪武路九十六号，上了三楼，找到老陶家。不过这次没有耽搁很久，农民朋友不是来借宿的，放下一担大白菜后他就离开了。大白菜，整整的一担，而不是一棵，老陶一家激动得有些泪眼模糊了。

他们从箩筐中取出一棵白菜，这一棵还只切了一半，煮熟后关上门偷偷地享用。另外半棵白菜放在厨房里的砧板上。厨房是与邻居共用的。大约半小时后（老陶一家吃完白菜，去厨房收拾碗筷），砧板上的大白菜便不翼而飞了。老陶家人不敢声张，谁让他们如此大意，将这么珍贵的东西随手乱放呢？现在的问题不是半棵白菜，而是一担，整整的一担，弄不好的话没准会招来杀身之祸。

剩下的白菜被小心地收藏起来。每次煮白菜时更是万分在意。老陶家人常常半夜三更地去厨房里捣鼓，屏声息气、轻手蹑脚的，生怕锅灶碗盏发出声响。至于煮白菜时的那股奇香，是怎么也掩饰不住的。难怪第二天起来，饥肠辘辘的邻居们会用狐疑的目光上上下下地打量他们。

小陶在五个肉罐头、两条黄鳝和一担大白菜的养活下勉勉强强地长大了，过了周岁。


# 2


小陶三四岁的时候，一次苏群抱着他去电影院看电影。前方银幕深处，一颗星球旋转而来，上面布满了丑陋的裂隙和坑洼。小陶被吓得啼哭不止。由于惊扰了邻座，苏群不得不抱着他提前退场。回到家里，老陶看着眼泪汪汪的小陶说了句："这孩子真没出息！"

那颗扑面而来的星球自然是我们的地球了。的确，还有什么比地球更恐怖的事物吗？它呼啸着，旋转着，不由分说地砸了过来。小陶大约回忆起来到人世的一瞬，难道还有什么比出生更令人绝望的吗？据我所知，没有了。

既已出生，就再无退路，只有在无可奈何中慢慢长大。渐渐地，当初的恐惧已开始淡忘，求生的意志变得明确起来。小陶六岁时，"无产阶级文化大革命"在中国如火如荼地展开，这是史无前例的，也就是从未有过的。当然，年幼的小陶并不明白。对他而言，只是世界的细节变得空前明晰（相对于那颗作为某制片厂图标的模糊的星球），也更加地丰富多彩了。

炎热的夏天晚上，老陶一家搬了竹床在洪武路九十六号大门外的路边乘凉。一辆辆的三轮货车轰鸣着，疾驰而过，车斗上站满了戴着头盔、手持长矛的人。在街边路灯的映照下，矛尖闪着寒光。有的人还光着脊背，身上闪烁着一层油光。这些精壮的身体是前去武斗，也就是搏杀的。听说这些后，小陶的心里不由得一阵清凉，也不觉得那么热了。

第二天，由邻居家的一个大孩子率领，小陶和另一个孩子瞒着各自的父母，三个人去了武斗现场。

他们走过了好几条街，小陶第一次走这么远的路。最后，他们来到一栋带草坪的三层楼前。那儿什么都没有，四周静悄悄的。三层楼上，只有一些窗户半开半闭。小陶发现，所有的窗户上面都没有玻璃。大孩子说，玻璃被武斗的人砸掉了。

没有玻璃的窗户黑洞洞的，让人害怕。大孩子对小陶和另一个孩子说：昨天某某某（其中一派的头头）肠子里的屎都被人家揍出来了。

在楼前的草丛中，他们发现了很多发亮的玻璃。有一团白花花的东西反射着下午的阳光。开始的时候，小陶还以为是一个光着身子的人，走近一看原来是一只浴缸。

浴缸断成两截，在绿茵茵的草地上是那样地白和刺目，并且庞大无比。显然它是从楼上的窗口被扔下来的。把它扔下来的那个人定然力大无穷，在小陶看来他就像一个妖怪。

他再也不愿意往前走了，央求大孩子回去。大孩子执意要到楼里面去。他拉着另一个孩子进去时，小陶就站在草坪上等他们。小陶不敢朝大楼看，生怕大孩子他们被人从黑洞洞的窗户那儿扔出来。

恐惧以外更多的还是欢乐，是莫名的兴奋。

老陶和苏群去了五七干校以后，陶文江和陶冯氏由于年纪大了，精力不济，管束不住小陶。后者和邻居家的孩子成天在院子里、马路边乱窜，不禁看见了许多怪事奇景。

常常有头戴高帽、挂着牌子游街的人，站在高高的车斗上。也有的自己走在马路上，旁边是穿着绿衣服戴红袖标的红卫兵小将，他们手中的红宝书也是鲜红鲜红的。每一次游街都有喧闹的锣鼓伴随，像过节一样的热闹。那些被揪斗的人，有时自己手上也提着一面小铜锣，一面走一面当当地敲打。

如果说红和绿是时代的流行色，那么锣鼓家伙就是时代的最强音了。只要一见红绿二色，听见锣鼓喧天，小陶就无比激动，忍不住要跑出家门，看看发生了什么事。后来那红绿二色和锣鼓喧哗终于逼近了洪武路九十六号大院，破四旧的熊熊火焰在院子里升起来了。无数的书籍、字画、账本、绸缎被投掷到火焰里，还有那些烧不着的坛坛罐罐、雕像、砚台、茶壶等等。一场大火之后一概变得黑乎乎的，不分彼此。对于这场光明耀眼的大火，老陶家亦有贡献。穿绿衣戴袖标的人将他们家的几箱书籍以及老陶的大量笔记都搜罗一处，投进了火中。对此，最得意的莫过于小陶。

不久，那红绿二色和锣鼓家伙进入了大楼，上了三层，来到老陶家的门口。穿绿衣的人在他们家的门框上贴上鲜红的标语，振臂高呼口号。从这些口号中，而不是标语上小陶得知老陶被打倒了（小陶这时还不识字）。贴标语的人对小陶说，老陶之所以被打倒，因为他是一个坏蛋。

"你要和陶培毅划清界限，以后不能叫他爸爸，只能叫陶培毅！"他叮嘱小陶道，后者不禁深感荣幸。

让小陶兴奋不已的不仅是这送上门来的火热场面，此外还有一种惊喜，翻译成成人的语言就是："我们家居然也出了坏蛋！我们家居然也有人被打倒了！"这样的荣耀小陶连做梦都不会想到。


## 3


从此以后，小陶就不再叫老陶爸爸了，而是直呼其名，叫陶培毅。老陶偶尔从干校回家，拿些换洗衣服和咸菜。他总是愁眉不展，低垂着头，很少说话。这个灰暗的形象在家里一晃，不一会儿就走了。小陶喊他陶培毅，老陶置若罔闻，或者含糊地嗯一声，算是答应。小陶觉得怪没趣的。

每天傍晚，陶文江从三楼的窗口探出身来，呼喊在院子里玩耍的小陶，晚汇报的时间到了。每次小陶总是飞快地蹿上楼，从不耽误，而吃饭的时候叫他就没有这么爽快了。后来陶文江也只是在晚汇报的时间叫他，吃饭则随他去了。楼道里被粉刷一新，早请示晚汇报时邻居们聚集一处，拿出预备好的毛主席画像往墙上一挂。红宝书则每人一本，由自己保管。小陶对参加晚汇报很积极，因为他又看见红宝书和绿衣服了（邻居的大哥哥大姐姐穿着绿衣服）。小陶也有一本红宝书，但没有绿衣服。他很想参加早请示，吵着让陶文江叫醒他，但每次陶文江都不照办，为此小陶很不满意。

一天，晚汇报刚结束，大家发现了从干校回来的老陶和苏群。他们一起回家，这还是第一次。以前，由于所在的干校不同，他们总是分别回家的。当时邻居们还站在楼道里，眼看着老陶和苏群就要走进自己家的门，小陶大喊一声："打倒陶培毅！"

小陶完全是灵机一动。以前，他喊"陶培毅"，老陶总是不为所动，而老陶不为所动，小陶就觉得很没趣。他要使家里的坏蛋有所触动。

听到小陶的喊叫，陶冯氏从房间里奔出来，一把逮住了小陶，连拖带拽地把他拉进家门。一面拉陶冯氏一面骂："小炮子，我看你是作死噢！"进门以后又给了他一巴掌。众目睽睽之下，这个人就丢大了。为抗议老陶的沉默和陶冯氏的暴行，小陶哭得震天动地。

小陶边哭边骂，他骂陶冯氏是"地主婆"，骂老陶是"反革命"，骂陶文江是"历史反革命"，骂苏群是"女特务"。但任他怎么骂家里人都不再理睬他了。小陶被反锁在房间里，陶冯氏说："霉他！"

小陶被霉了两个多小时，最后停止了哭闹。他看着白色的墙壁和四周纹丝不动的家具，不禁觉得很没趣，甚至感到了一丝空虚。

由于这次失败，小陶又开始叫老陶爸爸了。

去干校以前，老陶和苏群有临睡前阅读的习惯。他们倚靠在床头，各自捧着一本书。小陶则坐在他们中间。老陶和苏群读书时，他一会儿抬头看看这个，一会儿看看那个。大约八点半左右，陶文江走进儿子的房间，把小陶抱出去，抱进他和陶冯氏的房间、小陶自己的小床上。每次小陶都很不情愿离开，表现得恋恋不舍。

这次老陶和苏群一起回来，没有像往常那样当天返回干校，他们在家里住了一夜才走。这一晚，老陶和苏群又开始读书，可小陶没有爬上床去，坐在他们中间。他在另一间房间里赌气。后来，气也消了，仍不见老陶苏群来招呼他，小陶觉得很难过。

第二天，老陶和苏群分别回干校去了。苏群临走，蹲下身去搂住小陶，眼睛不禁湿润了。苏群走后，老陶也走了，临出门前他摸了摸小陶的头，叮嘱他说："要听爷爷奶奶的话。"

父子俩都没有提昨天的事。后来，老陶就真的走了。小陶站在楼梯口，能看见下面楼梯的扶手。他看见老陶的一只手搁在上面，一截一截地向前移去。然后再转过来，一截一截地向前移动。那只手越来越小，甚至比小陶的手都还要小了，然后就彻底消失了。自始至终，小陶都没有看见老陶的身体在楼梯口出现。


# 4


老陶和苏群再次一起回来时已过了很久，他们家门框上的标语都已褪色了，陶文江拿着糨糊瓶已经修补过很多次。小陶对晚汇报也不像以前那么热衷，他已经上学念书了。学校给了他新的天地，使他经历了许多新事情。这些事，由于小说进度的缘故，我就不一一道来了。

老陶和苏群再次归来时，又靠在床头读书。小陶最后一次坐在他们中间，但感受已不再相同。是小陶长大了吗？的确，但不仅于此。实际上，老陶和苏群根本就没在读书，他们只是拿着书，装装样子而已。他们在讨论问题，神情认真而严肃，语调也十分地深沉凝重。

小陶不能完全明白他们在说什么。老陶和苏群彼此交换着一些词，什么"空袭""警报""三线""疏散""原子弹""防空洞"。这些词在小陶的上空，老陶、苏群的房间里飞来飞去，让小陶惊恐不已。

他像小时候那样，抬头看看这个，又看看那个，但老陶和苏群并没有理睬他。小陶只有抬头去看灯泡，那里面的钨丝像一缕金线般熠熠生辉。看得时间久了再看床单就没有以前那么白了，甚至整个房间都暗淡下去。光影之间，老陶和苏群的面孔变了形，嘴巴翕动着，吐出一个个令人不安的词。小陶心想：要打仗了。他又想：这可怎么办呢？想了半天，没有答案。

恐惧再次来到小陶的心里，不过，时间不长。没过多久，老陶一家就被批准光荣下放了。那些敲锣打鼓穿绿衣服的人又来到老陶家门前，撕去门框上的旧标语，换上了新的。

老陶家人喜气洋洋，就像办喜事一样。小陶在学校里也出尽风头。班主任王老师问："你们中有谁家被批准光荣下放的？请举手。"

小陶马上把手举起来。和他同时举手的还有另一个同学。王老师对那个同学说:"你不用举手,你们家是逃亡地主,是押送回乡的。"

　　那个同学于是灰溜溜地把手放下,只有小陶骄傲地把手举过了头顶。

　　学校还专门为即将下放的同学开了欢送大会。小陶和另外十几个要下放的学生被安排在主席台上。他们坐成一排,胸前戴着碗口大的大红花,学校赠送给他们每人一套《毛选》四卷,上面扎了红绸子。他们手捧《毛选》四卷,俯瞰着台下的全体师生。在这种场合下,锣鼓、标语和口号自然是少不了的。那天小陶激动得脸都红了。

　　从此,小陶就不用再上学了,不用再去学校。老陶和苏群也都被解放了,从干校回到家里。他们所在的单位也分别开了欢送大会,戴了大红花、发了《毛选》四卷。老陶家一共得到三套《毛选》,其中的一套是小陶拿回家的。

　　他们即将出发到农村去,最激动的当然是小陶。他逢人就说:"我们家要下放了,到洪泽湖去,去吃鱼!"一面说一面比画。

　　难道小陶长这么大没吃过鱼吗?当然不是。也许刚出生的时候吃得比较少,后来就不一样了。但这不是一般的鱼,而是洪泽湖的鱼。洪泽湖的鱼就不一样了?因为那是洪泽湖的鱼。再问下去,小陶就不知道该怎么回答了。但他心里清楚,这不一样肯定是存在的。

　　小陶出生在南京,几乎没有见过农村。很小的时候(大约三岁不到),一次老陶苏群带他去郊区。那时,南京长江大桥还没有建成，他们是坐渡轮过江的。在江北的岸边，小陶第一次看见了绿色的庄稼，还有一头大水牛。由于他的年纪过于幼小，有关农村的印象十分模糊。

后来，大桥刚刚建成通车后，老陶和苏群又带着小陶，准备横跨大桥到长江对岸去。可走到一半，小陶要大便，长江大桥上没有厕所。小陶拉了拉苏群的衣角，怯生生地说："它要出来了。"它，就是指那泡大便。于是老陶夹着小陶，返身向引桥的方向飞奔而去找厕所。

小陶看农村的愿望终于未遂。他只是看见了刚刚建成的披红挂绿的大桥，此外还多了一个外号，叫"出来了"，是老陶给他起的。

一年多以后，小陶又来到了大桥上。不同的是，这次他坐在装饰着彩带花朵的大客车上。这样的车，前后都有很多辆。小陶又看见了令他兴奋不已的红绿颜色，听见了震耳欲聋的锣鼓声响。欢送他们的队伍很长，因而车行缓慢。小陶并没有陶醉在这热烈的气氛中，车行至此，他不禁想起了那件丢人的事。"出来了，出来了。"小陶想，觉得那长长的车队就像是一截长屎，终于从南京城里出来了。

# 5

他们吃饭的时候，有很多人围观。房子里黑乎乎的，只是小方桌上有一盏墨水瓶做的油灯。油灯如豆，照着前面的四只菜碗。小陶坐在床沿上，靠着一堆被子。后来那被子动了起来，并伴随着一阵咳嗽，他这才知道被子里躺着一个人。那人在被子下面调节了一下屈腿的姿势，以便让小陶靠得舒服一些。

从村上人的口中得知，那人是吕素英的丈夫，也姓余，有字辈，得了老胃病，已经卧床不起十几年了。十几年来，他就这么一直躺着，似乎专门在等小陶的到来，然后屈起腿，让他靠着吃饭。小陶很想看清他的脸，但身后的床上黑乎乎的一片，最后小陶还是没有看清。

这时桌下冒出一只狗头，由于黑暗，小陶看不清它的毛色。探进灯光里的狗头黑白相间，白多黑少，就像一个人的脸上长了一块大胎记。小陶伸手摸了摸狗头，感觉到上面的狗毛又密又厚，还有点湿。狗眼乞求地望着小陶。虽然它的头和桌面平齐，菜碗就在它的嘴边，但没得到允许狗还是不敢把嘴伸进菜碗里。

看来这是一只很乖的狗，在小陶的腿边蹭来蹭去的。后者从菜碗里捡了一块黑乎乎的东西，大约是肉，扔在桌下，那狗便吧唧吧唧地吃起来。围观的三余人不禁发出一阵唏嘘。

小陶问："它叫什么名字？"

十几个人几乎一条声地说："狗，狗，它叫狗！"

他们的声音中含有明显的不满。在他们看来，狗是不应该吃肉的。

由于小陶的缘故，那狗平生第一次吃到了人吃的猪肉，而且还是煮熟的，经过了精心烹调。当它第二次抬起头来，乞求地望着小陶，后者正准备捡第二块肉的时候，周围发出一片叫喊："把给我吃吃！把给我吃吃！"

叫喊的自然是孩子。大人嘴馋，但还不至于如此不顾面子。

孩子们一面喊，一面从黑暗中伸出十几只小手，有的几乎戳到了小陶的脸上。老陶及时地制止了小陶的行为。桌下的狗突然不见了。过了一会儿，小陶听见屋后发出一阵狗的哀鸣声，它被村上的人弄了出去，大概因为不懂规矩受到了严厉的惩罚。

孩子们大呼小叫，其中一个人叫得最起劲。他的特征很突出，头上没有头发，因此脸显得特别大。秃头穿着一件黑色的棉袄，腰间扎了一条草绳。小陶兴奋地叫道："秃子！秃子！"被老陶呵止住。小陶又叫："大头！大头！"大头嘻嘻地笑着，露出了一口黄灿灿的大牙。

后来小陶要上厕所，老陶让大头把他带出去，跟出来的还有另外七八个孩子。

外面，月光如水，天寒地冻，大头领着小陶向屋后的粪缸走去。那儿围了一圈玉米秸的篱笆，里面黑黢黢的，一股臭味儿扑面而来。小陶不愿进去解手，大头就让他在外面的空地上蹲下。小陶踌躇着，大头于是解了自己的裤子蹲下，以作示范。见小陶还在犹豫，另外那七八个孩子也都脱了裤子蹲下来，露出了白生生的屁股。小陶学他们的样子，脱了裤子就地蹲下，可他怎么也拉不出屎来。

他们就这么蹲着，冷风把屁股吹得生疼。小陶越是着急，就越是拉不出来，最后，屁股都冻得麻木了。小陶抬头看见树杈间的一轮月亮，觉得它是那样地大，那样地圆，就像是一个大屁股。

# 6

第二天一早，老陶一家就起床了。小陶也不例外。被子里的热气已荡然无存，大人们已纷纷起身，再没有人挤挨着他了。

小陶虽然睡得不够踏实，起床后还是很兴奋。他从来没有这么早地起来过，而且还是在这么一个新鲜的地方。天气很寒冷，苏群让小陶穿了四件毛衣，一件套着一件，就这么鼓鼓囊囊地流着清水鼻涕出了门。

他看见老陶在牛屋前的空地上做扩胸运动，嘴巴里呼出阵阵白气。在老陶的身边，有一堆不知谁家堆放的山芋藤，上面覆盖着一层白霜，在清晨阳光的照射下，盐粒般地闪烁着。山芋藤约有半人来高，堆得像座小山。小陶呼喊着冲上去，山芋藤立刻垮塌下来。小陶再次冲上去，小山比刚才又矮了许多。直到被夷为平地，山芋藤在空地上摊了一大片，他这才罢手。

不久，村上的人就来了。来得最早的是那个大头，小陶这时才知道他叫九月子。他领着九月子在牛屋前后转了一圈，参观那些拆了一半的家具。后来，九月子把小陶带出了桥口，到村上去了。

他们来到一块刚收完山芋的地里，那儿有十几个放猪的孩子。因为放猪，脱不开人，所以他们没有去老陶家门前围观。见小陶自己送上门来，放猪的孩子自然大喜过望。他们伸出黑黑的小手，摸小陶的衣服，一面摸，一面嘴巴里啧啧有声，表示稀奇。那些伸过来的小手又黑又脏，有的上面还生了冻疮、裂了口子，混合着脓血。小陶生怕衣服被他们弄脏了，竭力地避让着。这时九月子走过来，挡在小陶和放猪的孩子之间，他们要摸小陶的衣服须经过他的同意。他在他们中间块头最大，长相也最凶，所以没有人敢于违抗，况且小陶是九月子领来的。

小陶从口袋里掏出一片桃酥，咕吱咕吱地嚼起来。九月子向他伸出一只手，说："把给我吃吃！"

与此同时，其他的孩子也都向小陶伸出一只手，说："把给我吃吃！"

十几只小手同时伸向小陶。他停止了咀嚼，不知道该把桃酥放在哪只手上。

这时，身后传来一片呼哧呼哧的声音，那是孩子们放的猪。因为小陶的出现，它们被忽略了很久。这时呼哧呼哧地叫着，孩子们听而不闻，只有从未听过猪叫的小陶才有所察觉。

他看见那些大大小小的猪，在地里到处乱跑。有垂着一排乳头身躯庞大的母猪（那些乳头几乎要擦着地面了），也有围绕着母猪跟在后面奔跑的小猪。无论母猪还是小猪或是半大的公猪，都是黑色的。它们用嘴拱着土块，寻找着地里残留的没有被挖出的山芋。这块地已经不知道被它们拱过多少遍了，起伏不平，到处都是土疙瘩，看不见一棵青草，甚至草根。整块地里灰褐一片，由于猪群的跑动，腾起了阵阵烟尘。

若在平时，猪要是拱到一块山芋，放猪的孩子立刻就能发现。如果来得及，他们就把猪赶跑，从土里捡起山芋在衣服上擦擦便大嚼起来。为和人争食，那些猪没少挨打。可今天，孩子们的注意力不在猪身上。他们围着小陶，伸出一只只小黑手，眼巴巴地看着他。甚至猪们也停止了奔跑，在孩子们的身后围成一圈，尽量抬起它们的脖子，肥厚的鼻子一嗅一嗅的。难道它们也想吃桃酥吗？也许是桃酥的奇香让它们忘乎所以，不知道自己是猪了。

小陶尽数掏出口袋里的桃酥，递给放猪的孩子。他身上其他的零食，也都被掏了出来，分给他们。

这以后每次小陶出门，都要在衣服口袋里装满零食，这样才有资格站在放猪的孩子们中间，和他们一起玩。

十几天下来，老陶家从南京带来的点心、糖果、饼干之类已所剩无几。小陶寻觅了半天，才从一只搪瓷罐里找出了一袋做八宝饭的红绿丝。他将沾有白糖的红绿丝带上，在放猪的孩子中又引起了一阵惊奇。"把给我吃吃！把给我吃吃！"他们说，嘴角上还粘着红绿丝。

到后来，那"把给我吃吃"的呼喊已很机械，只要一见到小陶他们就这么说，这与小陶是否已经把给他们吃吃了无关。只是在把食物(红绿丝之类)递进口中的一瞬间，他们会停止说这句话，甚至还没等完全咽下肚他们又开始说了。

小陶最先学会的一句三余话就是：把给我吃吃！


# 7


小陶在三余结识的第一个朋友是九月子。他十五六岁的年纪，已经不能算是孩子了。因为家里穷，又生着瘌痢头，至今没有说媳妇(定亲)，村上的人为此有些小瞧他。

九月子虽然不像一个孩子，但也没有资格和男子汉一块儿干活，挣十分工。他总是混在姑娘媳妇们中间，和她们一道下地劳动。但他毕竟已经懂事，这样下去也不是长久之计。余队长无奈之下，让他离开了妇女队，一个人单干，给队上干点杂活，但记的还是妇女的六分工。因此九月子有很多的闲暇时间，走东串西，不仅给队上干活，也不时地为各家帮点小忙。除了他妈，村上的所有大人都能支使他。

老陶家刚来时，九月子理所当然地前来帮忙。他帮老陶家拆家具、抬衣橱、担来塞墙缝的稻草、下河拎水等等，同时领着小陶四处瞎逛，忙得不亦乐乎。他和老陶家的特殊关系就是这时建立起来的。自然，九月子也得到不少好处，除桃酥、红绿丝外，老陶家人还经常给他一些穿过的旧衣服。陶文江时不时地会塞给他两三块钱。最大的收获当然还是苏群从县城的医药公司里买来灰黄霉素，治好了他的癞痢头。

如今，九月子顶着一头刚长出的簇新的黑发，穿着老陶以前的一件泛白的中山装，经常倒背着手，在村上走来走去。乍一看，还以为是公社里的干部。凭这副尊容，说上媳妇是早晚的事。九月子认为不可草率从事，得认真地挑选一番。

为促进各家的副业，队上兴起了养鸭子之风。小鸭子是队上出钱统一购买的，按人头分给每户。放鸭子的任务自然落在了九月子的身上。

他每天手持一根长长的竹竿，将各家的鸭子收集一处，沿着村中的小河把鸭群赶来赶去。九月子去谁家干活，那些鸭子就泊在谁家园子旁边的小河里。当然，鸭子最常出现的地方还是老陶家园子后面的小河，因为九月子经常给老陶家帮忙。很长时间以来，老陶家后面的小河里总是充斥着一片鸭子的鸣叫声，显得生机盎然。哪里有鸭子的叫声，哪里就有九月子，这是人所共知的事实。

每天傍晚，九月子把鸭子赶上村道，自东向西而去。鸭子自己认识家，摇摇摆摆地进了各家的桥口。第二天一早，主人打开圈门，鸭子便自行走进园子前面的小河。这时，手持长竿身着中山装的九月子出现了。

鸭子下蛋一般是在清晨，下在各家的鸭圈里。也有来不及下蛋就被九月子赶出来的，那就只好把蛋下在河里了。九月子每天都要脱去中山装、扒下裤子，下到河里摸鸭蛋，每天都能摸到两三枚。这些遗漏的鸭蛋归九月子所有，他愿意给谁就给谁。当然，其中绝大部分被送到了老陶家，陶文江一一将它们收下，付给九月子几毛钱。

后者放鸭子的积极性空前高涨，每天越起越早，赶鸭子下河。因而从河里摸起的鸭蛋也越来越多，陶文江收购的鸭蛋也越来越多，小陶吃到的鸭蛋也越来越多。每次，小陶吃鸭蛋的时候，陶文江都会说："这可是九月子的鸭蛋啊！"

鸭蛋吃多了不免要倒胃口，小陶开始拒绝鸭蛋。陶文江再次提醒他说："这可是九月子的鸭蛋啊！"

九月子何许人也？小陶的好朋友，因此，怎么能拒绝他的鸭蛋呢？

老陶觉得这事儿荒唐之至。养鸭子的方案是他提出来的，分配给各家的鸭苗也是他垫钱买的，现在，鸭蛋成灾，都卖到他家里来了。不仅有九月子白捡的鸭蛋，其他人家的鸭蛋也舍不得自己吃，拿到老陶家来卖，陶文江也都悉数收下。老陶自己家为起带头作用，也养了两只鸭子，由九月子代放。因此虽然老陶十分不满，但也不便说些什么。

8

转眼到了夏天。

一天九月子到老陶家，约小陶晚上去抓黄鳝，同来的还有细巴子。他也已经不小了，和九月子同岁，但个头比九月子小了很多。细巴子有病，背上有个驼峰，人瘦得像根竹竿子。由于身体原因，他从不参加生产队的劳动，整天待在家里，不像九月子那么招摇。苏群的医术再高明，也治不好下细巴子的驼背，因此他与老陶家的关系很一般。

他们来约小陶抓黄鳝，是看中了老陶家的手电筒。灌水后的麦茬地，黄鳝从田埂边的洞穴里游出来，用手电筒一照，顿时呆若木鸡，再用手去抓它们，简直易如反掌。

老陶家没来的时候，每逢这个季节，村上的大人孩子都拥到水田里抓黄鳝。不过他们没有手电筒，每人手上捧着一盏墨水瓶做的柴油灯。那灯即使在屋里，也照不出三尺远，何况是在这没有遮拦的水田里？对黄鳝的震慑作用自然不及手电筒。当然，老陶家来了以后，有幸能用手电筒抓黄鳝的在三余也只有九月子一人。由于他和老陶家的交情，借用手电筒是不成问题的。

九月子和细巴子各自背着一个肚大口小的鱼篓，小陶手持电筒，三人同行，明明灭灭地向村外走去。

还没有到地方，就听见哗啦哗啦的淌水声。水田里油灯闪烁，犹如萤火虫一般，到处飘舞。他们来到田边，脱了鞋，挽了裤腿下去。小陶把手电筒交给九月子，而他的手上则多出了九月子的一双臭鞋。小陶提着两双鞋子（他和九月子的），跟在九月子和细巴子身后。

他的脚很娇嫩，脚底没有老茧，一脚踩上粗硬的麦茬，便会疼得钻心。因此小陶走得十分小心，不敢把腿抬得过高。如果碰上被河水泡软的泥巴，粗糙的颗粒按摩着脚心，倒也非常地舒服。小陶趋利避害，举步维艰，因此落在了后面。他让九月子细巴子走慢一些，他们听而不闻。最后，那明晃晃的手电光移到前面去了，只留下小陶一个人在黑暗的水田里摸索。

九月子他们很快就抓到了很多黄鳝，装满了两只鱼篓。他们没有折回来接小陶，而是走向对面的田埂，上去歇息了。一面歇息，一面等小陶。九月子摆弄着手电筒，到处乱照一气。小陶不知道在水田里蹚了多久，眼看那手电光越来越暗，几乎混同于油灯了。他总算来到田埂上，找到了九月子和细巴子。

九月子将电池耗尽的手电筒交给小陶，换回他的鞋子。小陶很生气，说他要回家了。九月子和细巴子正聊得兴起，不想马上回去。小陶要一个人走，他们就恐吓他说，坟茔滩里有鬼，专门抓小孩，特别是像小陶这样城里的小孩，细皮嫩肉的，好吃得很，一吃咕吱咕吱地直响，喷香。

九月子和细巴子聊什么聊得兴起？他们在谈女人。

他们谈的女人是村西第一家耕庆的闺女桂兰，她已经十八岁了，还经常尿床。耕庆家门前的草垛上每天都要晾被子，他们家的稻草烧锅时一股尿臊味儿。因为这个毛病，桂兰十八岁了，还没有找到婆家。还有一种说法，桂兰出过一次门，婆家是三里地外大张大队的，因为尿床的毛病桂兰被人退亲，又回到了村上。这一回来，就再也没有离开过。九月子和细巴子争论的焦点是桂兰到底有没有出过门？两人各执一端，谁也说服不了谁。

九月子说，夏天的时候，桂兰喜欢在严妈河堤上乘凉，她在小凉车上一睡就睡到天亮。小凉车是三余的一种卧具，由树棍钉成框子，中间穿编几条草绳而成。桂兰睡在小凉车上，下面不垫席子。尿床时小便通过草绳之间的空隙滴落到严妈河堤上，被清晨的风一吹，臊味儿便无影无踪了，桂兰最多会弄湿几根草绳。当然这是在夏天。天冷以后就不行了，桂兰得搬回房子里睡，于是耕庆家每天都要在草垛上晾被子。

九月子说一天后半夜，他抓黄鳝回来，看见桂兰一个人睡在河堤上。他于是走过去，将桂兰的裤头往下捋。这时桂兰翻了一个身，吓了他一跳。九月子赶忙蹲下身去，桂兰的大屁股就耸立在他的前面。

九月子对细巴子说："桂兰是个白板子。"

"白板子？"细巴子说，"怪不得她长这么大还尿床呢！"

他们呼哧呼哧地笑起来。小陶想了半天，也不知道什么是白板子，只是觉得这不是什么好话。九月子和细巴子还呸呸地吐了几口唾沫，连说："晦气！晦气！"吐完之后九月子又说，他把桂兰推下河去了。

桂兰的确是落水而死的，在三余，这是人所共知的事情。

然后两个人又开始议论桂兰长得多漂亮，皮肤有多白，说是连苏群也比不上。九月子打了个比方，说桂兰掉进面缸里都找不着。又说她的大屁股（这点上只有他有发言权，细巴子只有听的份儿），就像镜子一样能照见人。

小陶见他们联系到苏群，不想再听了，吵着要回家。九月子和细巴子就吓唬他，说桂兰变成了落水鬼，每天夜里从严妈河里爬出来，一丝不挂，舌头伸出来有尺把长。他们越是这么说，小陶就越是要回家了。


# 9


小陶独自一人，历经千辛万苦（手电筒没电了，还要经过水鬼出没的严妈河堤）回到家里，就生病了，发了一夜的烧。第二天九月子来老陶家，小陶拒绝和他讲话。在苏群的追究下，小陶这才说了九月子推桂兰下河的事。老陶对三余的历史现状了如指掌，他掐指一算，对小陶说："九月子在吹牛，余桂兰死的时候才九岁，像你这么大。"

小陶和九月子绝交是因为另外一件事。

一次，他在村口碰见九月子，后者正站在一棵树下和村上的几个男人说话。见小陶来，他们说得更起劲了。一面说，一面还拿眼睛看小陶。

九月子说，一次苏群对他说："天气真热啊！"九月子说："热哪，白天不热，晚上热。"苏群说："晚上热，白天也热。"

在三余话里，热与日同音。听九月子说话的人嘿嘿地笑起来，他们对小陶说："晚上日，白天也日。"

他们重复了很多遍，并且不怀好意地笑着，感到很满足。最满足的当然是九月子，因为这件事是他说出来的。苏群说："晚上日，白天也日。"也是对他说的。

回到家，小陶声称九月子是坏蛋，让家里人不要再收他的鸭蛋，也不要再借手电筒给他了。苏群追究了半天，问小陶到底发生了什么事，小陶就是不肯说。后来这件事也就不了了之了。

# 四 小学

## 1

下放时，小陶已读小学三年级，而三余大队的小学只有两个年级，一年级和二年级。也就是说，三余小学不能算是一所小学，只能算半所，或者小半所（当时的小学是五年制）。二年级以后，读三年级得去五里地外的葛庄小学。考虑到葛庄小学离家较远，他们又是初来乍到，老陶决定，还是让小陶上三余小学。小陶因此留了一级。

三余小学里只有一位老师，当地人称靳先生。他是该小学里仅有的老师，同时兼任校长。学校里只有一栋教室，亦是泥墙草顶的，已经十分破败，但比起老陶家暂住的牛屋来，还是好了许多。

一栋教室，两个年级，如何上课？这一点并难不倒靳先生。一、二年级分别占据教室的一边，中间是一条过道，讲台的后面挂着一块油漆斑驳的黑板。一年级抄写时，二年级便听讲，二年级抄写时，一年级便听讲，两个年级并行不悖。靳先生倒背着双手，捏着课本在过道里走来走去，很是怡然自得。

讲台、课桌和学生坐的凳子和三余的很多用品一样，都是泥做的。三余人的灶台是土坯砌的，堂屋里装粮食的柜子也是泥巴的，俗称泥柜，就是烤火用的火盆也是泥捏的，更别说家家户户的房子了。三余小学的教室也不例外，里里外外都是泥巴的，除了一块棺材板钉成的黑板外，没有一星一点的木料或其他的材料。

土坯房子（教室）是集体出钱盖的，属于公房，其工艺材料和三余的其他房子一样。课桌和凳子则是学生们自己动手，从和泥着泥到垒砌涂抹，一概不用外人。

为图省事，他们不脱土坯，直接从河边挖取潮湿的泥巴。泥巴里含有草根，免去了掺和稻壳麦眼。他们将湿泥反复搓揉（就像揉面）、摔打，最后形成了一块块泥砖。天气晴好的时候，经常可以看见河滩上蹲着一群孩子，将泥砖高高地举过头顶，然后奋力砸下，反复再三。河滩上响彻一片掼泥之声，此起彼伏，同时夹杂着孩子们开心的叫喊，场面十分地热闹。

掼好的泥砖作为基本材料，被用来垒砌课桌、凳子，上面再抹上掺了稻草的稀泥。一层干后再抹一层，最后，那上面的裂缝越来越细小，直到不怎么看得出来了。学生们伏在这样的桌子上上课，棉袄袖口磨蹭着课桌，时间一久，桌面就被打磨得很平滑，像煤炭一样发出光来。

课桌和凳子毕竟是泥做的，不很结实，所以常常要做修复工作。劳动课上和泥掼泥是经常的事，属于保留项目。渐渐地，小陶觉出其中的乐趣来了。

除此之外，学生还得拾粪，这也是日常劳动，甚至比掼泥还经常。上学的孩子不背书包很常见，但如果不背粪兜就不像是一个学生了。

赶集时老陶特地从汪集买回一个条柳编的粪兜，让小陶扛着去上学。开始时，小陶的肩膀磨得很疼，到后来也就习惯了。这还是一个空粪兜，要是装满了粪肥那就更沉重了。小陶不怕沉重，粪兜越重他就越高兴，因为靳先生给他们规定了任务，每人每月交粪三十斤。

小陶放学以后扛着粪兜在村边地头转悠，哪有什么好捡的？一来三余人信奉肥水不流外人田的道理，从不在园子外面随便拉屎，不仅人，各家养的牲畜也一样。二来，全村人走路都不离粪兜，他们捡了若干年，眼明手快、技艺娴熟，小陶自然是无法相比。别说没什么可捡，即使有，也都被人家捡走了。小陶能碰见的不过是一截细小的狗屎，或者几粒羊屎蛋子，经常是已经风干的，一点臭味儿都没有。这样的粪三余人不屑于捡，因为已经没有肥效了。小陶则照捡不误，只是觉得风干的狗屎很轻飘，没有分量，徒具一截狗屎的形状而已。狗屎本来就很罕见，又被风干了，捡到粪兜里就像刨花一样，无足轻重。因此小陶的粪兜永远是轻盈的，只有粪兜本身的重量，随着小陶的走动不断地颠着他的屁股。这种感觉，让小陶很不踏实。

只是在传说中，小陶听说过牛屎墩子的存在。牛屎墩子就是牛拉的屎，但不是黄牛拉的，而是水牛拉的。三余一队，共有五头牛，其中的两头是水牛。能看见它们拉屎本身就是一件幸事，更别说有机会把它们拉的屎捡进自己的粪兜里了。

终于有一次，小陶看见了水牛拉屎，啪啦啦一阵响动，牛屁股后面顿时堆起了一座小山。一泡牛屎墩子少说也有一二十斤，多的能有三四十斤，刚拉下来时冒着袅袅的热气，很是诱人。一泡牛屎墩子足以装满一粪兜，装满之后尚有剩余。那装满牛屎的粪兜沉重得小陶提都提不起来，更别说背着它走到学校了。这样的好事，小陶连想都不要想。

但有一次，于黎明时分，雾气还没有完全散尽时，小陶在村口发现了一泡牛屎墩子。当时他就装了大半粪兜，飞一样地跑到学校。腾空粪兜再跑回来。这样，在别人尚未发现以前，小陶来回跑了三次，才十分圆满地将整整一泡牛屎墩子运到了学校。

事后小陶不敢相信这样的事真的发生过，他怀疑自己是在做梦。也许，这真的是一个梦呢？

## 2

学生捡的粪归靳先生所有，都垩到他家的自留地上去了。靳先生自留地里的其他农活，也都是学生帮他干的。靳先生本人则从不下地。他不是当地人，以前当过兵。据说，按照靳先生的资格现在至少也是个公社干事。因为作风问题，靳先生流落到三余，娶了三余女人做老婆。

这些，自然都是陈年往事了。如今，靳先生的儿子都已经有他高了。小陶很少能看见靳先生的儿子，他在洪泽县城里读中学，是三余唯一的高中生。高中生很少回家，偶尔回来一次，在村边地头晃一下，第二天就又走了。平时，靳先生就和他的老婆过。

靳先生的家就在教室前面。园子里一共有两栋房子，一栋是教室，一栋就是靳先生的家。两栋房子都是大队花钱盖的，都是泥墙草顶的，只不过，靳先生住的那栋看上去比较整齐一些。两栋房子相距也就一二十米，教室的后窗正对着靳先生家的大门。上课时，学生经常看见靳先生的老婆坐在门前的板凳上纳鞋底、织围巾，或者忙一些别的家务。

靳先生的老婆又丑又老，看上去像靳先生他妈。她从不和学生说话，也不和村上的其他人说话，只知道埋头干活。靳先生本人则很风流潇洒，面孔白白的，梳着二八开的小分头。冬天的时候总是戴一条长长的围巾，在脖子上绕上几圈，然后垂下来，一直垂到衣服下面。在县城上中学的儿子穿着和靳先生一样，也戴一条围巾，并且垂得很长。织围巾是靳先生老婆的日常工作，就像学生掼泥和捡粪一样。

靳先生一家都不干农活，但自留地上的庄稼却异常茁壮，这，多亏了靳先生的学生。

小陶虽然留了一级，在三余读二年级，但却是两个年级中年龄最小的。三余人读书晚，两个年级的学生平均年龄在十三岁左右，就是十四五岁来读书也不算稀奇。他们还经常留级，有的学生已经读了三四年了。虽然读书不行，但由于年龄关系，种地却很在行。谁的力气大、粪捡得多、在靳先生的自留地上干得欢，靳先生就器重谁。两个年级的班长都是干农活的好手。

课间休息时，靳先生喜欢在教室前面的空地上和学生玩铜板或者踢毽子。

玩铜板是用粉笔在地上画一个圈，将一块铜板放在里面，然后隔一定距离用一块铜板砸圈内的铜板。如果砸着了，两块铜板又都在圈内,没有飞出去,两块铜板就是你的了。靳先生有时也输,但那纯属偶然。

看靳先生掷铜板是一种难得的享受。他远远地站在一条线后,抬起一条腿,向后一翘,同时上身前倾,手臂向前伸出,那条围巾垂挂下来,几乎擦着了地面。靳先生手中的铜板不偏不倚,正好落在圈内的铜板上,吧嗒一声,不仅准确度高,姿势也极为潇洒。自然,没有人能玩得过靳先生。

如果一个学生经过苦练,渐渐地能赢靳先生了,靳先生马上就修改规则。比如,将铜板砸出圈外才算赢。规则是靳先生定的,他当然有权修改。况且,即使有的学生能学到靳先生的技术,但他掷铜板时的潇洒姿势是谁都学不来的。因此,没有人不服气靳先生。

踢毽子也没有人能踢得过靳先生,不仅他的技术高、姿势好,同样,他也能修改规则。比如,是踢一块铜板的,还是踢两块铜板的?是踢三根鸡毛的,还是踢三根以上鸡毛的?是用脚背踢,还是用脚弓踢,还是用脚底踢?是一下脚背一下脚弓一下脚底,还是两下脚背两下脚弓两下脚底?是一二三,还是三二一,还是一二一?等等,不一而足。靳先生不仅有修改规则的权力,同时也是唯一的裁判,因此,他的战无不胜就是题中应有之义了。

# 3

靳先生的智慧不仅体现在以上方面，惩罚学生他更是别出心裁。

学生迟到了，他就在黑板上用粉笔画一条曲线，让迟到的学生用鼻子擦掉。曲线画得尽量弯曲，就像是小河里的波浪。学生忽而踮起脚尖，忽而又蹲下身去，忙得不亦乐乎，中途还得打几个喷嚏。所以学生们很盼望有人迟到，当然不是自己。一有人迟到，他们就有节目看了。

靳先生导演的节目还经常变换花样，很少雷同，因而学生们百看不厌，还没等他们看得厌烦，节目就已经变了。

就拿迟到来说，除了用鼻子擦黑板，靳先生还让迟到的学生手持《毛主席语录》（红宝书），跳"敬爱的毛主席，我们心中的红太阳……"一面跳，一面自己唱。靳先生在边上拍着巴掌，为跳舞的学生打拍子。观看这个节目小陶不禁有些激动，他回忆起了在南京的那些如火如荼的岁月。

另一种惩罚方式更激动人心，叫作"请罪"。

受罚的学生在两个班干部的挟持下，在黑板前跪倒。跪倒的学生往往挣扎着要站起来，一面号啕不已、哭爹喊娘。执法的任务一般由身强力壮的班干部担任，他们反剪着受罚者，使劲地按着他的脑袋，终于又把他按下去了。

受罚的学生为何要做这无谓的顽抗呢？因为他的膝下并非是柔软的泥地，而是一小堆玻璃瓦杂。这堆玻璃瓦杂是靳先生专门搜集来的，供体罚学生之用。

三余当地，到处都是柔软的田地，玻璃瓦片之类的东西十分罕见。搜集这些东西颇花了靳先生一番力气。惩罚完学生，靳先生便将这堆稀罕之物用一只撮箕小心地撮起，以待下回之用。向毛主席请罪的学生需要卷起裤管，暴露出膝盖。如果穿着棉裤，卷裤子不方便，就干脆把裤子脱掉。就这么赤裸着白花花的下身跪倒，站起来时双腿无不血乎淋落的。

靳先生惩罚的学生都是体格瘦小、不能干活的。那些人高马大能干农活的，不仅当了班干部，而且有执法的权力。执法的尺度，当然得根据所犯错误的大小，不能乱来。像迟到早退这样的小错，不过是用鼻子擦擦黑板，或者跳一曲《敬爱的毛主席》。"请罪"是大刑，用于犯了大错的学生。比如一个学生因完不成捡粪的任务，偷偷地在粪兜里埋了两块土坯，过秤时被班长检查出来，只得请罪了。

小陶的心里不禁打鼓。他体格瘦小，在两个年级中年龄也最小，而且不会干农活，捡粪也完不成任务。可靳先生从来没有惩罚过他。靳先生对小陶的态度有些敬而远之，就像他根本不存在一样。后者不免感到有些失落。他怕靳先生一旦翻脸，数罪并罚，那时，哭都来不及了。小陶对靳先生始终心存敬畏，又想和他亲近，又有些害怕，一时不知道如何是好。

再说小陶每天上学，要横穿三余一队，临近学校时，有一户人家，园子里种了两百多棵树，这些树都很高大。这是大队民兵营长的家。老陶家的园子建成以前，他家的园子在三余是最著名的。民兵营长家养了两条狗，也很著名。一条是黑狗，一条毛色棕黄，在眼睛的上方有两块黑斑。三余人称这样的狗叫四眼狗，据说四眼狗凶猛异常。小陶每天上学都要约四五个同学，从来不敢单独从民兵营长家的园子前面过。快到民兵营长家时，孩子们便开始轻手蹑脚，四眼狗及那条黑狗一旦出现马上撒腿便跑。两条狗一面狂吠，一面紧追不舍，跑过两个桥口后它们才不再追了。这时孩子们站下来，示威性地向狗扔几块土块泥巴。

小陶很害怕民兵营长家的狗，在他看来，它们简直就是山林中的猛兽。所谓的山，不过是高出平原的河堤，林，就是民兵营长家种了两百多棵树的园子了。

老陶教育小陶要勇敢。他亲自从地里挖了几块砂礓，装进小陶的衣服口袋，对他说："狗来的时候，就用砂礓砸它们。"老陶告诉小陶，千万不要跑，越跑狗越追。要站下来，面对着狗，最好向下一蹲，这样狗就以为你在捡东西砸它了。

老陶让小陶动动脑筋，他问小陶："你见民兵营长家的狗咬过谁吗？"

小陶说："没有。"

继而老陶分析道："民兵营长家的狗再凶，也是一条草狗。草狗一般是不咬人的，顶多会撵撵鸡鸭。会咬人的狗是高大的狼犬，三余没有这样的品种。"

老陶又说，民兵营长家的园子也不是什么森林，再过一些年，自己家园子里的树就会长得比他家的还要高大了。

经过老陶的这番鼓励，小陶终于有了勇气，敢于一个人去上学了。

老陶告诉小陶，对靳先生也一样，要动脑筋，找出他外强中干的一面。

小陶加强观察，不久果然有所发现。靳先生虽然会做游戏、经常体罚学生，但上课时常常会念白字。比如把"如火如荼"的"荼"念成了"茶"，把"谆谆教导"念成了"哼哼教导"。回家后小陶向老陶汇报，老陶说："他这是在误人子弟！"

靳先生还说，尼克松是尼赫鲁的儿子，因为他们都姓尼。老陶一家听说后，笑作一团。由于靳先生讲课时漏洞百出，小陶渐渐地就不怎么怕他了。


# 4


老陶家开始盖新屋时，学校里来了一位新老师。

新老师是个女的，二十岁不到，也是从南京下放到三余的。不过，她不是下放干部，而是知识青年。知识青年下来得更早，一年前他们就来了。整个三余大队有十三四个知青，分散在各小队里，小李（也就是新老师）是从四队抽上来的。

在来三余小学当老师以前，小陶就见过小李。那时她在大队当通信员，整天提着个尼龙丝网兜，跟在余书记屁股后面转悠。有时她也一个人下到各小队去，仍然提着网兜子，里面装着几本书或学习材料，去生产队送通知，或传达余书记的指示。大约因为和余书记的这层关系和喜欢读书，后来被抽到三余小学当老师来了。

三余人称老师为先生，比如，靳老师就叫靳先生。但没有人叫小李李先生，学生们直呼其姓，都管她叫小李。小李也不以为意。这大约是因为她在大队当通信员时，大家叫她小李叫惯了。

小李来了以后，靳先生就更轻松了，他甚至都不用再教课（劳动课除外）。靳先生每天早上招集学生训话，完了就站在桥口，守候那些迟到的学生。课间休息时，靳先生和学生们在教室前面的空地上来铜板、踢毽子。即使是劳动课上，他也只是倒背着双手，在田埂上走来走去，监督学生干活。小李倒很自觉，每一次都亲自下到田里，和学生们一起劳动。虽然，她的劳动热情很高，但小陶发现，除他之外，最不能干活的就是小李了。

按说，面对小李，小陶应该感到亲切才是。他们都是从南京来的，又都不善于务农。其实不然，越是这样小陶越是回避小李，生怕别人在他们身上发现共同之处。

小李对小陶倒是有些另眼相看。有好几次，她当着众人的面拉着小陶的手，问长问短的，什么"在三余生活得习不习惯？""杂粮好不好吃？""爸爸妈妈身体好吗？"等等，不一而足。问的时候，小李说的是南京话。小陶的回答尽量简短，并且他说的是三余话。

小李体态微胖，皮肤很白，这也是让小陶感到不舒服的地方。他不禁想起九月子和细巴子对桂兰的议论，还有那天在村口九月子讲的那些话。在三余小学，不仅小陶和小李最不会干活，皮肤也是最白的。他们之间的种种相似之处让小陶很不舒服，甚至产生了某种厌恶的情绪。

初春的一个上午，课间休息时间，小李靠在教室的门框上晒太阳。学生们从她的身边挤过去，每一次都擦着她胖胖的大腿。

他们不断地进进出出，小李似乎毫无察觉，她正两眼茫然地看着远处。

前面的田野上微微地泛起了一层新绿。小河对岸，有一黑一黄两条狗正在交媾。小李并不知道它们在交媾，她只是觉得那两条狗的姿势有些奇怪。

教室前面的空地上，靳先生在和学生们玩铜板，铜板的当当声和喧哗声不绝于耳。突然，不知是谁喊了一声，孩子们纷纷向河边跑去。他们捡起土块，砸向对岸的那两条狗。两条狗尖叫着，企图逃开，但挣了半天还是无法分开。孩子们更来劲了，一面投掷土块一面大声吆喝。一个班干部返身跑回教室（这一次显然不是为了挤一挤小李的大腿），拿着一把竹扫帚又冲了出来。其他的孩子也找来树枝、木棍以及锨、锹等农具，跟在他的身后。他们试图绕过桥口，抄到两条狗的背后去。

不用说，这两条狗是民兵营长家的。此刻，一个向南一个向北，尾部却紧紧地连在一起。黄狗的个头稍大，将黑狗拖出几尺远，但毕竟力气有限（黑狗一面在不断挣扎），两条狗走走停停，发出阵阵的哀鸣。这时小李的脊背离开了门框，目光搜寻着靳先生。只见后者笑盈盈的，手里玩弄着铜板，正饶有兴趣地欣赏着眼前的场面。小李就更不知道该怎么办了。

她一时冲动，跑到桥口，挡住了那些准备冲出去的孩子。小李对他们说了一句不可饶恕的傻话："是谁用绳子把它们拴起来的？还不赶快去解开！"

孩子们哈哈大笑起来。班干部走到小李面前，对她说："报告小李，这是狗日逼！"

"胡说！不许讲脏话！"小李说。

"我没有胡说，这就是狗日逼，不信你问靳先生。"班干部说。

自然，小李没有去问靳先生。突然之间她明白过来，委屈加上羞愧使她一时不能自已，竟然哭起来了。泪眼模糊中，她什么都看不清了，包括这番人狗大战的结局。只听见靳先生铜板的叮当声以及孩子们的哄笑在耳边此起彼伏。


# 5


因为这件事，小陶更讨厌小李了。民兵营长家的两条狗在河堤上交媾时，小陶也不明白发生了什么事，但他没有像小李那么自以为是，认为是谁用绳子把它们拴起来了。

自此以后，小李的威信一落千丈，学生们不仅不叫她李先生，也不再认真听她讲课了。上课时，教室里总是混乱一片。如果小李敢于训斥捣蛋的学生，对方就会对她说："是谁用绳子把它们拴起来的？"

小李马上面红耳赤。她丢下课本，强忍着眼泪奔出教室。这时，靳先生就出现了。他及时地拦住小李，并给予肇事的学生以应有的惩罚。

靳先生弄来玻璃瓦杂，铺在黑板前面的地上，命令学生跪下请罪。肇事的学生赤裸着双腿，膝盖以下不禁鲜血淋漓。一面哭喊，一面咒骂着小李。没有人敢违抗靳先生，这笔账自然就记在了小李的头上。

小李劝阻靳先生说："算了，算了。"

后者不为所动，他问跪在地上的学生说："你还服不服？"

如果不服，就再按下去。又是一阵哭爹喊娘，同时夹杂着对小李的恶毒咒骂。最后，小李只得晕过去，以结束眼前的混乱场面。

后来大家知道了，小李有晕血的毛病，也就是不能看见血，尤其是人血，超过一定的数量和面积，她准晕。她一晕，就瘫坐在教室前面的地上。学生们于是纷纷离开座位，跑过去，把小李围在中间。

靳先生一只手托着小李的后背，一只手猛掐她的人中，实在不行，就啪啪地给小李两耳光。有一次靳先生还俯下身去，口对口地对小李进行了人工呼吸。与此同时，几十只黑黑的小手在小李的衣服上摸来摸去。小陶不禁想起，那些放猪的孩子围着自己的情景，也是这样地伸出小黑手，在他的衣服上摸来摸去。

每一次，经过一番折腾，小李苏醒过来，在靳先生的指引下，由几个身强力壮的学生抬着，到后面靳先生家的大床上休息。

由于有这样的效果，靳先生逐步废除了鼻子擦黑板、跳《敬爱的毛主席》等惩罚措施。学生无论犯了大错小错，一律跪瓦杂。一跪瓦杂就要流血，一见血，小李保管会晕。受罚的学生不再像以前那么不情愿（虽然仍大哭大叫）。如果有一段时间没有人跪瓦杂，大家就觉得少了点什么。于是学生故意犯错误，激怒靳先生（其实，是讨好靳先生）。最简单的方法就是，对小李说："是谁用绳子把它们拴起来的？"

# 6

老陶家搬进新屋的第二年，小陶离开了三余小学，到五里地外的葛庄小学读三年级。后来他听说，靳先生被抓了起来。一天，民兵营长通知他到大队部去，靳先生一进门，就闪出两个穿军装的人，其中一人咔嚓一声给他戴上了手铐。靳先生被捕的罪名是奸污女知青，这个女知青就是小李。

小李自然也离开了三余小学，被调到临近的老河公社，继续当她的知青。随行的还有她的两个弟弟，也是下放到三余的知青（姐弟三人是一个知青户的）。两个弟弟长得一模一样，是孪生兄弟，一概长得虎背熊腰。他们护送着娇小的小李，一路往老河而去。看着他们远去的背影，三余人怎么也不相信小李会被靳先生欺负。同理，有两个门神似的弟弟的护卫，三余人对小李的未来也就放心了。

三余小学换了新的先生，靳先生家的园子却日见荒芜。靳先生的老婆不得不亲自下到自留地里忙活。儿子从县城的中学里回来，也没有了往日的神气，甚至连围巾也不戴了。

看见靳先生家败落的模样，三余人不免深感同情。他们觉得，这都是小李给害的。现在倒好，她一走了之，靳先生可就得在大牢中度过余生了。究其原因，三余人说："母狗不翘尾巴，公狗怎么会上呢？"又说："靳先生让她快活得不轻，现在反倒遭罪了！"

小李虽然离开了三余，但有关她的议论却一直不断。在知青中亦如此。当然，他们的看法和三余人略有不同。

三余的知青认为，小李的遭遇主要是由无知造成的。明明是狗交配，怎么能说是学生用绳子把它们拴起来的呢？这个错误给了靳先生可乘之机。所以，既然来到广阔天地，接受贫下中农再教育、向贫下中农学习乃是当务之急。小李从小娇生惯养，仗着两个弟弟在大田里劳动，自己放松了改造。先是去大队部当通信员，后来又调到三余小学当先生，为的不过是不捏锄头把。而不捏锄头把，又怎么能学到有关的农村生活知识呢？

　　他们越说，越觉得有道理。其中的一个知青不惜现身说法，说没下来时就听说农村人认为城里人连小麦韭菜都分不清。他们也的确分不清，城市里又没有麦田，因此见不着小麦。不过，韭菜倒是能从菜场里买到。于是她（现身说法的女知青）便从菜场里买了一把韭菜，回家后整整观察了一下午。她的想法很简单：既然认识了韭菜，那不是韭菜又像韭菜的肯定就是小麦了。

　　来到三余后，果然碰到了这一问题。村上的人指着地里的小麦问："这是韭菜吧？"指着韭菜问："这是小麦吧？"她没有上他们的当，回答说："这不是韭菜，是小麦。"或者："这不是小麦，是韭菜。"见她的回答正确无误，提问的人似乎并不高兴，甚至有一些失望。再后来，当村上的人指着麦地说："这是韭菜吧？"她便说："可不是吗？割几把回家炒鸡蛋喷香。"村上人于是大笑起来，说："城里人到底是城里人，连小麦韭菜都分不清！"

　　故意讨好贫下中农，也是为了虚心接受再教育的需要，但要是真的不知道小麦韭菜之间的区别，则是另一个问题了。

　　小李是真不知道狗交配这回事。要是她知道，还问"是谁用绳子把它们拴起来的？"，那境界就高到哪里去了。

# 五 动物

## 1

下面，该说说小陶的几条狗了。

先说小花，小陶的第一条狗。它的妈妈就在村上，是吕素英家的那条花狗。下放的第一天，小陶就认识了小花的妈妈，并喂了一块肉给它吃，也算他们有缘。第二年春天，吕素英家的母狗就生了一窝小狗，小陶将其中的一只抱回家来。

和它的妈妈一样，小花也爱吃肉，不同的是，它总能心想事成，想吃就能吃上。而它的妈妈这一生恐怕就吃过一次肉，还是小陶喂它的。如今，它再也没有肉吃了，而它的儿子却尽情地吃着，想吃多少就吃多少。老陶家搬进新屋的那天，小花不肯前往，小陶就是用一碗红烧肉把它引过来的。

当然，老陶家人一般也不特地烧肉给小花吃，他们吃什么，小花就吃什么，待它就像家里人一样。

由于老陶家的伙食好，吃肉的机会多，因此小花并不缺少油水。它不仅吃肉，也学会了吃其他的杂食，日常食谱和老陶家的人相同。除此之外，它也吃鸡食（苏群特地烹调的，糠和米饭的混合物）。同时小花狗性不改，碰上机会也吃屎喝尿。小时候，每天早上小花从狗洞里钻进来，把头伸进床前的痰盂里，吧嗒吧嗒地喝尿。因为这一恶习，它没少挨打。渐渐地，小花就再也不敢当着老陶家人的面吃屎喝尿了。但背着主人，那就很难说了。

小花还经常追捕耗子、小鸟，给自己弄些野味。小陶见过它吃田边的青草，甚至土疙瘩。由于有一副好胃口，小花迅速地成长起来，一年不到，个头就超过了它的妈妈，也就是吕素英家的母狗。不仅超过了吕素英家的母狗，就是在整个三余一队，也是体积最大的狗了。

三余一队以外，比小花大的狗只有民兵营长家的那条黄狗以及小墩口代销店里的两条狗。民兵营长家的狗闻名已久（因为小李的事，现在更有名了），而小墩口代销店的两条狗是公家养的，用来警卫代销店，不仅品种不同（是真正的狼犬），而且有专门的口粮供应。即便如此，小陶还是幻想着等小花再长大一点，就可以带去会会民兵营长家的黄狗和代销店的那两条狗了。

小花的著名，并不在于它长得高大，而在于那身毛皮，油光水滑的。黑毛就像人的头发，闪烁着光泽，白毛远看就像银子。光亮的毛皮下，一身狗肉微微地颤动，很是诱人。

村上人看老陶家人给小花肉吃，开始时颇为忌妒，后来，也就平静了。如今，他们倒希望老陶家人把小花喂得更肥壮些，到时候好吃狗肉。老陶家的伙食经过小花的转换，将吃进他们的嘴巴里。村上的人已经打听好了，老陶家不吃狗肉，尤其不会吃小花的肉（对这一点，他们表示充分的理解）。但狗肉总得有人吃啊，否则，不就对不起小花的这身肥膘了吗？

村上人的议论有时也会刮进老陶家人的耳朵。他们说，老陶家的狗那张皮做褥子保管暖和，能铺满整整一张床，三九天就是不用火盆也过得去。若是做皮袄穿在身上恐怕要生痱子，做皮裤能把老寒腿治好。又说，狗鸡巴狗卵子拿到公社收购站去卖，能卖三毛钱。可惜是论个的，要是论斤两，小花的那副还能多卖几个钱。

由于这些议论，老陶家人不禁提高了警惕。老陶开始禁止家里人给小花肉吃。但老陶家的伙食，即使没有肉油水也很大，看来短时间内小花是瘦不下来的。好在小花很争气。它是三余的种，但却很势利眼，经老陶家一喂，竟忘本了。看见三余当地人来访，必狂吠不已。平时也极少走出桥口（除非跟着主人），和村上的狗厮混。它从不去吕素英家看望自己的妈妈，村上人逗引它的那些食物自然也不被小花放在眼里。说来也怪，遇见操南京口音的人（比如知青、下放干部）来玩，小花立刻摇头摆尾，显出一副巴结相。

由于小花的这些表现，三余人更恨它了，更有理由要剥它的皮吃它的肉了。即使小花不那么肥硕，他们也非得如此不可，这是毫无疑问的。

小花有一个毛病，就是喜欢黏人。老陶家只要有人外出，它立马紧随其后。它跟着主人走家串户，再一起回来。但外出时，小花从不走远，始终在主人的视线之内，或者主人在它的视线之内，因而三余人并无下手的机会。

老陶家只有苏群会骑自行车。那辆飞鸽牌自行车还是生小陶的时候买的，为了从单位赶回去给小陶喂奶。这辆车也随老陶家其他的家具一起被带到了三余。现在，苏群骑着它往返于三余和汪集之间，采购必要的生活用品。老陶、苏群和陶文江每月的粮食也都是苏群用这辆车从公社的粮站运回来的。

每次，只要听见自行车一响，看见苏群抓起手套，小花马上就会从地上站起来。它知道苏群要出门了，于是率先跑向桥口。它会在桥口等着苏群，然后再跟着自行车一路小跑地奔向河堤。

由于汪集距三余有十里地，不可能让小花始终跟着。所以当苏群去汪集时，小陶的任务就是看住小花，不让它站起来，或者把它从桥口撵回家。

但有一次，苏群走后约五分钟，小花溜出了桥口，奋起直追苏群。苏群骑在自行车上，虽说土路不平，车速有限，但毕竟比走路快多了。小花的这一番追赶可想而知，在被三余人发现以前还真的让它给追上了。这时，苏群已经骑出去很远了。她下了自行车，开始往回赶小花，又是扔土块又是跺脚恐吓。小花从没有见过苏群发这么大的脾气，它自知有错，夹着尾巴，灰溜溜地转身离开了。苏群直到看不见小花，这才骑上车向公社的方向而去。

不用说，小花没有再回到老陶家。它在路上遇见了三余人，被他们摔死吃掉了。

此后的一个月里，老陶和小陶分别在村上寻访，结果一无所获。走在三余的村道上，父子俩不由得仰起头来，使劲地嗅着鼻子。他们闻到了一股隐约的狗肉香味儿，一阵冷风刮来，那肉香顿时又无影无踪了。

# 2

不久以后，村上人给老陶家送来一只刚断奶的小狗。这只小狗是他们主动送来的，老陶家并没有表现出再养一条狗的意思。

小陶自然很高兴。小狗毛色纯白，小陶给它取名小白。老陶却觉得村上人没安好心，等小白养肥了，他们肯定还得吃它的肉。显然，这是一个阴谋。但看见小陶高兴的样子，也不便再把小白送回去。

小白在老陶家安顿下来。由于伙食关系，它不可遏止地壮大起来。为此，老陶每每告诫家人，不要给小白肉吃，也不要给它人吃的东西，最多喂鸡时分它一点鸡食，以免重蹈小花的覆辙。

小陶倒还听话，对小白命运的关心使他有所节制。可陶文江不理这一套，一天三顿，他都要喂狗。这倒不是由于他对小白特别照顾，而是宽以待人（包括狗）的心性使然。对村上的人他尚且大手大脚，对自己家养的动物就更不用说了。为这件事，老陶和陶文江没少发生冲突，有时甚至闹得很严重（下文再说）。后来，老陶看出陶文江这么做完全是出于习惯，加上陶文江的态度十分强硬，也只好不管了。

长大后的小白，个头虽不如小花，但体重一点也不亚于后者，只是较胖而已。加上它那一身白毛，远远地一看，白乎乎的一团，煞是耀眼。此外，它还有一个习惯，就是喜欢去村上乱窜，寻找三余的母狗。于是有一天，老陶带回来一个人，说是公社兽医站的兽医，准备把小白骗了。

这事儿虽然血腥，但老陶家人没有一个反对的。老陶让小陶把小白按住，他自己拿了一把挖地的三股叉，叉住小白的脖子。两股叉齿贴着小白的脖子，把它的脑袋和身体一隔为二，叉尖被深深地踩入地面。这样，小白就无法动弹了。

兽医取出刀片，在小白的胯下轻轻一抹，顿时鲜血淋漓。小白的哀号声把按住狗腿的小陶吓了一大跳。

事毕，拔起三股叉，小白跳起身来。它悬着一条后腿，三条腿着地，向正南方向的生产队的大田跑去。一面跑一面哀鸣不已。鲜血一滴一滴地落下，在地上形成了一条虚线。小陶顺着这条线跟踪而去，一直到严妈河堤上。小白不再跑了，但仍然悬着一条腿。它的胯下血红一片，连腿上的白毛都被染红了。

小陶试图靠近小白，但只要近到一定距离，小白就向前跳去，然后再站下来，转身看着小陶。它的眼神里满是恐惧和哀戚，"儿儿"地呻吟着。一会儿"儿儿"两声，一会儿又停下来，看着小陶。它就这样立在河堤上，直到天都黑了。

小陶没有走，陪着小白。他担心如果自己一走，小白是不会自己回家的。他想起他们搬迁新屋时，小花赖在牛屋里不肯走，也是那么地固执。况且小白受了这么大的委屈。昏黑之中，小白的一身白毛变得模糊不清，只有一双狗眼和河面的水波闪惑着。小陶一点一点地接近小白，终于摸着那潮湿的狗头了。

被骗以后的小白，果然不到处乱串了。甚至老陶家人外出，它也懒得跟着。小白整天躺在门前的空地上晒太阳，除了吃饭和睡觉，再也无事可做。对它而言，这一刀挨得很是划算，现在它又可以毫无节制地吃喝了。小白不可抑制地发胖，甚至胖过了挨刀以前。越胖就越不想动弹，越不动就越胖。加上它那一身白毛，看起来就像一个光着屁股的胖小子，白花花的一团，在老陶家人的眼前晃来晃去。当然，也在三余人的眼前晃来晃去，虽然他们并不经常看见它。

在和平与懒散中，小白的太监生活过了将近一年。可风云突变，小白的生命安全再次面临威胁。

据说一种叫钩端螺旋体的疾病在广大农村流行，它是如何如何地严重，其传播方式与狗有关。上面下达了文件，全县上下展开灭狗运动。三余人虽不知道钩端螺旋体是什么玩意儿，也没有得过，但打狗他们还是很赞成的。

他们想到的第一条狗就是老陶家的小白。当然，事情还得一步一步地来，心急吃不了热豆腐。三余一队组织了打狗队，九月子和细巴子都是该队的成员。打狗队从自家的狗打起。那些狗，虽然瘦弱，但也可以吃肉，不是狗吃肉，而是吃狗肉。一段时间以来，村子里每天群狗哀鸣，顿顿狗肉飘香，那股气味吓得小白直往床底下钻。三余人越吃越上瘾，他们付出了如此惨重的代价，目的无非一个：老陶家的小白。终于有一天，打狗队手持棍棒铁锹，走进了老陶家的园子。

老陶没有任何理由拒绝他们打死小白的要求。小白是整个三余的最后一条狗（连民兵营长家的狗都被打死了），也是最肥最壮的狗。老陶把责任推给小陶，说小白钻到床下面去了，唤不出来，如果小陶能把它唤出来，他们只管打死就是。

打狗队围着小陶，让他把小白从床下弄出来。

小陶不知这是老陶的缓兵之计，眼泪汪汪地用一碗红烧肉把小白引了出来。埋伏在屋外的打狗队员一声呐喊，将小白团团围住，同时封死了它退回房子的路线。绝望的小白奋力一蹿，跑向屋后。就在堂屋的后窗下面，小白被打死了。等小陶端着一碗红烧肉转到屋后时，看见九月子正拖着小白向桥口走去。小白的鼻子下面有一点红色，除此之外，它仍然一身雪白。

当天晚上，村上的狗肉香味尤其浓烈。全村的人奔走相告：老陶家的狗被捶死了！就像过节一样，他们带着饭碗菜盆到晒场上的牛屋里吃狗肉。老陶家的人自然没有去。但他们总算知道了，小白是被谁打死的，又是被谁吃掉的，不像小花，死得不明不白的。

吃小白，村上的人很光明正大，完全不必避讳什么。事后小白的皮也作价卖给了余队长（所得金额充入公积金）。去他家里商量队上的生产时，余队长掀开凉车上的破棉胎，抚摩着下面的狗皮褥子对老陶说："这是你们家小白的皮，暖和着呢！"这么说，完全没有恶意，他是在讨好老陶。

至于狗鸡巴狗卵子则给了九月子，他拿到公社收购站卖了三毛钱，算是对他打狗表现积极的奖励。

# 3

老陶家喂的第三条狗是一只黄狗，叫小黄，乃是灭狗运动中的幸存者。

村上的一个农民早起赶集，路经一个打狗现场。一条母狗被剥了皮，龇牙咧嘴地吊在一棵树上，在它下面的地上，躺着三只小狗，想必是那母狗的子女。其中的一只小狗居然还有一口气。有义（赶集的农民）见四周无人，便把它捡起来，放入箩筐里，带回了三余。

这时，死狗已不稀罕（否则那母狗和一窝小狗也不会被丢在路边，忘了收尸的），活狗倒十分难得。有义将小狗带回家中，好生饲养。

由于灭狗运动的高潮已经过去，村上的人也睁一只眼闭一只眼。待黄狗长到半大时，局势已趋于稳定，再没有人谈论打狗的事了。整个三余村上，只闻鸡鸣不闻狗叫（那黄狗从来不叫，大约是落下了心理创伤）。老陶家因为小白之死引起的伤痛也平复得差不多了，小陶开始闹着要再养一条狗了。

老陶和有义商议，将那半大的黄狗买了下来。这是人和人之间的交易，没有什么不妥。可黄狗并不知道。它的行为方式仍然和狗一样，白天到老陶家吃饭（他家的伙食好），晚上回有义家看门。为这事，老陶没少找有义商量。于是有义堵在自己家的桥口，见黄狗回来抡起棍子便打。这边，老陶家人为笼络住黄狗，喂它吃的东西更可口丰盛了。

然而，狗不嫌家贫，这两招基本没用。黄狗我行我素，去老陶家里吃饭，回有义家看门。这时有人反映，实际上是有义打狗不力，在桥口挥舞树棍，不过是在老陶家人面前做做样子。每天晚上黄狗吃饱喝足了回来，都受到了有义一家的热情欢迎。

摸着黄狗顺滑的毛皮和逐渐壮大起来的身体，有义算计开了。老陶家的狗必有一死，但由于自己是黄狗的旧主，至今仍然维系着难以割舍的感情，所以等到吃肉剥皮时自然轮不到别人了。他们一家将独自享用小黄的狗肉和皮毛，那会是怎样的一种快活呢！

老陶家人也渐渐地看出了有义的意图，因此开始疏远小黄。如今，站在桥口见着小黄便打的已不是有义，而是老陶父子。这样打了几次之后，小黄便不再上门。它现在又成了有义家的狗，连小黄的名字也没有人叫了。村上的人按照习惯，只叫它狗，或者黄狗，或者有义家的狗、有义家的黄狗。至于购买有义家黄狗的十块钱，自然不可能再要回来。后来听说，在那黄狗瘦下去以前有义把它宰了吃了。老陶家人只是听说，关于有义家黄狗的事他们不愿意深究。

# 4

老陶家之所以放弃小黄，还有一个原因，就是养了小黑。

小黑自然是一条黑狗，来老陶家时还很小，刚刚断奶（和小花、小白一样）。这时，三余大队的打狗风已经彻底过去，并逐渐兴起了一股养狗热潮，几乎每家都养了一条小狗。

说来也怪，没有大狗，这些小狗是从哪里冒出来的？具体情形不得而知。这些小狗就像不需要爹娘一样，似乎是从树上长出来的，或者是从土疙瘩里面蹦出来的。总之，村子上家家户户都养起了小狗。如果有生人从村上经过，必定响起一片小狗的童声，此起彼伏，甚是动听。小黑此时来到老陶家，也算是生逢其时、不甘寂寞了。

老陶家人吸取了养小花、小白的教训，不再给小黑肉吃，也不给它吃人吃的东西。就是鸡食，也常常克扣。这样喂出来的小黑，不免饥肠辘辘，个头和村上的那些狗差不了太多，毛色也很灰暗。

后来，小黑生了癞疮，老陶不让苏群为它医治。苏群深知，只要撒一点消炎粉，或用灰锰氧水清洗患处，小黑马上就会好的。但在老陶的劝阻下，还是抑制住了作为一个医生的冲动。如此一来，小黑的癞疮进一步蔓延，到最后身上一块有毛一块无毛，就像穿了一件破棉袄一样。小黑成了一条真正的癞皮狗，三余人再也不会打它这身癞皮的主意了。

亏了这身癞皮，小黑活得很长，是老陶家养的狗中活得最长的。它享尽自由的快乐，没有被骗，可以任意去村上结交母狗，在村边地头溜达，也没有人想吃它的肉。小黑不仅是一条癞皮狗，而且几乎成了一条野狗。村上的人都很喜欢它，用山芋干或者豆饼子招待它时，小黑也从不拒绝。顶多，为发泄对老陶家人的不满，他们会踢它两脚。小黑"儿儿"地叫唤两声，也就算了。

直到老陶一家迁居洪泽县城，小黑还活着。它被委托给九月子代养。老陶家人以为，他们这么一走，小黑肯定没命了。其实不然。一次，九月子来县城看望老陶家人，还带来了小黑。

小黑摇头摆尾的，抖动着一身斑秃的灰毛（它现在已经是一条灰狗了），虽然显得很兴奋，但看得出来，它已经不认识老陶家人了。如此地献媚，不过是想讨点吃的。九月子带着小黑，显然有邀功请赏的意思。老陶家人给了他不少东西（一些旧衣服和药品），以及五块钱，九月子这才挎着篮子带着小黑一瘸一拐地走了。


# 5


我不厌其烦，讲了四条狗的故事。这不仅因为，在一个少年的世界里，狗占有相当重要的位置。老陶家的四条狗首尾相接（小花养于下放后不久，小黑在他们离开三余后仍然活着），所以我甚至可以用狗来纪年。

下文中会经常出现这样的句子："老陶家养小花的时代……""小白还活着的时候……""小黄刚到他们家不久……"，或者，"在小黑的时代里……"。也许读者朋友会觉得很别扭，但小陶是一定会赞同我的做法的。

下面，还是让我说一说其他的动物，比如猫。

下放期间，老陶家就养过一只猫。那是一只普通的狸花猫。它活得很长，经历了四条狗的时代，甚至老陶家迁居洪泽县城时也带上了它。在县城里狸花猫安然地度过了它的余生，终于寿终正寝。按说，猫的自然寿命要比狗短，这也从另一个侧面说明了老陶家的狗命运乖舛、不得好死。

由于老陶家的伙食标准，狸花猫（和老陶家的狗不同，它没有特别的名字）长得体形胖大，有十几斤重。老陶家历朝历代的狗，刚来的时候，经常被它欺负。大了以后，情形就反过来了。但总体说来，猫狗之间的相处还算融洽。只是有一次，狸花猫很不幸地成了小白的替罪羊。

事情是这样的。

老陶家的母鸡刚刚孵出了一窝小鸡。小鸡毛茸茸黄灿灿的，跟在母鸡后面寻食，很是可爱。可有一天，苏群清点小鸡时，发现少了两只。怀疑对象自然集中在小白和狸花猫身上。恰在此时狸花猫从门前的空地上走过，肚子明显圆滚滚的。小陶奉命将狸花猫捉来，检查它的肚子，果然十分异样。老陶家人断定是狸花猫偷吃了小鸡。为防止它下次再犯，惩罚是必须的。于是狸花猫被装进了一只尼龙网兜里，吊在河边的一棵柳树上。

滑溜的猫皮被网兜隔成一个个的小方格子，摸上去手感十分地好。狸花猫动弹不得，喵喵地惨叫着。小陶还觉得不过瘾，他找来一粒治疗疟疾的奎宁，碾碎后抹在狸花猫的舌头上（这之前小陶扳开了它的嘴）。

奎宁奇苦，小陶得疟疾时服用过，这时不禁感同身受，看见狸花猫哑巴着小嘴，直觉得一股苦水涌进了自己的口腔。小陶服用奎宁时将药片放在舌下，就着一大口温开水吞下去，药片在舌尖上稀里糊涂地一过，即便如此已是苦不堪言。何况奎宁被碾成粉末，抹在狸花猫的整片舌头上？至于到底苦到何种程度，小陶不得而知，他想一定十分可怕。

狸花猫被放下后，打着喷嚏，一溜烟地跑走了，这之后再也找不到它。小陶不禁很失望。他想起小白被骗以后仍然回了家，那是何等的痛苦和委屈？狸花猫不过吃了一粒奎宁，便离家出走了！

直到三天以后，老陶家的小锅屋里传出了猫的叫声。但那不是狸花猫的叫声，而是小猫的声音。老陶家人循声找去，在一只覆盖着草帘子装煤的柳条筐里发现了狸花猫，在它的怀里有三只小猫正闭着眼睛吃奶呢！

他们错怪了狸花猫，两只小鸡显然不是它偷吃的。之所以肚子圆鼓鼓的，是因为它在怀小猫。

令老陶家人深感耻辱的是他们分不清猫的公母。狸花猫养了一年多，一直被认为是一只公猫。刚抱来时，老陶曾经反复辨认，确认了它的性别。由于老陶对农村生活一向无所不知，家里人并没有怀疑过他。

这件事给他们的教训是：得不断地学习，虚心接受贫下中农的再教育（老陶对小陶如是说），否则的话，像小麦韭菜和绳子把狗拴起来这样的笑话早晚会发生在他们身上的。

小猫后来送人了，狸花猫自此以后再也没有生育过。它虽然长得很肥壮，但肚子始终正常。即便如此，小陶还是会把它吊在树上，隔着网兜摸它的那身毛皮。他喜欢手上的那种感觉。至于喂狸花猫奎宁的事，也时有发生，那得看狸花猫所犯错误的大小。

最轻的惩罚是用晒衣服的木头夹子夹在猫耳朵上。狸花猫摇晃着脑袋，就像摇晃着乌纱帽上的帽翅。虽说狸花猫没有偷吃小鸡的恶习，但要寻找它的过失并不是一件困难的事，比如偷鱼吃，或者把屎拉在不该拉的地方。所有的惩罚都是由小陶执行的。到后来，狸花猫见着小陶就跑。陶冯氏总结说：小陶和狸花猫前世是冤家。

# 6

小陶不仅是狸花猫的冤家，而且还是除狗之外的所有动物的冤家，比如老陶家养的鸡。

无聊的时候，小陶会打开鸡圈的门，领着小花或小白进去，一阵乱撵。那些鸡，惊恐得高高地飞起来，鸡毛片片。有的鸡竟然越过一丈多高的向日葵秆做的篱笆，飞到外面来了。

至于杀鸡，也都是由小陶包办的。老陶家的副食品供应很丰富，几乎每个月都要吃鸡。尤其是进九以后，每个九都要杀一两只鸡煨汤进补。一共有九个九，九九八十一，也就是说小陶在八十一天内得杀一二十只鸡。大热以后又有当年的小公鸡，俗称童子鸡，据说未打鸣以前杀了吃，大补。小陶正值长身体的时期，需要补充营养，因此老陶家常常宰杀小公鸡，也就没有什么奇怪的了。

杀鸡的任务十分繁重。小陶手持一把菜刀，站在门前的空地上，将鸡头往后面一别，捋去鸡脖子上的短毛，一刀下去，顿时血流如注。地上，一只盛了半碗盐水的碗正好接着。鸡杀完后，地上除了几片鸡毛和鸡挣扎时留下的一小摊鸡屎外，痕迹全无，一点血迹都没有。到后来小陶杀鸡时完全不需要别人帮忙，独自操作，干得十分地干净利落。他几乎成了一名职业杀手。

宰杀鹅鸭，方式大致相同，但也有不同。特别是鹅，体积庞大，而且性长（生命力强）。加上老陶家吃鹅的数量有限，小陶也得不到充分的锻炼。因此有一次，被杀的鹅已经被割破了血管，放了一大碗血，放下地后居然站了起来。那鹅歪着受伤的脖子，在空地上蹒跚而行，一路嘎嘎地叫唤着。鹅血淋了一地，情形十分地可怖。这是小陶难得的一次失误，所以印象深刻。

至于杀鱼，就完全不在话下了。

三余地处水网地区，沟渠纵横、鱼虾无数。老陶家人隔三岔五地就要吃鱼。小陶杀鱼，不是论个的，而是论斤的。几斤鱼，有时是十几斤鱼放在一只木盆中，小陶挨个将它们取出，在地上一摔，贴着肚子就是一刀。洗鱼时盆里的水变得血红。换了一次水后，那红色才淡了一些，直到盆里的水完全变清。被抠掉鱼鳃掏空内脏的鱼漂浮在水面上，就像生前一样随着水波晃荡着。

这是一般常见的鱼。另有两种鱼，宰杀的方式有所不同。

一种是鲶鱼，头前长着两根长长的胡须（触须），身体呈三角形，鱼身两侧为两个面，肚子为一个面。这种鱼，宰杀时需要用剪刀，在肚皮和鱼头的连接处一剪，然后顺着向下一撕，整个肚子便被撕开了。

第二种鱼是黄鳝。宰杀时将黄鳝的头钉在一块木板上，用一块削薄的竹片（水果刀也行），顺着它三角形的骨头向下一划，于是就骨肉分离了。每条黄鳝只需挨两到三刀，便万事大吉了。

宰杀的方式还有多种，残忍的细节我就不一一道来了。总之很多年来，小陶宰杀鸡鸭鱼鳖无数，难怪陶冯氏要说小陶是它们的前世冤家了。

苏群为小陶能自觉地分担家务而感到欣慰。陶文江亦鼓励小陶多杀，多杀才能多吃，因为小陶正值长身体的时期。当然，最起作用的还是老陶的看法。他认为小陶的杀生体现了一个男孩子应有的勇敢品质，而这种勇敢品质对将来在三余生活将大有帮助。谁说城里人都像小李一样，见血就晕？至少，我们的陶陶不是这样的。

在大人的鼓励下，小陶杀性大起。虽然宰杀工作十分繁重，而且很脏，但他还是乐此不疲。小陶从来都没有想过：为什么大人不杀生？为什么陶冯氏说他这一世作孽，下辈子不得超生？对她的这种说法，老陶、苏群和陶文江一概斥之为迷信。他们三个都是国家干部，至今仍然带薪。而陶冯氏大字不识，和小陶一样，下放以后变成了农业户口，小陶对她的信任自然不及前三人了。

尤其是，陶冯氏的说法几乎和三余人一模一样。小陶杀生无数，在三余肯定是无人可及的。虽然他们也吃鱼吃鸡，并亲自宰杀，但由于家境贫寒，其数量远不及老陶家人。之所以那么说，大约是因为忌妒，压根儿不值一驳。三余人不仅杀，而且还杀狗、杀猪、杀牛，而且还杀到老陶家里来了。想到小花和小白的惨死，小陶的心里不禁充满了杀机。当然啦，说到宰杀的数量，他们就望尘莫及了。

前文说过，老陶家里，什么动物都养过，就是没有养猪。而三余村上家家养猪。究其原因，大概是肥猪的体积过于庞大，小陶一人无法宰杀。而老陶家的其他人是不会帮忙的。小陶长到十二岁以后（小黄刚到他们家不久），觉得杀鱼杀鸡有些不大过瘾了。他向老陶建议："不如我们家里也养一头猪，到时候我来杀！"

听到这句话，老陶看着小陶的眼睛，良久，这才问："自己家养的你也敢杀？"

小陶坚定地回答："敢杀！"

老陶叹息一声说道："我看你勇敢得有些过分了。"

老陶家最终也没有养猪，小陶不免感到遗憾。他终于没能体会到那白刀子进去红刀子出来的快感。


# 7


除培养小陶的勇敢品质外，老陶也很注意小陶的身体。小陶需要一副强健的体魄，才能适应以后在三余的生活。尤其是他准备当一个农民，作为一个体力劳动者，如此弱不禁风是不行的。

夏天到来的时候，老陶每天都领小陶去河里游泳。他光着上身，只穿一条短裤，肩膀上搭着一块毛巾。小陶跟在老陶身后，也光着上身，肩上搭一块毛巾。老陶赤着脚，啪嗒啪嗒地走在高低不平的河堤上。小陶则穿着鞋子。自从那次和九月子他们抓黄鳝被麦茬扎了脚以后，他就再也不敢赤脚了。

父子俩一路向水渠走去。

老陶个子不高，但很结实，一副庄稼人的五短身材。特别是他小腿肚子，十分地饱满，两块鼓突的肌腱随着有力的行走一收一缩的。来到渠上，老陶褪下短裤，浑身赤裸地下到浑浊的水里。他让小陶在较浅的岸边练习憋气。

这样练过几次之后，老陶让小陶松开抓着河岸的手，游向河心，他在前面接应。小陶眼看着就要够着老陶了，后者却往后退去。

小陶心里一慌，向下便沉，不禁呛了好几口水，幸亏老陶及时游了过来。但这以后小陶就再也不敢游泳了，甚至连已经学会的动作也通通忘记了。

开始学习游泳时，小陶的志向很大。三余是水网地区，沟渠纵横，但村上人很少游泳。女人是绝对不游，男人游泳也很少见。游泳的一般都是孩子，有男有女。奇怪的是，等他们长成小伙子和大姑娘以后就不再游了。

孩子们游泳，也都是在园子前面的小河沟里，游泳的姿势一概是狗刨（脚背交替着拍打水面，同时溅起很多的浪花）。这样的姿势，既难看又费力，但除此之外就再没有其他的姿势了。甚至三余人管游泳也不叫游泳，叫浮水。

小陶要么不学，要学就学真正的游泳，而不是浮水。他完全不屑于村上孩子惯用的狗刨，而要像老陶那样蛙泳、自由泳或者仰泳。当然也不是在自家门前的小河沟里，而是去堤上，下到宽阔流急的水渠里游。但只是呛了几口水，小陶便知难而退了。

如今，老陶在水渠里游泳时，小陶负责在岸上看衣服，或者扒着水泥桥墩，下半身浸泡在河水里。他看着老陶游过来，游过去，一会儿侧游，一会儿仰游。老陶仰游时躺在水面上不动，就像一个死人一样，或者像一截漂浮的树干，随波逐流。在他的下腹处，阴毛漆黑一片。这时小陶便紧张地东张西望，生怕树丛那边走过一个行人。

在三余的几年里，小陶始终没能学会游泳，这事着实有些奇怪。不仅由于可供游泳的沟渠河道遍地都是，还因为有老陶这样一个热爱游泳的爸爸。到后来，小陶不仅不能在水渠里游了，就是村上的小河沟里也不行。不仅不能游出各种姿势，就是狗刨他也没有学会。

听说小陶呛水以后，老陶家除老陶外都反对小陶学游泳。他们的反对不无道理，三余村上每年都有小孩在河里淹死。每到盛夏季节，都会传来那尖利刺耳的哭号声，听得人心里怪不舒服的。

"因此，陶陶就更应该学会游泳了。"老陶说。

"所以，陶陶不应该去河里游泳。"苏群、陶文江和陶冯氏说。

小陶也不是完全不敢去河里，得看是什么季节。隆冬时节，河面上结了厚厚的冰，小陶特别喜欢在冰上行走。

在三余读小学时，每天都要从严妈河上的木桥经过。结冰以后他就不走木桥了，而是和同学结伴，穿冰而过。有时，冰面发出嘎吱嘎吱的声音，很是惊险吓人。一般说来，河面越窄冰冻得就越结实，也就越安全。严妈河不宽不窄，既有一定程度的安全，又可用作冒险。当然还得看天气是否足够寒冷、冰结了多久，以及走在上面人的体重。

后来，小陶去葛庄读三年级，路途相对遥远，经过的木桥也更多了，他还是喜欢从冰上穿过。这时候，小陶的体重已经增加，也没有三余的同学同行，面临的危险不禁增加了。

但在三余，很少听说有人掉进冰窟窿里死的。但一旦掉进去，比夏天落水还要危险，基本上没救。不仅会淹死，并且冰洞狭小，落水后身体也会冻僵。就是冻也把人给冻死了。因此，三余人为抄近路走冰，总是手持一根竹竿。万一掉进冰窟窿里，竹竿会担在窟窿口，捡回一条命。

上文我曾说过，小陶对狗宠爱有加，没有虐待它们的情况。

但我忘记了一件事。

一年冬天，小陶将小花带到冰上。他和九月子，一人站在小河的一头，相距约四十多米。小陶抓住小花的两条腿，用力一推，小花便向九月子的方向滑去。九月子接住后，又使劲向小陶这边一推，小花就又滑过来了。这样来回推了七八次，直到小花完全晕头转向。

小花开始时是四肢着地（着冰），紧张得一动不动，一直保持着一个固定的姿势。所以他们就像是在推一座狗的雕塑。直到被推晕了，小花跌倒在冰面上，于是就四脚朝天了。这时和冰面发生摩擦的是那身狗毛，小花滑动时的阻力更小，不禁随着惯性在冰上打起转来。而小花站着时，狗爪会抓着冰面，在冰上划出一道道的白痕。这样的运动使套着四件毛衣的小陶浑身燥热。

夏天时小陶不敢下河游泳，冬天却喜欢玩冰。其实，后者的危险更大。老陶有些拿不准了，这孩子到底是勇敢还是懦弱？是鲁莽还是胆怯？残暴抑或温柔？反正，他是越来越奇怪了。


# 8


老陶经常找小陶谈话，总是不失时机地教育小陶。比如，在养狗的问题上灌输节约的必要性。老陶说，他们要在三余打万年桩，如此的铺张浪费是不行的。毛主席号召深挖洞，广积粮，不称霸，一个国家尚且如此，作为一个家庭就更得这样了。他领着小陶在园子里植树、种蔬菜和庄稼，一面劳动，一面讲解农作物的生长以及农时情况。

夏天到来的时候，老陶家的晚饭是在屋外吃的。每天傍晚，陶文江会在门前的空地上泼上两桶水，好使暑气蒸发掉，尽快阴凉下来。然后老陶从屋子里搬出一张凉床。那凉床有些年头了，老陶的中学时代住在带天井的房子里，就是用它来乘凉的。

床面由竹片编制成，这时已被皮肉摩得光滑发亮，呈紫红色。据说竹床越睡越好睡，越睡越凉快，所以老陶家人一直舍不得扔，把它从南京带到三余来了。

此刻竹床两边放着小凳子，竹床被当成了餐桌。一家人在蛙鸣声中开始了夏日的晚餐。吃完后，收拾掉碗盏，将竹床擦净，再用井水一冲，就可以躺在上面乘凉了。

竹床先是陶文江躺，他最多只躺半小时，由于年纪大了，经不起凉气，便起来让位了。

苏群和陶冯氏从不睡竹床，据说竹床对女人不利。陶文江起来后，竹床就归老陶和小陶所有。父子俩并排躺在上面，有时也会脚对着脚。竹床很窄，小陶长到十二岁以后，和老陶并排躺着已觉得拥挤。总之，他们仰面躺下了，把自己放平了，身下是滑溜的竹床。这时，在他们的上面出现了星空。其实，星空是一直存在着的，当他们躺下时，眼前就只有星空了。

老陶一面摇着芭蕉扇，一面教小陶辨认天上的星星。

他说："那是北极星，北方天空最亮的星星，古人航海时用它来校正方位。"又说："那是北斗七星，一共七颗，连起来像不像一把勺子？所以又叫勺子座。每过若干年，北斗七星的位置都会有些变化，勺子柄越拉越长了。"

小陶兴奋地说："我看出来了！我看出来了！"

老陶又说："那是金星，和启明星是同一颗星，要看它出现在什么位置上。早晨它出现在东方的地平线上就是启明星。实际上金星是一颗行星，和地球一样。"他告诉小陶："我们的地球在太阳系中，太阳系又在银河系中，星河系里有上亿个太阳系，而它本身只是整个宇宙的很小很小的一部分。"

听着老陶的讲述，眼见天上无数璀璨的星斗，小陶的心胸不禁壮阔起来。

当老陶讲解天上的星星时，有明正站在一边等陶文江的香烟。他下意识地抬起头，转着脖子看三余的星空，嘴上的烟头明明灭灭的，就像是一颗星星。

陶文江为给有明发烟，也没有回屋里去。由于肌肉松弛，他半张着没牙的嘴。从小陶的角度正好能看见他的剪影，镶嵌在星空的背景上。小陶不禁产生了某种幻觉：那灿烂的星河仿佛出自陶文江年老的口腔，就像是随着他的呼吸被吐出来的。


# 9


自然，老陶还讲了牛郎和织女。它们既是天上的两颗星星，也是一则优美的民间故事。这样的故事，正好能起到柔化小陶幼小心灵的作用。但也不能太柔，太柔了小陶以后就会懦弱，多愁善感、无病呻吟，将来如何能在三余立足？所以老陶常常举棋不定。

讲完牛郎、织女后，作为平衡，他又会讲水浒、西游，以至三国。小陶的耳朵有福了！但老陶从来都没有讲过童话，包括大名鼎鼎的安徒生。他觉得如此唯美忧伤的东西完全不适合小陶，不适合当今的中国国情。

小陶稍大以后，大约在老陶家收养小黄的时代，老陶开始讲外国文学，主要是苏俄文学。

他讲《复活》，讲《安娜·卡列尼娜》，讲高尔基的人生三部曲。有时也讲巴尔扎克的《高老头》或者雨果的《九三年》。为防止小陶断章取义、以偏概全，老陶总是从头道来。这些长而又长的故事，老陶讲了两三年，一直讲到小黄返回有义家，被有义家杀了吃肉。一直讲到小黑长大了，并且长满癞疮，成了一条癞皮狗。

虽然小陶已经可以自己阅读了，但他从来也没有看过有关的原著。"文革"抄家时，老陶的藏书大多被投入了熊熊大火。即使它们逃过浩劫，保存下来，老陶也不会让小陶阅读的。在老陶的讲述中，有所忽略，有所强调，完全根据教育小陶的需要。讲解世界名著，完全没有文学的目的，只是让小陶从中学习人生。作为一名昔日的作家，老陶教育儿子没有其他的方式和技巧，只有讲书、讲小说、讲故事了。

老陶讲书，难免与原著有所出入，这并非因为他的记忆有误。那些书，虽然已经付之一炬，但每一行都印在老陶的心里了。他一面讲述，一面篡改，表面上看是教育小陶的需要，实际上是在过一个讲故事人的瘾。他无权自己写书，只有借讲别人的书行创作之实了。因此才会如此地热情高涨。

到后来，小陶也听烦了，老陶硬是拉着小陶，非让他听下去不可。直到，讲完整整一本书。这时老陶发现，他讲的那本书真的被忘记了，记得的只是被篡改的内容。或者二者已经混淆不清，手头又没有原著可供对照。

老陶以他的方式创作着，也以他的方式毁灭着（那些书）。就像我正在写的这本书，写完之后就只有这本书了，而作为素材的那段生活将踪影全无。


# 10


劳动方面，老陶不仅让小陶植树种菜杀鸡宰鹅，还让他学干家务。帮苏群下河洗衣，帮陶冯氏刷锅做饭，协助陶文江打扫卫生。所有女人做的事小陶都得做，老人做事时他也要在一边帮忙。

后来，小陶不仅学会了站在河边的码头上漂洗床单，也学会了用粗针大线缝被子，甚至也能在裤子的屁股膝盖处打补丁了。至于给衣服钉扣子，更是不在话下。老陶还要求小陶学习织毛衣。这活儿过于女孩子气，小陶很不耐烦。

小白还活着的时候，家里来了一位小陶的远房表姐。表姐下放在临县，也是一名知识青年。她到老陶家来探望，小住几日。老陶家人热情款待自不必说，甚至热情得有些过分了。不让表姐干任何活儿，无论是田间劳动还是家务，甚至也不让她自己洗衣服。表姐只得将换下来的衣服积成一堆，藏在床下。

一天，表姐随苏群去公社赶集，老陶将她的衣服找出，命小陶拿到河边去洗。这时，小陶洗衣服的技术已日趋成熟，洗这点衣服完全是小事一桩。可洗着洗着，他发现了一件条状的衣物，窄窄的，上面还连着两根带子。小陶很是纳闷，不知道那布条是穿在什么地方的，上面有几块暗褐色的污迹，也很可疑。小陶认为是血迹。他在河水中反复搓洗，打了好几遍肥皂，污迹只是淡了一点，并没有完全洗净。为了这块不明不白的布条，小陶在码头上又蹲了整整半小时，几乎超过了洗其他衣服加起来的时间。

衣服洗完后在门前的一根尼龙绳上晾出，随风飘舞，阳光下那块布条尤其显眼。由于上面的斑迹并没有被完全洗去，小陶感到有些沮丧。洗衣服的工作因为这一瑕疵完成得并不圆满。

表姐赶集回来，看见门前晾晒的衣服，不禁惊叫一声。她满脸通红地将衣服（所有的衣服，不仅是那根布条）收起，抱到河边又去洗。

这一次老陶没有阻止她，也没有批评小陶。老陶一声没吭，老陶家所有的人都一声没吭。从此以后，老陶就不再要求小陶洗衣服了。

衣服虽然不洗了，其他的家务小陶还得干。

他蹲在锅屋的柴堆旁拉风箱烧火，在三掌大锅里下面疙瘩，在锅沿上贴玉米饼子。有一次，老陶全家都感冒病倒了，只有小陶没生病。几天来都是小陶做饭，虽然口味一般，老陶还是吃得非常开心。他夸奖小陶说："我们的陶陶能独当一面了，将来饿不死了。"

随着小陶年龄的增长，每天倒马桶的任务就由他独自完成了。

开始的时候小陶很不情愿，到后来也就无所谓了。两年前他只能倒盛了一半的马桶，而现在整整的一桶屎尿他也能提得动。之所以到今天才让他独自倒马桶，老陶考虑的并非是小陶的羞涩（这正是通过倒马桶的锻炼需要克服的东西），而是他的体力。既然小陶已经是个半大小伙子了，倒马桶这样的事舍我其谁呢？然而小陶始终没有培养起倒马桶的自豪感来，每天倒马桶只是完成任务而已。

在所有的家务活中，小陶最不堪忍受的是择菜。像剥豆子、拣荠菜这样的事既单调又费时，小陶干起来每每昏昏欲睡。如果择得不符合要求，老陶就让小陶返工。他认为，这对培养小陶的耐心将大有帮助，而一个人的耐心和恒心在将来的生活中是非常重要的。

再就是洗腌菜。

每年冬天，老陶家都要腌上一两百斤的腌菜。腌菜从菜田里拔出来后，靠在墙根晾晒，待稍稍蔫了以后用水洗净，然后码上盐，放进腌菜缸里去腌。洗腌菜是一个苦活，由于数量大，所以单调费时。加上河水寒冷，几十棵腌菜洗下来，手指冻得像胡萝卜一样，也可以去腌了。

老陶家的那只洗澡用的大木盆盛满了河水，此刻不是用来洗澡、洗鱼，而是洗腌菜。就这么一棵棵地洗，菜叶子、菜帮子，菜帮子里面还有菜帮子，层层叠叠都要洗到，一直要洗到腌菜嫩黄的菜心。

小陶的两只手每年都生冻疮。有时候洗完腌菜就生了，有时候生了冻疮还要洗腌菜。冻疮溃烂，流脓发炎，苏群就用灰锰氧水为小陶清洗疮口，然后再仔细地用纱布包扎好。有了这一后续措施，小陶就再无后顾之忧了。

一双生满冻疮肿得像馒头的烂手，在冷水里洗腌菜不止，看得陶文江、陶冯氏心疼不已，恨不得取而代之。可老陶不让。他的理论是：小陶之所以会生冻疮是因为缺乏锻炼，因此在冷水里洗腌菜就越发地显得必要了。

洗完腌菜后还要腌制、码盐。烂手被盐一浸，疼得钻心。小陶终于还是忍过来了。

老陶家腌腌菜与三余人不同，首先是腌菜的品种不一样。老陶家腌的是高秆白，这就不说它了（见前文）。老陶家腌腌菜是一整棵一整棵地腌，而三余人把腌菜切碎了腌。老陶家的腌菜一百斤放三到四斤盐，三余人则是一百斤菜放十斤盐。那样的腌菜腌出来几乎呈黑色，其咸无比，犹如吃盐一般。三余人说"苦咸苦咸的"，就是指这种腌菜的口味了。三余人的腌菜有一个好处，就是耐吃。

每当小陶叫苦喊疼时，老陶就会说："还没有让你腌十斤盐的腌菜呢！既然要在三余扎根，就得学习他们的生活方式。"

但对于小陶的一双烂手来说，三斤盐和十斤盐又有什么区别呢？

# 六 农具厂

## 1

老陶家养小花的时代，"一打三反"运动在全国展开。苏群被抽调到公社宣传队（就是工作组），和另一个下放干部一起进驻汪集农具厂。她骑着那辆飞鸽牌自行车，往返于三余和汪集之间。每次，从汪集回三余时捎带着在街上买的一些生活用品，回去时则带上家里自制的菜肴（装在几只罐头瓶子里）和换洗衣服。

每次回三余，苏群都会讲上很多公社上的事。

那儿有一条街（汪集街），虽然不长，但应有尽有。有邮局、饭店、供销社、农具厂、农机站、粮站、学校、卫生院、文化馆、兽医站，还有银行。最主要的建筑当然是公社革委会的大院，里面有好几十间青砖瓦房，围墙也是砖砌的，大门两侧的门楼十分地气派。其他单位的房子也都是砖墙瓦顶的。路仍然是一条土路，下雨时泥泞不堪。每到逢五逢十赶集时，两边挤满了做买卖的农民。赶集的人川流不息，摩肩接踵，走完一条街得花上半小时。

老陶家虽然下放三余的时间不长（大半年），但小陶差不多已经是一个乡下孩子了。他现在满口的三余方言，对南京的记忆也日渐模糊。说起汪集街上的盛况，小陶自是无限地神往。他也曾坐在苏群自行车后面的背包架子上，去公社赶过两回集。但这次苏群是住进了公社，在那里生活，与走马观花显然是两回事。

且说苏群再次回三余时，说起农具厂运动开展的情况。

随着调查的深入，该厂厂长贪污的事实逐渐浮出了水面。由于顶不住压力，一天厂长自杀了，吊死在木工车间里。谈到这件事时，苏群惊魂未定。进驻农具厂的宣传队只有她和另一个下放干部（也是女同志）。而厂子里的工人有百十来号，都姓孙，和自杀的厂长同姓，是一个庄子上出来的，和厂长沾亲带故（这从另一个侧面说明了厂长的不正派）。当孙厂长被从房梁上解下来时，所有的工人都在场。他们默默无语地看着苏群和老江（另一个下放干部），那奇怪的目光让苏群久久无法忘怀。

老陶很是为苏群的安危担忧。他看了看小陶，说："要是陶陶再大一点，就可以去保护妈妈了。"

小陶听后不禁一阵欣喜，说道："我现在就可以保护妈妈了！"

老陶夸奖了小陶的勇敢、有孝心，但对于他跟随苏群去汪集的要求却置之不理。

第二天，苏群就骑车走了。苏群走后约半分钟，小陶装模作样地拿了一把三股叉去屋后挖地。挖着挖着，他把叉子往地里一摚，撒腿便跑。

小陶跑出了桥口，穿过全村，过了严妈河上的木桥，在严妈河堤上狂奔而去。一直跑到小墩口他也没有看见苏群的影子。

一番狂奔使小陶气喘吁吁。他越跑越慢，越跑越慢，几乎打算放弃了。之所以仍继续跑着，已不是在追赶苏群，完全是因为惯性作用。就这样，小陶跑上了洪汪公路。

这条路连接着洪泽和汪集，因此得名。小墩口是途中的一站。向西二十里便是洪泽县城，当年下放，老陶一家就是从这条路上来到三余的。向东十里是汪集，也就是公社所在地。

小陶向东折去。前面出现了一座水泥大桥。桥面向上拱起，挡住了前方的公路。这时，小陶已经是在上坡了，他累得筋疲力尽，眼看着就要栽倒。突然，桥的另一端苏群的背影渐渐地升起来了。小陶激动地大叫一声："妈——"

苏群回过头来，看见了桥上摇摇晃晃的儿子。她以为家里出了什么大事，得知一切平安，这才放了心。

苏群既没有责备小陶，也没有赶他回去。她让小陶坐在自行车后面的背包架上，母子俩一路向汪集骑去。

一面骑，苏群还一面回头和小陶说话，告诉他，这辆车还是生他的时候买的，为了从单位回家喂奶方便。她学会骑车也是在那个时候。快到汪集时，看见路边有一条很宽的河已近干涸了。整条河变成了两条狭长的小河，围绕着一块菱形的河滩。苏群问小陶："它像不像珍宝岛？以后，我们就把这儿叫珍宝岛吧！"

对于小陶擅自离家，苏群只字未提。至于小陶会不会因此耽误上学，苏群似乎并不在意。

# 2

就这样，小陶开始了历时一个月的汪集生活。苏群仍每周回三余一次，有时带着小陶，有时就把他一个人撂在农具厂（苏群每次都是当天赶回来的）。如果带小陶一起回去，就在家住上一晚，第二天再带小陶回汪集。

现在，小陶跟苏群去汪集是正大光明的事，没有必要再偷偷摸摸的了。至于小陶第一次不告而辞，老陶也没有批评他，甚至还去学校帮小陶请了事假。只是陶文江对小陶逃学有些不满。老陶则说："三余的先生能教些什么？纯粹是误人子弟！还不如让陶陶去见见世面呢。"

一日三餐苏群和小陶在农具厂的食堂里吃饭。午饭还可以，有豆腐、青菜、猪血，三天吃一次肉。早晚两顿则都是吃稀的，只有咸菜。咸菜还不是老陶家腌的那种。是三余人切碎了一百斤菜放十斤盐的那种，装在一只杯口大的小碟子里，一分钱一碟，工人们称"一分钱咸"。

小陶回家时老陶会开玩笑地问小陶："一分钱咸好不好吃？"走的时候他又说："陶陶跟他妈去吃一分钱咸了。"陶文江、陶冯氏怕苦了孙子，如今，给苏群准备的罐头瓶越来越多了，基本上装的都是荤菜。老陶认为大可不必。他说："让陶陶吃点苦，锻炼锻炼也是好事情。"

那么，小陶是如何锻炼的呢？除了吃一分钱咸，他每天在汪集街上乱逛，很快，对每个地方都很熟悉了。当然，最熟悉的还是农具厂。

他去铁匠车间里看铁匠打铁。那儿有五六座炉子。生铁在火焰中被烧得通红，然后铁匠师傅用火钳将其钳出，放在铁砧上。师傅用小锤轻点，徒弟使大锤猛砸，每一下都砸在师傅轻点的地方。一把镰刀头成形以后，放入附近的一只水桶中，哧的一声，水汽顿时弥漫开去。整个车间里，锤声叮当作响，火星四处飞溅，小陶不禁看入了神。当他来到木工车间里，则完全是另一番景象了。

所谓的木工车间不过是芦席围成的一个草棚子，里面堆满了刨花、木块。放眼望去，一派金黄。木工干活时动静也小，几乎是寂静无声的。他们蹲在刨花堆里斧凿刀削，非常地有耐心，就像在雕刻一样。

有时小陶也会跑到门市部去，从货架上拿起铁皮话筒，套在嘴巴上大喊："下田啦！男子汉带扁担，妇道带镰刀！"就像每天早上余队长站在村头喊工那样。小陶乱喊一气，自然无人答应。他不禁想起三余人描绘妇女出工的顺口溜，于是便大声念了出来：

头一声，不则声，
第二声，头一伸，
第三声，才动身，
走在路上还要纳几针。

卖货的老孙闻言哈哈大笑，连夸小陶真是聪明。

小陶来农具厂的任务是保护苏群，但若真有人想为难他们，就是十个小陶也无济于事。但小陶在农具厂四处乱走，和姓孙的工人们很快就熟悉起来了，大家都觉得他很可爱。无形之中，小陶起到了联系群众的作用，因而宣传队和工人们的关系不再像以前那么紧张了。

可运动还得继续开展下去。

小陶来汪集的当天，农具厂就召开了批判孙厂长的大会。人死了还怎么批判呢？照批不误。主席台前的旗杆上挂着一幅孙厂长的遗像，自然是倒着挂的，上面用红颜料画了一个叉。横幅上写着"批判混进党内的走资本主义道路当权派贪污分子孙福全！"。孙福全就是那位小陶没有见过的孙厂长，他被定性为畏罪自杀，被永远地开除了党籍。主持大会的是新来的张厂长。他刚从部队转业到地方，仍然穿着军装，只是没有领章帽徽而已。除张厂长外，在主席台上就座的还有公社的崔书记，以及苏群、老江，还有小陶。所有的工人都站在台下。

这是小陶第二次登上主席台，因此他感到十分地光荣。公社到底不比下面的大队，那种热烈的斗争气氛不禁让小陶回忆起了久违的南京生活。

3

老江因为女儿突然病危，请假到外地探望女儿去了。宣传队的宿舍里现在只剩下了苏群和小陶。

由于小陶和工人群众的关系，加上经过几次批判大会，孙厂长亲戚们的气焰得到了压制，苏群不禁轻松了许多。尤其是来了张厂长，全面主持工作。张厂长是个大个子，满脸的麻子，相貌凶恶，工人们看见他无不畏惧三分。但对小陶，张厂长倒是显得很亲热，总是把他当成一个小娃娃那样地抱起来（实际上，小陶早已过了被大人抱在怀里的年纪），用粗硬的胡楂扎小陶的脸蛋。小陶被他扎得疼痛难忍，见着就跑。但他对张厂长的畏惧和工人们的畏惧性质显然不同。

接下来是没完没了地开会，不同的范围，不同的人群。

全体职工参加的大会倒没有开过几次，但小会几乎每天都有，在一盏煤油灯下一直开到深夜。每次开会都有张厂长、苏群和小陶，其他的人则变换不定。有党员会议、团员会议、干部会议、积极分子会议以及被审查对象会议。有的会苏群只有列席的资格（比如党员会议），小陶则是列席的列席。

每次开会，都是张厂长主持（他同时兼任农具厂革委会主任和宣传队负责人），苏群则在桌子上摊开一本小本子，不停地记录。小陶左顾右盼，在油灯下察言观色，但时间一长不免觉得无聊。

开会时苏群让小陶坐在身边，不得乱动。小陶也明白会议的严肃性，努力使自己正襟危坐。但他毕竟是个孩子，没有经过开会的训练，坐着坐着就会感到浑身酸麻难忍，于是便在椅子上扭捏起来。

比较而言，小陶还是喜欢苏群找人单独谈话（这不算开会）。谈话的地点，一般是在宣传队的宿舍里。小陶可以满屋子乱跑，甚至跑出门去，只要不跑得太远就行。遇到感兴趣的内容，小陶也可以在一边旁听，当然不可以胡乱插嘴。

有一个姓孙的锁匠，据说有破坏军婚的问题。苏群找锁匠谈话时，小陶就在一边偷听。他觉得这事儿很神秘，因为无论锁匠还是苏群说话时都十分地谨慎。这种谨慎和开会时又有不同。说话时双方都不苟言笑，交谈的内容却很琐碎和具体，就像在拉家常一样。

事后小陶问苏群："什么是破坏军婚？"

苏群回答说："就是破坏军人的家庭。"

这个答案显然不能让小陶满意。

后来卖货的老孙告诉小陶："破坏军婚就是和当兵的老婆搞腐化。"小陶总算明白一些了。

老孙又说："和当兵的老婆搞腐化罪加一等，是要枪毙的！"小陶就又不明白了。

他依稀知道什么是搞腐化，但为什么和当兵的老婆搞就要枪毙呢？难道说当兵的老婆比不当兵的老婆要长得漂亮？顺着这个思路小陶不禁浮想联翩起来。

姓孙的锁匠既不在铁匠车间里干活，也不在木工车间里干活，他有一间单独的小屋。锁匠在里面捣鼓各种铜锁、铁锁以及自行车锁。房子的一角堆满了废铜烂铁，都是收购来的，供打造农具之用。锁匠还负责收购废铁的工作。此外，他吃住也在这间房子里。

小陶常常站在小屋门边，看锁匠配锁。他想：锁匠和当兵的老婆搞腐化肯定也是在这间房子里。一想到当兵的，小陶就会想到张厂长，想到锁匠和张厂长的老婆搞腐化小陶就很激动。在小陶的年龄上这已经具体得不能再具体了，具体的锁匠，具体的张厂长，具体的锁匠小屋。只是张厂长的老婆小陶没有见过，她一定是非常非常地漂亮的。

卖货的老孙说得对，小陶是个聪明的孩子，他常常会触景生情。站在锁匠的小屋前，小陶想象锁匠怎样搞腐化，来到木工车间里，他的眼前就浮现出孙厂长上吊的情景。木工们告诉小陶，孙厂长是吊在哪根房梁上的，又是踩着哪张板凳上去的，解下来后又躺在哪里。一切都很具体。虽然小陶没有见过孙厂长，但仿佛看见了他垂死挣扎的模样。孙厂长的舌头吐出来，一直拖到了下巴颏。

锁匠对小陶的来访总是很热情。他一面忙活，一面教小陶如何配锁。锁匠把一把永固牌铁锁拆开，再装上，仔仔细细地演示给小陶看。小陶也有求于锁匠，他想弄清楚搞腐化是怎么一回事。之所以没有问出口，是因为觉得和锁匠的交情还不够深。

为讨好锁匠，小陶把苏群自行车的铃铛盖子旋下来拿去卖废铁。锁匠收下铃铛盖，给了小陶五毛钱（远远高出收购的市价）。苏群再次找锁匠谈话时，后者看见放在宿舍里的自行车缺了铃铛盖，马上明白了是怎么回事。他将铃铛盖拿来送还苏群，小陶卖废铁的事就暴露了。

苏群要将五毛钱退回去，锁匠死活不收。苏群不禁变色道："你这是什么意思，想拉拢宣传队吗？"

锁匠只得收下钱，灰溜溜地走了。

事后，苏群严厉地批评了小陶，并禁止他再和锁匠来往。以后找锁匠谈话时，也不让小陶在场了。再后来，锁匠那间小屋的门就永远地关上了，在农具厂其他地方也见不到锁匠的影子。小陶不知道他是被开除公职回乡了，或者是被捕入狱拉去枪毙了？

# 4

老江比苏群大十来岁，所以她的女儿也比小陶大了十来岁，已经去部队当兵了。这件事，苏群羡慕得不得了。这年头，当兵是一件很不容易的事，尤其是下放干部的子女。况且，老江家当兵的是女儿，当的是女兵，就更是难上加难了，非得有过硬的后门不可。

老江的丈夫老宋是个老干部，是从部队转业到地方的，在部队有很多老战友。老江许愿说：以后小陶要当兵，他们家老宋可以帮忙。感激之余，苏群不无遗憾。她说："我们一家都是近视眼，近视眼会遗传，陶陶的眼睛现在就已经不行了。"

可不是嘛，小陶现在看东西，眼睛总是眯虚眯虚的，皱着眉头。话虽这么说，苏群还是心存侥幸。她鼓励小陶多看远方，看田野、树木，看绿颜色的东西。多活动，少看书。这正合小陶的心愿。现在，他更有理由在汪集街上四处闲逛，而不回三余读书了。

让小陶在三余扎根，当一辈子农民，是万不得已的事，是最后和最坏的打算。最好的前途——当兵，老陶家人是不敢有这样的奢望的。但如果能在汪集农具厂当一个工人，那也不错。至少也是城镇户口，每月能拿二十多块钱，并且不必种地了。这也是老陶鼓励小陶在农具厂待下去的原因之一，除了给苏群做伴，还可以熟悉工厂生活。

苏群进宣传队也它的好处，可以结识像张厂长、崔书记这样的实权人物，没准以后就能用得上。至于认识老江，她表示可以帮助小陶当兵，虽然希望不大，但终究是一个意外的收获。老陶一家倍感振奋。老陶觉得，他们这步棋算是走对了。

老江为自己的女儿感到十分自豪，经常向苏群说起女儿是如何地懂事，在部队上如何地努力。苏群总是毫无保留地表示赞同，高兴之情溢于言表。虽然，老江的女儿不是自己的女儿，但老江女儿的今天也许就是小陶的明天。由于对儿女前途的共同关注，两个女人有说不完的话，彼此间的关系也越处越好。

一天老江把女儿从部队寄来的照片拿给苏群看，苏群说："你女儿真神气，真漂亮！像你！"

老江乐得嘴都合不上了。苏群于是向老江索要一张她女儿的照片，说是要留着作一个纪念。老江很爽快地就答应了，她说："你就先把这张拿走吧，我让女儿再洗一张寄来。"

这张照片，从此就压在宿舍桌子上的玻璃板下面。有事没事的时候，老江和苏群就会对着它欣赏一番。

小陶自然见过这张照片。不仅小陶，所有到过宣传队宿舍的人都看见过。照片上，老江的女儿头戴军帽，身着军装，两个眼睛瞪得圆溜溜的，就像李铁梅一样。帽檐后面伸出两只小刷子似的小辫子，威武至极。见到照片的人，包括姓孙的锁匠，无不大加夸赞。

后来老江的女儿突然生病，老江请假前去探望。她这一走就再也没有回来。一个多月后，也就是姓孙的锁匠从农具厂消失后不久，一天老江的丈夫老宋来了。他推着一辆自行车，是来取老江的衣物行李的。老宋说，老江恐怕一时半会儿是回不来了，她在医院里伺候女儿。他们的女儿如今瘫痪在床，已经成了植物人了。

问起原因，老宋说："其实也没有什么大病，开始只是普通的感冒发烧。可孩子要强，高烧四十二度，还轻伤不下火线，后来就把脑子烧坏了。现在吃东西和大小便都要人伺候，也不会说话，但是有感觉，会流眼泪。"

老宋无奈地叹息一番，收拾了老江的东西就驮上走了。临走时他从玻璃板下取出女儿的照片。苏群犹豫了一下，最后还是没有说，这张照片老江已经送给她了。苏群拉着小陶，目送老宋衰老的背影骑出农具厂的大门，眼眶不禁湿润了。


# 5


农具厂的"一打三反"运动结束后，苏群回到三余，继续当她的下放干部。小陶自然也回了三余，继续上学。汪集的游历，使小陶增长了见识，不免在同学中有了某种优越之感。

说到优越感，实际上小陶早就该有了。别忘了老陶一家来自省会南京，那可是一个比汪集大了许多的地方，下放以前小陶一直生活在那里。然而三余的同学，完全不买南京的账。当他们用小麦韭菜之类的问题为难小陶时，后者也曾试图反击。他向他们说起南京的街道，说起洪武路九十六号的院子。小陶说，下放以前他们家住在三层楼上，可他的同学无法想象。小陶就解释说，就是房子摞房子，一共摞了三层。他的同学就更不信了。

"老奶奶这么大年纪，怎么爬梯子呢？"他们问小陶。

老奶奶是指陶冯氏，下放的时候已经六十三岁了。她体态臃肿，年轻时裹过小脚，平时连门都不太出。小陶的同学反驳得很有道理。至于如何向他们解释楼梯，小陶就无能为力了。

汪集就不同了，小陶的同学中有很多人去那儿赶过集，对汪集街的情形还是有所了解的。但他们都是当天去当天回，小陶却在那里住了一个多月。这会儿小陶唾沫横飞地说起汪集的种种见闻，他的同学听得如痴如醉，羡慕之情溢于言表。

上文我曾说过，以小墩口为一站，向东十里是汪集镇，向西二十里是洪泽县城。说起县城，小陶的同学大多没有去过。别说小陶的同学，就是三余村的大人去过的也寥寥可数。小陶也不例外，下放快两年了，还没有去过洪泽。老陶家的人，只是老陶和苏群分别去过一次。老陶去洪泽是购买泡桐树苗，苏群则是去县医药公司采购治疗九月子癫痫头的灰黄霉素和练习针灸用的假耳朵。倒是洪泽电影院的放映队每年会下到三余来放电影。

他们来的时候，整个三余大队都轰动了，村上人倾巢而出，拥向大队部所在空场上。电影要等天黑后才能放映。下午三四点钟，天还大亮的时候，空场上就放上了条凳，或是一块块的土坯，甚至一截树枝、一把稻草。无论土坯、树枝或者稻草都不是用来坐人的，只是占位子。虽然土坯之类的东西难以辨认，但放置的人自己清楚，从不会因此发生争执。

大白天占地方的自然是三余人，附近大队的人天黑后才能赶到，就只有站在后面，或者幕布反面看了。

第二天放映队流动到其他大队放电影，三余人就再无抢占座位的便利了。晚饭后，他们呼儿唤女，夹着小板凳，到三里路外的大张或五里路外的葛庄看电影，穿村过桥，行走在河堤田埂上则别有一番乐趣。

电影还是在三余放过的那几部，《地道战》《地雷战》《南征北战》《英雄儿女》等等。三余人百看不厌，能追随放映队转上十天半个月。当然，坚持到最后的总是年轻人和孩子们。

第二年，冬闲季节开始时放映队再次下乡，带的还是那几部片子。但由于时隔一年，三余人还是感到很新鲜。于是再次倾巢而出，去大队部看电影。

偶尔也有没看过的新片子。当然，在洪泽电影院里肯定是已经放过了。为此，小陶很是羡慕县城里的人，羡慕那里的电影院。他想去洪泽的愿望更强烈了。

终于有一天，苏群决定带小陶去洪泽看电影。由于路途遥远，并考虑到体力原因，行程做了周密安排。

天没亮，他们就动身了。苏群骑车带着小陶，穿过全村，过了严妈河上的木桥，在河堤上颠簸一番后，到达小墩口。由小墩口向西，苏群带着小陶骑了约十里（相当于去汪集的路程）之后苏群下了车，推着自行车和小陶向洪泽方向走去，前面还有十里路需要步行。回三余时，他们也打算这样。也就是说，往返洪泽共四十里路，小陶只需步行二十里，另外二十里则可以坐在苏群的自行车后面。

之所以这样安排，是因为没有其他的交通工具（洪汪公路这时还没有通班车），除了苏群的那辆飞鸽牌自行车。苏群一向体质单薄，虽然经过这几年的劳动锻炼，体力毕竟还是有限。小陶也已经长大了，体重已达七十多斤。虽说如此，让他一天之内步行四十里也还是够呛。再三权衡之下，老陶制订下了如下方案：母子俩一半路骑车一半路步行。当然，在他的计划中，他们是要当天返回的。

# 6

苏群和小陶没有当天返回三余。原因并非体力不支，也不是县城的街景眼花缭乱，让小陶流连忘返，而是电影没有日场。

街边的墙上贴着一张广告，上面说朝鲜故事片《战友》将于当晚七时在洪泽电影院上映，下午两点起开始售票。在小陶的强烈要求下，苏群寄存了自行车，并在电影院附近的旅社里订了一个房间。他们准时来到电影院的售票窗口，看见挂出的小黑板上竟写着两个粉笔字"客满"。

苏群看了看手表，他们并没有迟到，甚至离两点还差两分钟呢。她于是开始敲打窗口。敲了半天，窗口终于被敲开了。苏群将一张两元的钱递进去，但马上就被一只肥胖的手推了回来。一个女人的声音没好气地说："敲什么敲啊，没看见黑板上字？已经客满了！"

苏群说："你们不是两点开始卖票吗？现在正好两点。"

女人说："你明天再来嘛，敲什么敲啊！"说着就要关上窗口。

见女人无法理论，苏群说："你们领导在哪里？我找你们领导！"

街上的人纷纷聚集过来。他们不是来买电影票，而是看见苏群和卖票的吵架，过来看热闹的。现在，就是小陶想打退堂鼓也已经来不及了。苏群气愤得满脸通红，执意要找电影院的领导。

于是他们被带到了一个院子里，围观的人也跟了进去。可院子里空空的，除了几棵高大挺拔的梧桐树，哪里来的什么领导啊？突然，空中传出一个声音："什么事啊？嘈嘈嚷嚷的。"

苏群和小陶不禁抬起头来，举目望去，只见一个中年男人正藏身在枝叶间。一架竹梯子搭在树干上，院子里满地都是散落的树枝，原来此人正在给梧桐树剪枝。说话间并不停歇，咔嚓咔嚓地摆弄着大剪刀。一些树枝掉落下来，差一点没砸着苏群。

苏群只得抬着头，一手拉着小陶，和枝叶间的那人说话。自然，他便是电影院的领导了。胖女人也抬着头，结结巴巴地讲述了事情的起因。围观的人也都抬着头，看树上的那个人。他说话的声音虽然不高，但从上面飘落下来，所有的人都听得清清楚楚的。苏群站在树下，不由得提高了嗓门，她得把声音送上去，加上愤怒，声音都有些变形了。

事后，说起这件事，老陶不无幽默地说："你妈就像一个造反派。"而在当时，小陶却觉得苏群的劲头就像三余村上的妇女骂架。她一手牵着小陶，一手叉腰，仰着脖子，满脸通红，声音奇高。上面的那位却轻飘飘地说："不就是两张电影票吗？给他们解决了就是了。"说完，又去剪他的树枝。

胖女人气鼓鼓地回到售票处，撕了两张电影票给苏群。苏群付了钱，这才拉着小陶回到旅社。

胖女人撕票时虽然很激动，但也没忘了把最差的票撕给苏群。苏群也很激动，所以看都没看，拿上票就走了。直到晚上进电影院的时候，她才发现是最后一排，而且是右手最靠边的两个座位。

这时小陶的眼睛已经很近视了，所以整场电影他什么都没有看清。只看见幕布上面人影晃动，黑白交织，耳边不时地响起莫名其妙的对话，夹杂着枪声、爆炸声以及音乐声。

电影散场后，苏群牵着小陶走回旅社。她问小陶："电影好看吗？"

小陶说："好看，好看得不得了。"


# 7


老陶一家五口，除陶冯氏和小陶外都戴眼镜。老陶和苏群戴的近视眼镜，陶文江戴的是老花镜。陶冯氏虽然不戴眼镜，但眼睛也不好，患有白内障。小陶的眼睛也越来越差，读小学四年级时已经看不清前面的黑板了。

先生安排小陶坐在教室的第一排，他眯虚着眼睛，勉强可以看见黑板上的字。但如果任课老师的字写得比较小，小陶就得连看带猜。不碰上考试则已，碰上考试就麻烦了。虽说是开卷考试，答题时可以看书、讲话，但如果连黑板上的试题都抄不下来，还是没有用。小陶的成绩日趋下降，不禁引起了老陶家人的注意。他们决定，带小陶去配一副眼镜。

小陶第二次跟苏群去洪泽，是专程配眼镜去的。这时，洪泽到汪集的公路已通班车，在小墩口设了一块站牌。因此他们只需提前赶到小墩口就行了，不用像上次那么麻烦。可到达洪泽后，县城那条唯一的街上并没有配眼镜的地方。苏群临时决定去长途汽车站，带着小陶坐上了去淮阴的汽车。这次长途旅行完全在小陶的意料之外，况且淮阴是一个比洪泽大了许多的城市，行政等级上仅仅次于南京。

他们坐了一个来小时的车，一路颠簸来到淮阴。在小陶模模糊糊的视野里，淮阴并没有什么特别新鲜的地方。马路比洪泽县城稍宽一些，来往的车辆更多一些，腾起的灰尘也更大一些。据说这样的大马路还有好几条，不像洪泽县城只有一条街道。

他们照例在一家旅社登记了房间。然后，苏群便领着小陶去了一家眼镜店。只是在试镜时，小陶才看清了周围的景象，觉得偌大的淮阴的确非同一般，尽管尘土遍地。突然之间他变得明察秋毫。一道阳光此时倾泻在店堂里的地砖上，飘浮着丝丝缕缕的灰尘，直看得小陶头晕目眩。正当他试图克服不适看个究竟时，试戴的眼镜被取走了，世界又恢复了原先灰暗的面目。

试戴的眼镜结构复杂，边框很沉，可以随时更换镜片。既可以一片一片地更换，也可以几块镜片叠放在一起。叠放起来的镜片既厚又沉，向前凸出，与正常的眼镜很不相同。看着镜子里的自己，小陶觉得就像看见了一个小妖怪。试戴的眼镜完全改变了小陶幼稚的面容，使他看上去十分地丑陋，又有些滑稽可笑。

第二天一早，苏群就领着小陶回了三余。后来苏群又来过一次淮阴，取为小陶配的眼镜。这一次，她是一个人去的，没有带小陶。从此以后，小陶便有了一副眼镜，装在一只咖啡色灯芯绒面子的眼镜盒里，里面垫着一块擦眼镜用的绒布。眼镜盒放在小陶的书包里，他每天带着它去上学，但却很少将眼镜拿出来戴上。

眼看着又要考试了，小陶不免担心起来。总不至于考试那天他才将眼镜戴上，那样不免太突然了。因此需要一段时间的过渡，直到考试那天。届时，同学们已经认同了戴眼镜的小陶，见惯不惊了。于是小陶时不时地将眼镜拿出来戴上。先是上课的时候戴，后来，不上课的时候也戴了。

直到考试前夕，小陶在学校的时候基本上都是戴着眼镜的。当然放学回家，他就将眼镜取下，放进书包里。因此，三余人从未见过戴眼镜的小陶。不仅三余人，就是老陶家人除苏群外也都没有见过小陶戴眼镜的模样。

一天下午正在上课，突然外面有人大叫"陶陶——"，小陶一听声音就知道是老陶。他从教室的窗户看出去，只见一个人站在大寨河堤上，正冲着教室的方向喊叫。这时小陶的视力锐利无比，确认那人是他的父亲无疑。征得赵宁生（小陶的语文老师，下放在葛庄的知青）的同意，小陶跑出教室，向大寨河堤上飞奔而去。

可跑到一半，他意识到自己还戴着眼镜。这时，取下眼镜已经来不及了，老陶把一切都看在了眼里。于是小陶放慢了脚步，迟疑地走向老陶，刚才的那股兴奋劲儿已经完全没有了。

老陶去葛庄大队联系换稻种，回来时恰好路过葛庄小学。他看了看天色，估计也快到放学时间了，于是就站在大寨河堤上大喊小陶，想带儿子一起回三余。见小陶戴着眼镜，他什么都没有说，也没有问。只是摸了摸小陶的脑袋，就领着他一起回去了。

一路上，小陶心惊胆战地跟着老陶。马上，三余村上的人就要看见他戴眼镜的样子了。爷儿俩一人戴着一副眼镜，何其地相似？而且老陶的反应，也过于平静了，就像什么事情都没有发生一样，就像小陶一直戴着眼镜一样。这就更让小陶不安了。

老陶希望小陶在三余扎根，当一个农民，娶一个三余的姑娘，在生产队的大田里劳动，靠挣工分吃饭（这是老陶经常向小陶灌输的东西）。可戴着一副眼镜在大田里劳动，不仅三余绝无仅有，甚至也无法想象（老陶和苏群不同，他们是下放干部，下来的时候就戴着眼镜）。小陶知道自己让老陶失望了。

他努力想从老陶的脸上看出失望的表情，但一无所获。后者的嘴巴前凸，眉头紧锁，但这是老陶一贯的表情，并不能表示他已经失望了，但也不说明他没有失望。虽然，小陶此刻的视力足以明察秋毫，但从老陶的脸上还是什么都没有看出来。相反，老陶的语调尤其地柔和。他问小陶：冷不冷？又问起学校的情况，何时考试？和赵宁生又聊了些什么？这些内容老陶一向是不怎么关心的。

# 七 赵宁生

## 1

小陶的确已经懂事了，已经知道体察父母的心情。他再也不和村上放猪的孩子一起玩耍，就是九月子、细巴子等人，也只是见面打个招呼。即便小陶想和他们玩，也没有机会。每天一早，他就背起书包，去葛庄上学，天快黑才能到家。小陶新交的朋友是赵宁生，葛庄小学的语文老师。

赵宁生和小李一样，也是从南京下放的知青。只不过他没有下放到三余，而是去了葛庄，后来被抽到葛庄小学当语文老师。

在葛庄，赵宁生可是个著名人物，因为他已经谈恋爱了。对方也是知识青年，也下放在葛庄，但和赵宁生不在一个生产队。他俩恋爱的事很公开，在葛庄闹得沸沸扬扬。

每天傍晚，夏小洁都要挽着赵宁生的手臂在大寨河堤上散步。那大寨河堤高，赵宁生和夏小洁于其上徘徊不已。如果天气晴朗，必有满天的晚霞，映衬着这对恋人偎依在一起的身影。葛庄村上的人算是开了眼界，他们扶老携幼地走出自家的桥口，向西眺望。届时，葛庄村上的狗也必对着西面狂吠不已。

赵宁生抽到葛庄小学当老师后，学校给了他一间宿舍，夏小洁也搬来同居。这件事，不像散步那么公开，但葛庄人几乎无人不知。

夏小洁仍在知青户里留着一个铺位，每天早上，仍然是从那里出门的，扛着锄头去地里劳动。但据同住的女知青反映，夏小洁常常彻夜不归。住在赵宁生隔壁的于先生也说，经常睡到半夜，赵宁生那边的门嘎吱一响，就有脚步声向学校的桥口走去。与此同时，葛庄村上的狗都吠叫起来。

关于这一点，葛庄村上的人可以证实。他们家的狗每天天亮前必叫一遍，就像公鸡啼鸣似的，比公鸡叫得还早。两下的情况一对，夏小洁在赵宁生那里过夜的事就确凿无疑了。

关于夏小洁是否在赵宁生那里过夜，小陶不得而知，因为他不是葛庄村上的人。他能证明的是，每次，他住在赵宁生那里的时候夏小洁都是回去住的。

小陶去赵宁生的宿舍聊天常常会聊到很晚，有时甚至忘了回三余。夏小洁倒是一副不想走的样子，每次赵宁生都会提醒她说："时候不早了，你回去吧。"夏小洁很听话，为他们又烧了一锅开水后便一声不响地走了。

赵宁生的宿舍就像小陶的家，他随时可以去玩。赵宁生的书籍、东西他也可以随便乱翻。小陶特别喜欢听赵宁生吹牛。经常是，事先约好了，放学以后去宿舍吹牛。有时候说着说着天就黑了。如果是事先约好的，小陶就让一个三余同学带信回家，说今天晚上不回来了。即使没有人带信，后来老陶家人也知道了：小陶准是又在赵宁生那里。

小陶自然不叫赵宁生"赵先生"或者"赵老师"，而是直呼其名"赵宁生"，有时也随夏小洁叫他"宁生"。赵宁生也不叫小陶"小陶"，像老陶家人一样，叫他"陶陶"。提到老陶时，赵宁生口称"陶叔叔"。这样一来，小陶和他就是同辈人了。赵宁生是小陶的好朋友，师生关系倒在其次。

　　开始的时候，老陶并不反对小陶和赵宁生交往。在学校里总算有一个人可以照顾小陶了。赵宁生不仅对小陶平等相待，视为知己，同时也利用职务之便，给了小陶很多的方便。比如老陶站在大寨河堤上喊小陶那次，虽然没到下课时间，小陶马上便获准离开了教室，跟老陶回家了。现在考试时小陶也不用再担心了。尤其是语文课，小陶的成绩每次都是第一名。如果有谁提出疑问，赵宁生便说："陶陶的爸爸是全国知名作家，有家学渊源，语文不考第一才奇怪呢！"

　　后来，小陶甚至不用去上赵宁生的课。当赵宁生站在课堂上讲课时，小陶就躺在他宿舍里的床上，一面看小说，一面吃零食。

　　零食是夏小洁的父母特地从南京寄给女儿的。夏小洁自己舍不得吃，全部拿给了赵宁生。赵宁生让小陶随意取用。这些零食包括奶糖、果脯、苏打饼干等等，都是小陶打小吃惯了的，下放以来却很少问津，很合他的口味。

　　赵宁生如此巴结小陶，唯一的原因，大约是小陶是下放干部的孩子，也是从南京下放来的。整个班级只有小陶的父母是下放干部。别说整个班级，就是葛庄小学像小陶这样的情况也只有一个。尤其是小陶戴上眼镜之后，赵宁生更是兴奋不已。这件让小陶与众不同备感孤独甚至自卑的多余之物，赵宁生却赞赏备至。

赵宁生也有一副眼镜，但是平光的。平时，他总是戴着这副眼镜。就像对暗号似的，两人突然就对上了。赵宁生和小陶是葛庄小学里仅有的两个戴眼镜的人，不同的只是，赵宁生的眼镜纯属装饰品。赵宁生很欣赏小陶镜片后面的一圈圈的波纹，并且大有自愧弗如之感。

# 2

听说老陶一家都戴眼镜后，赵宁生去老陶家探望的愿望更强烈了。

一个星期天，夏小洁骑车带着赵宁生直奔老陶家。车是赵宁生的，但由于夏小洁常年在生产队劳动，体格健壮，所以是她带赵宁生，而不是赵宁生带她。一路脚不沾地地来到老陶家的园子。老陶一家自然是热情欢迎。小陶倒水，陶文江递烟，老陶领着赵宁生、夏小洁在园子里四处游览一番，然后回到堂屋里，由苏群陪着说话。

苏群这年四十一岁，看上去就像三十来岁的人。而老陶面容苍老，就像一个半老头子。难怪三余人会说：苏群就像老陶的闺女、小陶他姐。实际上老陶只比苏群大了两岁。赵宁生是见过世面的人，见到苏群的样子也不禁意外。他连夸苏阿姨长得年轻、气色如何之好。虽说赵宁生一向能说会道，但也不完全是在阿谀奉承。

他们来的时候，苏群正在河边洗床单。见他们来，放下手上的活儿，来到桌边陪赵宁生、夏小洁说话。这会儿坐定了，苏群让小陶好好招待赵老师和小夏姐姐，自己准备返回河边继续洗床单。赵宁生拦住苏群，他让夏小洁去帮苏群洗床单。

赵宁生说："这么冷的天气，水又那么凉，苏阿姨的手会吃不消的。"他指了指夏小洁说："她干活干惯了，比当地人还来司呢，保证把床单洗得干干净净。你们家还有什么要洗的东西，都找出来给她。"

苏群说："这怎么行呢？你们是客人，怎么能一来就干活呢。"

赵宁生说："一家人不说两家话。我和小夏是你和陶叔叔的晚辈，干点活也是应该的，况且小夏也闲不住。"

正争执不下，夏小洁已经悄悄地去了河边，洗起床单来。苏群无奈，只好留在桌边，和赵宁生天南地北地聊开了。

夏小洁果然不同凡响，不一会儿床单就洗好了，晾在门前的尼龙绳上，阳光一照，白得耀眼。从洗、清到晾，所用时间只有苏群的一半。完了她又去锅屋里帮着做饭，抱柴、烧火、拉风箱，甚至择菜、切肉全都包了。然后开饭了，赵宁生像主人一样，招呼老陶一家："吃啊，吃啊，看看小夏的手艺。"

而此时夏小洁尚未入席。她围着陶冯氏的围裙，在锅屋和堂屋之间来回跑着，忙着上菜。老陶、苏群坚持让她也来吃。赵宁生说："她忙惯了，别管她，我们吃我们的。"说着率先夹起一筷蒸咸肉，放进嘴巴里，连说："好吃！好吃！陶叔叔家腌的咸肉就是好，我已经很久没有吃到南京人腌的咸肉了！"

老陶家人也不再坚持，随着赵宁生大吃起来。这一顿饭有如风卷残云，不一会儿桌上就只剩下了几只空盘子，等夏小洁上桌的时候已经没有菜了。大家打着饱嗝，眼睁睁地看着她干掉了三大碗白饭。

事后老陶总结说：这叫隔锅香。锅虽然仍是老陶家的锅，菜也是从老陶家的园子里刚拔的，咸肉是从他们家的房梁上割下来的，甚至油盐作料也是平时做菜时用的，但手艺却是夏小洁的。

## 3

这次见面后，老陶对夏小洁的印象很好，评价甚高，远远超过了对赵宁生的评价。

那孩子虽然只有二十来岁，由于终日在田间劳动，风吹日晒，长相甚至比苏群还老。她的那双手，骨节粗大，开了许多的裂口，完全和三余村上的妇女一样。干活的麻利和勤快也一点不亚于她们。尤其是夏小洁不善言辞、只知埋头干活的作风更是让老陶佩服。夏小洁着装朴素，穿着当地妇女那样的大襟棉袄，不施脂粉，两边的颧骨上各有一块她们那样的褪不去的红晕。如果不是说话时带有南京口音，就和当地妇女别无两样了。显然，这是夏小洁扎根农村、坚持接受贫下中农再教育的结果。遗憾的是，她没有选择当地农民谈恋爱。夏小洁选择了赵宁生。那赵宁生的风格则完全不同。

据小陶说，赵宁生讲课时完全不用当地方言，也不讲普通话。他坚持讲南京话，不管学生们是否可以听懂。赵宁生和小陶交朋友的一个理由是：终于可以和一个人讲讲南京话了。来到老陶家，也是为了感受一番讲南京话的气氛，因此他才如此地滔滔不绝，显得很"韶"（南京方言里"话多"的意思）。

自从抽到葛庄小学当老师后，赵宁生就再也没有下过农田，甚至，连以前置办的农具也都从宿舍里清理出去，通通给了夏小洁。他发誓不再踏上当地的土地，鞋底上不沾当地的泥巴。

然而这样做几乎是不可能的。比如葛庄小学，还是在葛庄，并不在南京。又比如老陶家的园子在三余，也不是在南京。赵宁生自欺欺人地认为，葛庄小学是学校，和农村不可同日而语，老陶家的园子因为是下放干部家的园子，所以也不能算是当地的园子。他觉得去老陶家拜访并不能算破例。

但赵宁生总得走着去啊。经过大寨河堤，经过严妈河堤，过了严妈河上的木桥，穿越三余全村，这才能抵达老陶家。别忘了，赵宁生有一辆自行车。他骑在自行车上，脚不点地，就不会踩着经过的地方了。所以说，这辆车对赵宁生重要至极，去老陶家做客，或者去汪集赶集，都得骑着它。

也只是在老陶家的园子里，赵宁生才会从车上下来。赶集时，往返于葛庄和汪集街上，他是从不下车的。要买什么东西，赵宁生便将自行车定住，一只脚踏在街边的一棵树干上，或者一面墙上。无论是树或墙，都有赖于下面的土地，这些我就不去深究了。总之，赵宁生有高超的车技和定车术，甚至连专门表演定车的杂技演员也有所不及。

有一次赵宁生和小陶谈心，说他很想进地区杂技团当一名定车演员。由于没有后门可走，这事只好作罢。他用自行车带上小陶，驰出葛庄小学的桥口，然后双手脱把，拉开一把弹弓射下了树上的两只麻雀。

一粒砂礓就射下了两只麻雀，赵宁生想证明的不是他一石二鸟的绝技，而是他的定车术。为能去杂技团当一名定车演员，这一招已经练了很久了，而现在，唯一的观众只是小陶。两只麻雀垂直落下，不仅证明了赵宁生所言不虚，自己是一个难得的杂技人才，同时也发泄了心中的愤懑。两只麻雀毕竟是葛庄的麻雀，死有余辜。

上文说到，赵宁生和夏小洁有每天傍晚散步的习惯。难道他们在大寨河上散步时不会踩着葛庄的土地吗？这是不可能的。自从赵宁生当了老师以后，散步的习惯还在坚持，但他们再也不去大寨河堤了。

赵宁生和夏小洁手挽着手，绝不迈出葛庄小学的桥口，只是在操场上、教室和宿舍前后转上几个圈。葛庄村上的人再也看不见他们映衬在西天晚霞之上的剪影了。葛庄的狗仍然狂吠不已，它们觉得这情形十分地蹊跷，很是费解。


# 4


听了小陶的讲述，老陶感到很震惊。小陶将来是要在三余扎根的，而赵宁生一心想离开葛庄，把自己连根拔起。这样的榜样是很可怕的。老陶开始限制小陶和赵宁生的交往，让他疏远对方。

他打了个比方："就像一个人得了肺炎，和他靠得太近，是会被传染的。"

赵宁生自然并不知情，他和夏小洁来老陶家拜访比以前更频繁了。后来几乎每个星期天都来，把老陶家几乎当成了自己家。

每次他们一来，老陶冷淡地打个招呼，便拿着工具去自留地上干活了。苏群依然留在桌边和赵宁生说话，态度远没有以前亲热。夏小洁呢？一如既往地帮老陶家干活，洗衣、做饭，甚至去自留地上锄草、浇粪。老陶一家的疏远赵宁生并未察觉到，依然在饭桌上高谈阔论，声若洪钟。

既然连老陶都无法疏远赵宁生，小陶就更无能为力了。他仍然会留在葛庄小学里和赵宁生彻夜长谈。当然主要是赵宁生说，小陶在听。这些谈话的内容小陶会有所删节地向老陶汇报。即便如此，仍让老陶感到心惊肉跳。比如赵宁生谈到男女问题，说是一个人年轻的时候不谈几次恋爱便虚度了青春年华。他还向小陶谈起美国，说："实际上人家比我们发达多了。"

赵宁生有一台陶文江那样的收音机，每天深夜他都要收听美国之音。小陶留在那儿过夜时，赵宁生也不避讳。他拔出收音机的天线，慢慢地转动旋钮，不一会儿，一个阴阳怪气的声音就出现了。那语调，小陶只是在看《南征北战》等电影时才听见过，一般是国民党播音员发出的。难怪一听这声音便知道是敌台了。其间，还伴随着嗞嗞啦啦时断时续的干扰，收听美国之音这件事就变得更加神秘了。

刚开始听的时候，小陶如芒在背，听得多了便觉得受用无比。说实话，小陶对美国之音说了些什么倒印象不深（所有的内容事后赵宁生都会向小陶转述，当然，用的是南京话），让他如痴如醉的是那与众不同的软绵绵的声音。

每次赵宁生收听美国之音都十分地谨慎。事先，要把门关好、插上，甚至还得去外面转上一圈，看看房子前后是否有人。赵宁生尤其注意隔壁于先生的动静。一切准备就绪，他这才打开收音机，尽量调小声音，小到将脑袋挨在收音机上才能听见。收音机放在桌子上，一边一个脑袋，分别是赵宁生和小陶的。两只耳朵贴在收音机的外壳上，直到外壳发烫。后来他们干脆把收音机带到床上，蒙上被子，这样就万无一失了。

如此谨慎小心是非常必要的，因为经常有知青因收听敌台被捕入狱的事发生。一旦听说这样的事，赵宁生就会暂停收听几天。最多不过三天，他就又忍不住了。

赵宁生收听美国之音的事，只有小陶一个人知道，甚至对夏小洁赵宁生也没有透露过。赵宁生对小陶说："女人是最靠不住的。"又说："人与人之间的关系就像狼与狼一样。"

小陶对赵宁生的话不甚理解，但他对自己的信任还是感觉到了。

小陶并没有对老陶说起在赵宁生那里听美国之音的事。他避重就轻，问老陶："爸爸，人与人之间的关系是不是像狼与狼一样啊？"

老陶马上问："是不是赵宁生对你说的？"小陶点头承认。老陶觉得问题严重了。

一天晚上乘凉的时候，望着满天的星斗，老陶对小陶进行了爱国主义和人生意义的教育。他谈到了岳飞、文天祥、方志敏，谈到了奥斯特洛夫斯基，甚至还谈到了他的一个好朋友侯继民。最后，话题回到小陶提出的问题上来。老陶说："想想这些人，怎么能说人与人之间的关系像狼与狼之间的关系呢？"

小陶是否被老陶说服了？我不得而知。但老陶觉得再也不能这样听之任之下去了。下次，赵宁生和夏小洁再来时，老陶没有拿着锄头去自留地上锄地，而是留在桌边，和赵宁生说起话来。苏群则离开堂屋，去别处忙活了。

赵宁生虽然能说会道，但毕竟年轻，在老陶的旁征博引下被驳得体无完肤。赵宁生是否被老陶说服了？我仍然不得而知，至少在表面上他已经认输了。老陶这样有见识的人能挤出时间，与自己讨论问题，帮着释疑解惑，赵宁生已经感激不尽。至于，是否真能按照老陶说的去做，那就不一定了。

每次，老陶和赵宁生讨论问题时，都要让小陶留下来旁听。小陶看着老陶凯旋，看着赵宁生俯首称臣。老陶觉得，对小陶而言这不啻是一次生动的教育。

"歪理总是说不过正理！"事后，老陶不无得意地说。他意识到，这样做才能从根子上解决问题，仅仅让小陶疏远赵宁生是很不够的。

现在，老陶已经禁止小陶留在赵宁生那里过夜，但赵宁生和夏小洁还是常来。更深人静，赵宁生对小陶的说教已经停止，可老陶家堂屋里的问题讨论正方兴未艾。专业作家老陶、陶培毅，一贯善于玩弄语言文字，借古喻今、旁敲侧击，这会儿派上了用场。很多对赵宁生说的话实际上是针对小陶的。老陶又多了一种教育儿子的手段、方法，真是柳暗花明又一村啊。

# 5

一年多以后，小陶去洪泽上中学了，赵宁生仍然留在葛庄小学当他的老师。小陶住校，大约每个月回一趟三余。他从来都没有想过去葛庄看望赵宁生。赵宁生仍然会来老陶家，打听小陶的消息，但他从来都没有碰见过小陶。赵宁生来老陶家的次数也比以前少多了。由于没有了小陶的牵连，老陶家人对他的态度明显地冷淡。堂屋里的高谈阔论基本停止了。

夏小洁因劳动表现好，能虚心接受贫下中农的再教育，被作为工农兵学员推荐上了大学。赵宁生再来老陶家时，自己骑着自行车，形单影只的，甚是可怜。

实际上，在夏小洁被推荐上大学前半年，他们就分手了。分手的原因，自然是他们的恋爱关系常常招来非议。

夏小洁哪里都好，唯一授人以柄的就是和赵宁生的关系。她主动提出和赵宁生分手，马上便变得白玉无瑕了。这样的知识青年不上大学谁上？况且，夏小洁与赵宁生分手的行为需要大大地加以鼓励。

也就是说，如果一个女知青的劳动表现和夏小洁一样好，成分也过硬，但没有与赵宁生恋爱而后再分手的经历，被推荐上大学的肯定是夏小洁而不是那个女知青。难怪有人说，夏小洁利用了赵宁生。别看她平时老实巴交的，其实阴得很。说这些话的当然是那些没能上成大学又没有谈过恋爱的人。吃不到葡萄说葡萄酸，可以理解。

现在，赵宁生来老陶家时，独自骑着自行车，再也没有人带着他了。坐在老陶家的堂屋里也不再夸夸其谈，而是一个劲地唉声叹气。

有一阵他又来了精神，因为南京某化工系统来当地招工。赵宁生自忖：自己出身不好，在当地名声也差，当一名正儿八经的工人是没什么指望了。但进厂当一名厨师，给工人们做做饭还是可以争取的。据说这次招工量大，工种也很齐全，甚至包括了食堂里做饭的师傅。在老陶家堂屋里，他絮絮叨叨说的就是这件事。

随着来访次数的增多，赵宁生的情绪也越来越好，甚至有些亢奋。看来，希望是越来越大了。直到有一天，他徒步而来，让老陶家人感到十分地惊奇：赵宁生居然没有骑着他的自行车！一来之后，他就坐在老陶家堂屋里的一把椅子上，坐下之后就再也没有动弹过。也不说话，两行眼泪夺眶而出，唰地流淌下来。赵宁生一面抽泣，一面摇晃着一只手臂。那只手臂担在椅子背上，并从那里垂挂下来，晃晃悠悠的就像一只空袖管。

事后，老陶家人才知道，赵宁生的厨师名额被别的知青挤了，招工的事黄了。问起他的自行车，才知道由于闻讯后慌不择路，他连人带车掉进了一条干沟里。幸亏是冬天，沟里没有水。但自行车摔得很厉害，已经不能骑了。赵宁生的两只手上满是擦伤，裤子的膝盖也撕破了，他本人竟然一无所知。

赵宁生一面哭，一面用流血的手抹着眼泪。他哽咽着说："这可不是什么好兆头，我又踩到这里的烂泥巴了！"

# 6

这以后赵宁生再也没有去过老陶家。后来，听说他办病退回了南京。赵宁生是葛庄人用凉车子抬到小墩口的，从那儿上了去洪泽的班车。他终于没再踏上葛庄的土地，并且，从今往后再也没有这样的可能了。

知青下乡，无非有如下几种出路。

作为工农兵学员上大学离开农村。这是最佳选择，但机会少之又少，一百个知青中恐怕轮不到一个。这样的好事，却让夏小洁摊上了。第二条出路是当兵，如老江的女儿。这也是上上之选，其困难程度几乎和上大学一样。最常见的回城途径是通过招工。但名额有限，供大于求，因此竞争得十分激烈，比如赵宁生就惨遭失败。反之，像上大学或者当兵竞争倒不是那么厉害的，因为一般的知青不敢有那样的奢望。上大学或当兵非人力可为的事，乃是天意（和家庭出身以及后门紧密挂钩，二者缺一不可）。最后剩下的知青，如果还想回城，只有苦熬着。不结婚、不恋爱，尤其是不能和当地的姑娘或小伙结婚恋爱。

十六七岁的青年男女（这是他们下放时的平均年龄）熬到了二十六七岁，这十来年来他们的性欲问题是如何解决的呢？——请别忙责怪我撇开感情问题不谈，再热烈的感情最终还得服从于生存（如赵宁生和夏小洁的故事）。青春热血的他们如何解决性欲问题？这很实际，也很必要。但对此我和读者朋友们一样，一无所知。

在三余、在葛庄、在汪集、在整个洪泽县，常有类似的故事流传。一个女知青养了一条公狗，每天晚上搂着睡觉。或者，某个男知青搬了一张小板凳，站上去，从后面干一条生产队的耕牛。这样的事我宁信其无。但有一件轰动全县的案件，却是小陶亲眼所见（布告）。

那时，他已经在洪泽县中读初中了，一天，在街上看见了一张人武部张贴的布告。被宣判者是插队于某公社某大队某生产队的一名知青某某某，性别男，罪名是破坏春耕生产。小陶仔细阅读完全文，才知道那知青是如何破坏春耕生产的。原来，他奸污了生产队的一头母牛。母牛被奸污后犁起地来有气无力的，此时正值春耕大忙时节，于是便破坏了春耕生产。

回到上文，熬得住的，还得努力劳动和表现，因为总有一线希望。这倒是一件好事，省得精力无处发泄。直到有一天终于累垮了，生病了或者残废了。这也不是一件坏事，如此一来就可以办病退回城了。所以，病退也是继上大学、当兵、招工之后的另一条回城的途径。赵宁生最后走的就是这条路。

也许，我说得过于惨烈了一些。既然病退是一条回城的途径，想办法诈病的人自然不少，不必要真的累垮了、生病了或者残废了。以此方式回城的知青自然工作没有着落，二十七八了，还得靠父母养着。但他们宁愿如此。

再说那些熬不住的，就在当地结婚生孩子了。无论对方是农村的姑娘小伙，或者也是知青，都再也没有回城之日了。一家三口或者四口五口(得看生了多少)都是农村户口，和当地农民一样，得下田种地靠挣工分度日。这才是老陶说的扎根、打万年桩的意

153

思。作为一名接受再教育的知识青年，至此才算得上是真正的功德圆满。

我之所以不厌其烦地叙述知青的种种出路，是因为，他们的今天就是小陶的明天。关于这一点，老陶的心里再清楚不过。别看小陶现在小学毕业了，上了洪泽县中，成了三余唯一的中学生，但他早晚还得回到三余，就像靳先生的儿子一样。

关于小陶的前途，当兵已无可能。不说别的，就说那副眼镜。上大学，就更无这样的奢望了。因为老陶、苏群以及陶文江都有政治问题。病退，往哪里退？老陶一家已经在三余了。仅有的两种可能就是进厂当工人，或者和当地的姑娘结婚，在三余扎根。二者必居其一。

# 八 洁癖

## 1

陶文江是老陶家最年长的人，下放那年，已经虚龄七十了。他的身材也是全家最高的，一米七八左右。平时，陶文江的腰杆总是挺得笔直。他的头发已经全白了，但仍然十分浓密，一丝不苟地向后梳起，加上沉默寡言、表情庄重，不免让人肃然起敬。解放前，陶文江做过南京武定门小学的校长，在一次集体仪式上加入了国民党，一度还担任过国民党区分部委员。所以说，他是有严重的历史问题的。

解放后，陶文江即退休在家。从此他便不再提笔写字，作为一个读书人，每天只是翻翻报纸而已。到后来，他竟然真的不会写字了。当然，读书看报还是不成问题的。

陶文江很少发火，但一旦发起火来却十分了得。他会将手边能抓到的随便什么东西（比如一只茶杯）扔出去，同时大声地吼叫，声势可谓惊人。过后，他平静下来，再将地上的杯子碎片扫进一只撮箕里。然后拿来拖把，仔细地把地板上的水迹拖去。

"文革"中，老陶家经历了不少危机，陶文江一如既往地不动声色，就像什么事情都没有发生一样。当时，他的历史问题被翻出来重新审查。每周一次，陶文江要到当地居委会交代问题、汇报思想。回家后，他更加沉默了。具体情形陶文江拒绝向家里人透露。

只是有一次，他从居委会回来，扔了一只杯子。陶文江用脚拼命地跺着地板，一面跺一面大声地叫喊："该死！该死！该死！"同时面孔涨得通红。

老陶家人不知道他在骂谁，说谁该死，是审查他的那些人？还是说他自己？总之感到非常可怕。事后问起发生了什么事？陶文江自然是无可奉告。

这是仅有的一次。其他的时间里，陶文江表现得十分顺从、配合。无论是老陶被打倒，造反派上门贴标语的时候，或是破四旧，家里被抄时，还是全家被批准光荣下放，他们又来贴标语。陶文江手托一只糨糊瓶，将门框上的标语一一粘好、抹平。他干得有条不紊，乐在其中，甚至可以说是宠辱不惊、一视同仁，就像他不认识标语上写的那些字似的。难怪老陶会说："爸爸有洁癖！"

的确，陶文江爱干净，喜欢整洁，甚至到了病态的程度。不仅是自己家门上的标语。后来邻居老王被打倒了，门框上也贴上了火烧油煎之类的标语，陶文江也一如既往，手托一只糨糊瓶，去他们家门前忙活。老王的家属敢怒不敢言，对陶文江怒目而视。后者就像没看见一样。

除了粘贴标语，陶文江还喜欢扫地、拖地。自己家不用说了（红漆地板经过十来年的扫和拖，已是斑驳不堪，露出了下面灰白色的木质。而邻居家的地板仍然是红通通的），平时没事，陶文江还经常去公用的走廊上、楼梯上扫地、拖地。老陶家住在三楼，三楼的走廊和楼梯不用说了，有时候陶文江会一直扫到二楼去，甚至一楼去。

对陶文江此举，楼内的居民评价不一。有的认为他这是多管闲事，吃饱了撑的。有的则认为陶文江是一个善良的老人，并心存感激。也有的邻居以为这是居委会派给陶文江的任务，他是在劳动改造。陶文江还打扫楼内的厕所，这就更说明问题啦。这年头，有政治问题的人有很多都被罚去打扫厕所，或者去扫马路了。


## 2


下放以后，陶文江仍脾气不改，成天手里拿着个笤把，扫个不停。

三余的地面没有砖石，也不是水泥的，陶文江一扫就是半撮箕的土，收获很是丰富。房子里的地面也是泥巴的，陶文江每天都要运几撮箕的灰土出去。天长日久，地面明显下陷，门槛外面要比里面高出许多，一下雨，水就会灌进来。于是只好将门槛加高。门前的空地，也被陶文江扫得锃光发亮，阳光一照，只见一块块踩实的圆疤。当然，在三余，拖把是用不着的，但陶文江舍不得丢弃，只是将它束之高阁了。

陶文江的另一项任务是擦灯罩。前文说到，三余人照明用的是一种自制的油灯，是墨水瓶做的，用一根棉线做灯芯，点的是柴油。柴油便宜，加上灯火如豆，点这样的灯比较节省。老陶家都是近视眼，晚上还要看书，柴油灯自然不能满足要求。

他们家点的是从汪集供销社买回来的煤油灯。这种灯有一个玻璃灯罩，三余人称它为罩子灯。罩子灯点的是煤油，比柴油贵多了，但因为杂质少，灯焰不冒黑烟。灯芯也是专门的，扁扁的，有一厘米宽。点燃后自然光明耀眼，读书写字都没有问题。

这样的灯，三余村上只有老陶家里有，而且不止一盏，有三四盏之多。每天晚上，一齐点燃，老陶家人就置身于光明中了。三余人碰上重要的事情，就会来老陶家借灯，比如在牛屋里（现在的牛屋，而不是老陶家住过的牛屋）开社员会议，或者谁家办喜事结婚。当然，煤油还得老陶家出。

每天傍晚，天快黑的时候，陶文江就开始擦灯罩。他将四盏煤油灯收集一处，放在堂屋里的桌子上，用一块专门的棉布伸进玻璃灯罩中，左旋右转。不一会儿，那灯罩就被擦得通体透明，就像没有了一样。由于每天都擦，加上煤油灯熏出的黑烟本就不多，所以一会儿就擦完了。陶文江意犹未尽，顺便将罩子灯的底座和装油的肚子也擦了一遍。他用剪刀细心地剪去灯芯烧焦的部分，然后，将四盏煤油灯依次点燃。

陶文江还负责供应一家人的开水。这时，老陶家人烧饭已经用灶了，但从南京带下来的煤炉仍然在用，不干别的，专门烧水。

锅屋一角，煤炉上永远坐着一壶水，地上一溜放着四只热水瓶。水开后，陶文江将开水灌入热水瓶中。灌之前，他必然要把瓶子里剩的开水倒出来（将热水瓶瓶口朝下地提着，直到点点滴滴的剩水沥出）。据说，只要有一滴原先的开水没有沥出，灌进去的开水就会变凉，不那么热了。老陶家的开水永远供大于求，常常倒掉的开水不过是十几分钟前刚灌进去的。老陶对陶文江的浪费行为颇为不满，但也不好说什么。

三余人没有热水瓶，平时自然不备开水，需要时也会来老陶家借。但他们主要是借热水瓶，而非开水。热水瓶可以装点门面，比如相亲的时候，红白喜事上自然也是少不了的。但借老陶家的热水瓶而不借开水，不啻是对陶文江的侮辱，所以他们每次都是满载而回的。热水瓶还回来的时候当然是空的。

除了扫地、擦灯罩和烧开水，陶文江还伺候一家人的大小便。老陶家每间房子的床下都放置着一个痰盂，是供夜间小便用的。这几只痰盂归陶文江管理。每天早上，他把痰盂里的小便倒进地里的粪缸，或就近倒入马桶，然后开始洗刷，用去污粉和一只废弃的锅铲对付痰盂里的尿碱。晚上，临睡以前，再将在阳光下晒了一天的痰盂分发到每张床下。

村上的人，倒是没有来借痰盂的。即使这样，陶文江也没有感到失望，无论干什么他都同样地一丝不苟。陶文江不觉得清洗痰盂和擦灯罩有何实质的不同。

他不仅清洗痰盂，也常常擦洗那只用来烧水的铁壶，用清除尿碱的方法清除水壶里的水碱。他不仅清洗了水壶的里面，也常常清洗水壶的外面。而清洗水壶的外面，就像擦灯罩。他将那只凹凸不平的老水壶擦得锃亮放光，能照见人影。不仅水壶，老陶家所有的钢精锅以及锅盖，所有的脸盆搪瓷瓦罐都锃亮放光，能照见人影。当然，真正的镜子，无论是苏群大衣橱上的镜子还是放在桌上的小圆镜子就更是如此了。所有的玻璃，老陶写字台上的玻璃板或是墙上的玻璃窗，无一不被陶文江擦得纤尘不染。

由于陶文江的不懈努力，老陶家里里外外、白天晚上都比别人家里亮堂了许多。三余人家是没法比的，就是从南京下放的下放干部、知青和下放户的家里也没法比。

最后，陶文江的清洗对象发展到了各类农具。他清理铁锹上的泥巴、擦拭镰刀的锋刃。可没过多久，那铁锹上又沾满泥巴了，镰刀闪亮的锋刃也暗淡下去。陶文江并不以为意。

## 3

虽然陶文江有洁癖，但并不十分讲究个人卫生。他长年不洗澡，大约是三余这地方没有澡堂的缘故。虽说沟渠纵横，但由于年老，陶文江从不下河游泳。在家里用澡盆洗澡，冬天是不可能的。天热以后也不方便，得将一家人赶到门外。陶文江是一个十分严谨的人，夏天甚至都不打赤膊（像老陶和小陶）。

说来也怪，他虽然不爱洗澡，但身上却没有任何异味。陶文江也很少洗脚。他成天穿着一双解放鞋，由于没有脚汗，所以脚也不臭。由于不爱出汗这个生理特点，陶文江很少清洗自己。不过，他和陶冯氏盖的被褥上常有很多的鳞屑，将它们抱到阳光下晾晒时，透明的鳞屑就像雪花般漫天飞舞。陶文江和陶冯氏的确老了，皮肤干燥，起了鳞片，这是没有办法的事。

尽管衰老的身体上常有鳞屑脱落，却也不妨碍过日子。但有一件事，却使陶文江异常的烦恼，就是便秘。他常常五六天拉不出大便来，有时候时间竟长达一周，甚至十天半个月。

陶文江每天坐在马桶上挣大便，虽然隔着一道布帘子，家里人还是能听见他用力的声音。帘子下面，陶文江的那双解放鞋被里面的脚趾撑满了，他正在用劲。对于在家洗澡都觉得不妥的陶文江而言，当着家人大便，其感受是可想而知的。况且，这样的事几乎天天都有。布帘子抖动着，陶文江挣大便的声音时有所闻。加上马桶里散发出的那股气味，自尊的陶文江简直要无地自容了。

陶文江便秘，在老陶家是一个公开的秘密，家里人从不提起。只是，有时候帘子后面的声音过于失常，老陶或苏群会问："爸爸你没事吧？"

陶文江不答，痛苦的呻吟声同时也会戛然而止。过了一会儿，陶文江又会忍不住哼哼起来。

有时，老陶会撩开帘子，去后面查看。小陶也经常被老陶和苏群指使，去看看爷爷。只见陶文江裤子褪至膝弯，满头的大汗，面色血红，甚是怕人。

老陶对苏群说："爸爸年纪大了，这样拼命地挣大便会出事的。"他想让苏群想点办法。但由于苏群处在儿媳的位置，不便插手。即使她能抛开习俗，帮陶文江一把，后者也是不会答应的。

治疗便秘最有效的手段就是灌肠，而灌肠得去洪泽县医院。就算苏群能买到灌肠的工具，学会灌肠，她也不便亲自操作。无奈之下，只好想些其他的办法。

苏群从县医药公司买来甘油锭、开塞露，这些药物也必须塞入陶文江的肛门才能起作用。苏群认真地学习了有关的方法，再教会老陶。经过一番努力，陶文江终于可以大便了。

尽管如此，陶文江还是尽量不使用药物，他喜欢自己挣。倒不是挣大便挣出乐趣来了，而是使用开塞露的方式让陶文江感到耻辱。虽说是由老陶操作，但毕竟是一件东西往身体里插啊。所以除非万不得已，陶文江拒绝使用开塞露，或者甘油锭。考虑到老人的心情，也为了培养小陶日后的生活能力，后来，为陶文江通大便的任务就交给了小陶。

一段时间以来，老陶家人最高兴的事莫过于陶文江大便了。"爸爸今天大便了！""爷爷今天大便了！"或者"老头子大便了！"一家人传递着这个喜讯。多日来笼罩着全家的压抑气氛随着陶文江的一泡大便空疃一声落入马桶而一扫而光。

## 4

真是难以想象，一个如此爱干净整洁的人，却无法清理自己的大便。当陶文江打扫房间、将锅盖脸盆擦得银光锃亮的时候，体内竟囤积着一泡积攒了多日的大便。也许，他如此地酷爱擦拭、清洗、打扫正是因为这泡大便，那样做不过暴露了他那强烈的排泄愿望。谁知道呢？

总之，除了患有便秘的毛病外，陶文江的身体还算硬朗。年过七十以后，他的脊背丝毫不弯，甚至更加挺直了。陶文江平时穿着一件褪了色的咔叽中山装，衣服虽然很旧了，但穿在他身上还是那么地有模有样。

陶冯氏喜欢唠叨陶文江的那身呢子制服，据说是他们结婚时花四块大洋买的。呢子制服衬有垫肩，陶文江穿上后更是威风凛凛。解放后，呢子制服一直被压在箱底，后来"文革"抄家时被造反派搜走了。小陶虽然没有见过陶文江的呢子制服，但他相信陶冯氏说的话。即使是再普通的衣服陶文江穿起来都那么地一丝不苟（比如那件中山装），风纪扣扣得严严实实的，当真是气度不凡。

反观老陶，风度则差远了，未老先衰，整天佝偻着个腰。再新的衣服到了他的身上，都变得皱巴巴的。他还特别爱打赤膊。夏天的时候喜欢赤脚，一双大脚丫子啪嗒啪嗒地走在河堤田埂上。老陶邋遢，不拘小节，他的这些脾气是哪儿学来的呢？

小陶也逐渐受到老陶的影响，仪表方面很不讲究。这还情有可原，因为老子是那样的。可老陶呢？看看陶文江严谨刻板的脾性，再瞧瞧老陶的自由散漫，真让人百思不得其解。也许是老陶早年就投身了共产党，而陶文江是国民党吧？但如今老陶已被开除了共产党。陶文江当年加入国民党也并非出于自愿，他是在一次集体仪式中糊里糊涂地加入的。陶文江后悔晚矣。我扯远了。

下放三年后，情形还是有了一些变化。陶文江的中山装上开始沾有烟灰、痰迹。由于三余天气寒冷，冬天得穿上两三斤重的棉袄。罩在外面的衣服鼓鼓囊囊的，也没有那么板正了。陶文江还养成了袖手的习惯，没事的时候两只手抄在袖筒里。他的白发被三余的风吹得有些凌乱，寿眉也开始垂挂下来。还有长出鼻孔的鼻毛以及未经修理的胡须，加上脸上日益深入蜿蜒的皱纹，陶文江的面孔开始有些不清不楚了。再就是牙齿也开始脱落，三余也没有牙医可以装上假牙。陶文江日夜烟抽个不停，没掉的一两颗门牙也被熏得黑黢黢的，张嘴一笑，完全是个瘪嘴的老大爷了。

# 5

老陶家养过四条狗，由于伙食太好，狗长得很肥，小花、小白因此招来了杀身之祸。养小黑时，老陶家定下规矩，平时不专门给它喂食，只是在喂鸡时，顺便给一点稻糠、麦麸和烂菜叶子混合成的鸡食，以保证小黑不致长得过分肥壮。可时间一长，陶文江似乎忘了这些规矩，又开始喂小黑了。

开始的时候是残羹剩饭，后来开始喂专门的狗食。开始时小黑有一顿没一顿的，后来发展到一日三餐，和人一样。小黑拥有专门的食盆，专门用来煮狗食的铝锅。煮狗食的炉子是由陶文江掌管的烧开水的煤炉。擦洗铝锅和狗食盆的工作自然也属于陶文江。他将它们擦洗得比人用的锅碗瓢盆还要干净明亮（人吃饭洗碗刷锅的任务一般由陶冯氏或小陶完成），一天三次，雷打不动。

小黑的嘴越吃越刁，常常剩饭。喂新食时陶文江把狗食盆里的剩饭通通倒掉，绝不与新鲜的狗食混合。此举一如他灌开水时要把热水瓶中的剩水倒掉、沥尽，绝不让新开的水与陈水混合。陶文江将狗食盆洗净擦干，再放入新鲜的狗食。

小黑不过四十几斤重，可陶文江喂它吃的东西之丰盛足以供应一两个一百多斤重的人。难怪小黑难以消受了。

老陶说："这哪里是喂狗？简直是在喂猪！"陶文江却认为，小黑之所以没有狼吞虎咽，将东西吃个精光，乃是狗食不合它的口味。狗是狼变的，而狼是食肉动物，因此陶文江常常弄些排骨和棒子骨，熬骨头汤，给小黑吃肉喝汤啃骨头。小黑的待遇，渐渐地超过了当年的小花和小白。大约陶文江认为，长期以来他们亏待了它，现在该是弥补一下的时候了。

　　陶文江这样做，自然遭到了老陶的反对。他多次向陶文江提过意见。后者听而不闻，就像没听见一样。也许，陶文江年纪大了，耳背，的确没有听见。也许，他对老陶的说法完全不屑一顾。

　　老陶反对陶文江喂小黑的理由无非两条。一条是从小黑的生命安全考虑，等它喂肥了，村上人就要吃它的肉了。另一条是从他们家扎根三余考虑的。如此的铺张浪费、大手大脚，将来怎么过艰苦的日子？而铺张浪费、习惯于大手大脚的人自然只有陶文江。不仅喂狗，老陶还联系到烧开水、借钱给三余人以及收购鸡蛋等事情。特别是当他被开除党籍（这事下面再讲）后，已不比从前。老陶说，他们得做好准备，一旦停发工资，可就得靠挣工分吃饭了，就像那些下放户一样。趁现在手头宽裕，应该存点钱，以备万一。

　　老陶特地找陶文江谈了一次话。没想到陶文江大发雷霆，扔掉了手中的狗食盆，还差一点掀翻了煤炉。他跺着脚，大声地吼叫着："该死！该死！该死！"面孔顿时涨得血红。

　　陶冯氏自然站在陶文江一边，大骂老陶是不孝之子。老陶嘟囔了句："神经病！"就躲到门外去了。

　　这时苏群跑来看个究竟，老陶迁怒于她，说："你也是的，把小陶惯得不成个样子，看他将来怎么在三余生活！"

苏群闻言哭了起来。老陶自知言重，忙对一边惊慌不已的小陶说："去劝劝你妈！"

苏群正在解衣服扣子，那架势是活不成了，要投河自尽。她一面解衣服扣子，一面向河边跑去。小陶不顾一切地抱住苏群的大腿，连声喊道："妈！妈！妈！"

他越是这么喊，苏群就越是坚决。老陶家人，谁也没有想到平素温良驯服的苏群会来这么一手，就是苏群本人也没有想到。到底是下放的时间长了，她的行为举止竟像是三余的妇女。到了关键时刻，不禁模仿起她们。

此举不禁震住了老陶一家。陶冯氏迈着小脚，跨出门槛，一路追来。一面追，一面喊小陶："快拦住你妈！"堂屋里的陶文江也不再喊叫了。老陶呢？早已站在了河边，准备拦截苏群。实在不行，就下河救人。

不用说，苏群跳河未遂。实际上，她也的确没有想好要这么做，只是在情急之下，做出了一些动作。老陶家人都以为她要跳河，又是阻拦又是叫喊的，苏群自己这才明白过来。后来，完全是形势所迫，她不得不向河边跑去。事后，苏群否认自己有跳河的想法（为此她深感耻辱）。

老陶问："那你为什么要解扣子呢？"

苏群说："我也不知道。"

老陶叹息一声道："到底是下放的时间长了，总得受一些影响，也罢，也罢。"似乎还有一点高兴。

一场风波就这么平息了。这是老陶家下放以来较大的两次家庭风波之一，差点没闹出人命来。后来的一次风波终于闹出了人命，但那仅局限于陶文江和陶冯氏之间，与旁人无关。我以后再说。

狗食引起的风波过去以后，陶文江自知有愧，以后，喂小黑时他收敛了许多。对家里其他成员的照顾，陶文江却更加地体贴入微了。


# 6


陶文江经常袖着手，站在路边守候外出的家人。无论是老陶、苏群，还是小陶，他都要守候。陶文江守候老陶下工归来、小陶放学回家，但最经常的，是守候苏群。后者去汪集采购，由于路途遥远，往往天黑后才能到家。陶文江站在路边守候苏群，有时候还迎出去，走得离老陶家的园子很远。

暮色中，三余人经常看见陶文江伫立在严妈河堤上，面朝小墩口的方向。他的脚边卧着一条狗。随着时间的推移，那狗的毛色几经变化。开始的时候是一条花狗，后来是一条白狗，再后来是一条黑狗。唯有陶文江一成不变，袖着手，腰背挺得笔直。他的面孔微微抬起，以便看清前方，由于呼吸的缘故，稀疏的白胡须上挂着一些细小的水珠。

突然，身边的狗跃起来，向前蹿去。它比陶文江更早地察觉到苏群的到来。不一会儿，狗跑了回来，后面跟着苏群。她已经下了车，正推着哐啷作响的自行车走过来。苏群和陶文江打了个招呼："爸爸，散步哪？"

陶文江点点头，表示答应。之后，苏群又骑上车，向村子的方向而去。小花（或小白、小黑）一路小跑着跟在后面，河堤上就又只剩下陶文江一个人了。

他不慌不忙地转身，向村子走去。一般来说，陶文江到家的时间比苏群要晚十几分钟。就像他不是特意在河堤上守候苏群，而是散步时碰巧遇上的。

陶冯氏足不出户，所以陶文江没有机会守候她。老陶上工和小陶放学都比较准时，因此守候只是守候而已。唯有苏群钟点不定，回家又往往很晚，陶文江这才会主动出击，迎出去。

苏群回来得越晚，他迎出去也就越远。最远一次，陶文江甚至上了洪汪公路，几乎走到了汪集。那次，他回家的时间比苏群整整晚了一个半小时，的确很过分。陶文江守候老陶和小陶自然没有那么夸张，只需站在自家的桥口或者村道边就可以了。

如果家里人同时外出，老陶上工、小陶上学、苏群去汪集办事，陶文江就站在路边，一个一个地迎接。迎到一个后，便尾随对方走上一截，直到看见他们的背影进了园子的桥口。陶文江再折回去，迎接下一个。迎到后，一如刚才，尾随其后，目送背影走进桥口，他再折回去。身边的狗，也来回跑个不停，忙着迎接主人。

干这活儿时，狗们无不兴奋异常，上蹿下跳、摇头摆尾的。陶文江则很安静、严肃，就像这激动人心的相逢场面与己无关似的。每迎到一个人，他就更安静、更严肃了。而在此之前，不免有些焦虑。

陶文江迎接家人的过程一般是这样的。

下午五点一过，他便有些焦躁不安。在此之前陶文江一直坐在煤炉边，守着水壶读报纸。五点一到，他就坐不住了，开始在房间里走动。再过一会儿，便频频地来到堂屋的后窗前，向桥口和村道上瞭望。天色渐晚，窗外的景物逐渐模糊，陶文江于是跨出门槛，亲自来到桥口。这使他稍稍心安。但站立的时间一长，就又有些烦躁了。陶文江再次迈开脚步，来到村道上，并继续向前走去。至于走出去多远，得根据家人归来的时间而定。这前面已经说过，就不再啰唆了。总之，回来时陶文江已完全平静下来了，甚至脸上也浮现出一丝难得的笑容。

对于陶文江的这个习惯，老陶没少劝过。这都是为陶文江好。他上了年纪，大冷天的站在冷风里，是何苦来呢？况且，他的守候对家人的归来毫无作用。他们该回家时，即使陶文江不守，也回来了。若是因事拖延，就是再站上两个小时，也没有用。

好在老陶家的人一般都按时回家。但也有过几次差错，或者回来得太晚，或者根本就没有回来，陶文江的守候落空，吃的辛苦就大了。这样的事至少发生过两次。

一次是小陶出走，追随苏群去了汪集。陶文江一路寻去，已经踏上了洪汪公路。路上碰见三余的农民，说是看见苏群用车驮着小陶，陶文江这才作罢。一次是苏群领小陶去洪泽看电影，因为没有日场的，临时决定住下。那一次陶文江在严妈河堤上一直站到半夜，老陶怎么劝说他也不肯回去。

后来小陶去葛庄上学，常常在赵宁生那儿过夜，陶文江的守候一再落空。回家后他唉声叹气，在床上辗转反侧，直到鸡叫。

想到这一老一小，老陶只有无奈地摇头。

# 九 "五一六"

## 1

一天，陶文江站在严妈河堤上守候苏群时，来了一个人问路。此人又高又瘦，穿着一件过于宽大的中山装，几乎是飘然而至的。他问老陶家怎么走？直到将他领进自己家的园子，陶文江也没有认出这是谁。对方则早就认出了陶文江，之所以没有说明，是"怕吓着了伯父"（事后他这么说）。

再说老陶抬头看见了此人，不禁眉开眼笑，嘴巴里发出一连串的哎呀呀哎呀呀的感叹声。原来这人便是老陶最要好的朋友侯继民，小陶的侯叔叔。油灯下，侯继民的两腮干瘪，眼窝深陷，就像是一具骷髅。难怪陶文江认不出他来了。

老陶中学时代就认识了侯继民，他是后者的入党介绍人。解放后，两人从事不同的工作，老陶写小说，侯继民一直在报社上班。但两家人始终保持往来。按侯继民的话说，他是伯父（陶文江）看着长大的，而小陶是他看着长大的。但此刻，小陶已经不记得他的侯叔叔了，只觉得眼前的这个人面目可怖，看着让人害怕。

当晚，苏群和小陶挤在一起，老陶则和侯继民睡在苏群和老陶的大床上，两人谈至深夜。小陶看着屋顶的望席上映出的煤油灯昏黄的灯光，听着爸爸和侯叔叔一会儿嘿嘿而笑，一会儿窃窃私语，不禁想起自己在赵宁生那儿过夜的情景。过了一会儿，他就睡着了。

侯继民在老陶家住了两天，第三天一早就赶回去了。他们家下放在邻县的一个公社里，和洪泽同属淮阴地区。侯继民是特地来看望老陶的。

他走后，老陶反复告诫小陶，不要把侯叔叔来访的事告诉别人。他着重提到了赵宁生，说："不要对他讲这件事。"为取得小陶的信任，老陶告诉小陶："侯叔叔刚刚从监狱里放出来，爸爸坚信他是一个好人。但侯叔叔的问题目前还没有澄清。"

接下来的几天里，老陶一家议论着侯继民的事。开始的时候，老陶还颇为谨慎，说得也很隐晦。他会不时地站起身来，去屋外查看，生怕有人偷听。但时间一长，老陶终于抑制不住内心的激动，还是把侯继民的事和盘托出了。

在老陶的讲述中，小陶听得最多的就是"五一六"这个神秘莫测且令人生畏的词。


2


"五一六"是一个神秘莫测、令人望而生畏的词。和这个时代的另一些词，如"一打三反""五湖四海""八二七"一样，事过境迁，人们便不解其意了。这些词，大都和数字有关。另一些与数字无关的词，如"上山下乡""下放户""可教育子女"，读者朋友或可望文生义。而那些以数字标记的词则成了考据学上的问题。诗人杨黎坚信"语言即世界"，也许他是正确的。一个奇特的谜一样的世界（或时代）往往被奇特的谜一样的词语所笼罩、包围和装饰，或者就是这个世界（或时代）的特征、本质和值得一提之处。另外一点，世界（或时代）越是奇特、扭曲和贫乏，其词语的发明和生长就越是旺盛。"十年文革"（又是一个词）期间便是如此。最后，由于不言自明的原因，这些词具有强烈的一次性、专门性和不可通约性（相对于其他的世界或时代）的特点。本书描绘的正是这样的一个奇特扭曲又灿烂辉煌（词语学上）的世界（或时代）。因此读者朋友在阅读此书时，有必要准备一本专门的词典，免得我烦加解释（如何谓"右派"？"下放干部"？"知识青年"？"赤脚医生"？"革委会"？"武斗"？"忠字舞"？"早请示晚汇报"？"五七干校"？"造反派"？"走资派"？"红卫兵"？等等等等）。在任何一本词典里，你都可以查到"房屋""河流""田地""狗"和"太阳"，甚至你都不用去费神查对。但有些词你则必须借助于一本专门的词典，才能稍有了解。为了使本书能流传久远、易于翻译，本人已经做了大量的删减工作，用普遍替代特殊，用永恒替代短暂，但仍有很多地方不能随人所愿。因为我所描绘的世界（或时代）毕竟是特殊和短暂的，是由附着其上或充斥其间的神秘无常的语言构成的。我愿意借此机会向年轻的或未来的或来自于另一个世界的读者朋友表示谨慎的歉意。

# 3

　　好在"五一六"一词有一个后缀，叫"反革命集团"。或者说"五一六"是"反革命集团"的定语，是"五一六反革命集团"的简称。至于，为何是"五一六反革命集团"，而不是"五一七反革命集团"或"五二六反革命集团"？对本书的叙述并无关紧要。那么，"反革命集团"又是什么意思呢？你大可望文生义。十一岁的小陶便是这样的。

　　侯继民一家和老陶家一样，从南京下放到农村。不同的是，下放后不久，侯继民就因"五一六"问题被捕入狱，又被押回了南京，在监狱里关了整整一年。这些，正是令小陶心驰神往的地方。以前，他只是在电影里看到过反动派拷打革命先烈，如今可是一个大活人，站在自己的面前，被折磨得只剩一把骨头了。况且此人是老陶最要好的朋友，他的侯叔叔。

　　侯继民说，作为重点审查对象，他长年戴着手铐。为迫使他交代问题，工作组的人用脚拼命地在手铐上蹬踏。说着，侯继民亮出他的一双手。只见那手的十指犹如蜡烛般透明，手腕呈灰白色，看上去几乎比小陶的手腕还要细。这样的手腕没有被踩断真是一个奇迹。老陶证明说，侯继民的手以前并不是这样的。他的手以前和自己的手一样，十分地粗壮有力。

　　老陶告诉小陶，侯叔叔曾经自杀过。关押他的囚室里除了一张床，什么都没有，连一根上吊的绳都找不着。后来侯继民发现了墙上的一张毛主席画像，是用几枚图钉钉上去的。他将图钉悉数取下，就着开水吞入腹中，然后坐等疼痛发作。过了一会儿，小腹果然疼了起来。侯继民去拉了一泡大便，之后就再无感觉了。大约是狱中的伙食粗糙，具有强烈的牵引作用，六七枚图钉大便时被带来了出来。

这以后侯继民就再也不想死了。就是想死，也没有任何可能。囚室里找不到上吊的绳子，就是系裤子的皮带也被没收了。他整天提着裤子，在囚室里或站或坐。站着的时候就伸胳膊动腿，锻炼身体。坐下来时就写交代材料，或者读《毛选》，这是囚室里唯一的读物。侯继民读了二三十遍《毛选》，几乎能倒背如流。这样做也有一个好处，就是掌握了一件有力的武器，可以和提审他的人针锋相对。

对方熟悉《毛选》的程度自然不及侯继民。开始的时候还很不服气，每次都要查对。查对的结果，证明侯继民正确无误。后来他们就比较谨慎了。因为，如果被侯继民抓住引用《毛选》的错误，那可不是闹着玩的，没准也会被捕入狱，成为侯继民的狱友呢。

再后来，侯继民引用《毛选》时，他们再也不费神查对了。正是利用他们的这一信任，侯继民常常偷梁换柱，把自己的话说成是毛主席他老人家说的。说话的口气和方式自然和老人家一模一样，而编造的内容不免有利于自己。比如侯继民说："毛主席说过，不要虐待俘虏，吃肉，至少每周一次，和平年代我们要这样做，战争年代也要这样做。至少每周一次。没有猪肉，其他的肉类也要尽量供应。"如果当时他们去查对《毛选》，侯继民就必死无疑了。

老陶十分称道侯继民的智慧和勇敢。他说：要说文斗，这些人没有一个是侯叔叔的对手。文斗不行，他们只能采取武斗。理屈词穷后不免恼羞成怒，扑上来，踩侯继民的手铐，扇他的耳光。这只能说明他们的虚弱。

侯继民威武不能屈，始终拒绝承认自己有罪。后来他们就威胁要枪毙他。一天晚上，侯继民被押上了一辆吉普车，身边坐着两个荷枪实弹的解放军战士。月黑风高，吉普车一路向郊外的乱坟岗驶去。

车一面开，那些人一面抬起手来看手表，对侯继民说："你的时间已经不多了，现在交代问题还来得及。"侯继民心想：这一天终于到了。实际上，在此以前他就做好了准备，已经几天几夜没合眼了，思想斗争得十分激烈。最后，侯继民还是决定拒绝认罪。

他专门为此行准备了一张字条。上面写着，他是冤枉而死的，如果有好心人捡着这张条子，请转交给他的家人（下面写着他们家下放的公社、大队和生产队以及他妻子的姓名）。如果找不着他的家人，请代为上诉，他侯继民在九泉之下谢过了。

字条此刻就攥在侯继民被镣铐紧锁的手上，他准备一有机会就抛出窗外。且不说，侯继民根本就没有机会。窄小的车厢内，他被两个战士和工作组的人紧紧地挤在中间。即使这张字条被抛了出去，它也将随风而去，飘得不知所踪。就算被人捡着了，那人也识字，并且是一个"好心人"，他当真会把字条交到侯继民家人的手上吗？或者挺身而出，为侯继民上诉？侯继民还是太书生意气了，至死不改。当然，这是没有办法的办法，绝望中的希望。

但怎么听上去反倒更让人绝望了呢？

吉普车在郊外转了一圈后，又回到了牢房。他们根本就没有下车。原来，这不过是一次假枪毙。侯继民庆幸自己没有屈服，庆幸自己没有机会将字条抛出窗外。如果他没有死，字条反到了家人的手上，他们悲痛欲绝不说，闹将起来（上诉上访）那就麻烦了。

我有一种感觉，如果侯继民真的被枪毙了，那字条一定到不了他家人的手中。如果侯继民没有死，但字条已经抛了出去，反倒可能辗转抵达。这出于我对世事无常的某种理解，没有任何道理可言。造化就是这么捉弄人的。假枪毙也是一次捉弄，但那是人为的，其魅力和深远效果比起造化弄人来只能算是大巫见小巫。因此可以这样说，一次人为的针对某人的小捉弄避免了一次命运使然的牵动全局的大捉弄。

这些小陶自然不懂，甚至老陶也不甚了然。侯继民身陷其间也稀里糊涂。但从此以后他再也无所畏惧了。死过一次的人，还怕什么呢？什么都不怕了。

小陶对侯叔叔英勇无畏的行为不禁肃然起敬、崇拜有加。看此情形，老陶不失时机地给小陶树立起了一个现实的榜样，用以教育后者。至于侯继民是否真是反革命？"五一六"是否真是反革命集团？已无关紧要，小陶也不关心。侯继民的狱中表现和电影里的那些革命先烈别无二致。也因此，老陶将侯继民提升到岳飞、文天祥、方志敏的行列小陶并无异议。

# 4

看到时机成熟，老陶拿出两件东西，交给小陶，让他保存好。

这两件东西是侯继民专门留下，给小陶作纪念的。老陶原来准备再过几年，等小陶长大后再给他。看到小陶对侯叔叔如此崇拜，老陶觉得没有必要再等了。

这两件东西都是用香烟壳做成的，其中的一件属于工艺品。将金红色的南京牌香烟的外壳裁成细细的窄条，之后在一张浅灰色的香烟衬纸上穿梭编织，那灰色的香烟纸上便出现了一些金红色的字迹。给小陶的香烟纸上有七个大字，"相信群众相信党"。

另一件东西也是香烟纸。侯继民在烟壳的背面办了一张小报，上面密密麻麻地写满了钢笔字，一概为侯继民手书。报纸上写着年月日，摘录了毛主席语录（报头位置），另有一段关于狱中生活的日记。再就是诗词，五言或七律，三首到两首，用以抒发愤懑或激昂的情绪。在这些体例之间，有许多侯继民手绘的小花边，穿梭往来，作为连接或分隔。整张小报，疏密有致，内容丰富，看上去十分地喜人。

给小陶的这张小报上，有一首七律，写的是侯继民半夜做梦，梦中他又回到了下放的那个地方。侯继民和他的儿子在小河里游泳嬉戏，醒来时发现自己仍身陷狱中，于是侯继民不禁泪水沾襟。可见，侯继民家下放的地方也有小河，他也经常带领儿子去河里游泳。不同的是侯继民的儿子学会了游泳，至少在侯继民的梦中是这样的。

据说，这样的小报和烟壳编织的标语有很多。侯继民的烟瘾很大，每天要抽两包，而且只抽南京。入狱以前就抽得很凶，入狱以后，他的烟瘾有增无减。由于无事可干，也由于要收集那些难得的烟纸烟壳，弄得囚室里整天烟雾缭绕，就像着火了一样。写交代材料的纸张虽然很多，但那是每天要核对的。

侯继民技痒，需要写写画画，只能靠自己收集烟纸。因此他就拼命抽烟（烟是自己花钱买的，幸亏监狱里这方面没有限制）。出狱后，侯继民的身体完全垮了，这和狱中所受的折磨有关，大约也和他不加节制地吸烟有关。

前文说过，"文革"前，侯继民在报社工作，是办报纸的。他和报纸的渊源可谓深矣。解放前，还在读中学时，他就和老陶一起办报、写传单，揭露国民党政府的腐败。解放后，侯继民办报，讴歌社会主义建设的新高潮。此刻他身陷狱中，想到的解脱办法仍然是办报。只不过这张报纸十分奇特，办在一张香烟纸上，日出一张（算是日报），完全是办给自己看的。侯继民仿佛又回到了中学时代，口念手写，冒着被查抄的危险，处境甚至比当年还要艰难百倍。难怪老陶说，侯继民有办报癖了，就像自己有写作癖一样。

让老陶感到迷惑不解也深为感动的是，这张小报并没有读者，除了侯继民本人。当然，后来这些烟壳小报大部分都被查出来没收了，工作组人员成了该报的第一批读者。也许侯继民早就预料到会有这样的结果，因此那些小报上并无什么对自己不利的内容，相反，倒有些鸣冤叫屈的意思。也就是说，侯继民潜意识里的读者正是那些工作组成员，小报正是办给他们看的。

侯继民的烟壳小报大部分都被没收了，去了它们该去的地方。侯继民出狱时带走了一些。于是，他的家人成了小报的第二批读者。第三批读者就是老陶一家。侯继民送给小陶一张小报一张烟壳编织物，或许也有转移的意思。在目前的处境下，侯继民家被抄的事随时都可能发生。

老陶仔细地阅读了两张烟纸，觉得虽然这并非什么祥瑞之物，但深究起来也没有明显的反动内容。权衡再三以后，他慎重地把它们交给了小陶。

小陶感到了肩上的压力，保存这两张烟纸成了一项光荣而冒险的任务。在他看来，这粗糙的烟纸就像是革命先烈的遗物。夜深人静之际，从藏匿的地方取出，在煤油灯下端详良久，小陶每每心醉神迷。这两张烟纸，甚至连赵宁生都没有看见过。他只是依稀听说，再追问下去，小陶就不再作声了。


## 5


一九七一年的冬天，小花的时代行将结束。一天，苏群骑车去汪集邮局取包裹。

包裹是苏群的父亲，也就是小陶的外公从北京寄来的。老人家几乎每周都要给苏群写信，每个月要寄一次包裹。包裹里多半是食品（香肠、奶粉、糖果和香烟）以及一些书籍（科学种田类和常用医药类），有时也夹带着几本小人书，是专门给小陶买的。

邮件抵达汪集邮局后，就再无邮路送抵三余。常常有顺路的人给老陶家捎信，说："汪集邮局有你们家的东西。"闻讯后苏群便骑上自行车，专门跑一趟汪集。也有时她去汪集采购，顺便把邮件带回三余。每次去汪集，苏群都要去邮局的柜台上问一声："有没有老陶、陶培毅家的邮件？"

这一天，苏群又蹬车去了汪集，专门去取包裹。她走得很早，上午十点不到就出门了。除了取包裹，并无其他的采购任务，估计下午三点左右就可返回三余了。

苏群走后不久，小花趁人不备，也跑出了桥口。它跟踪苏群，一直跑到严妈河堤上。苏群下车，驱赶小花。这前文已经说过了，不再啰唆。赶走小花后，苏群继续前行，终于抵达了汪集，这是毋庸置疑的。但她是否去了汪集邮局，取了包裹？或者，那包裹是否真的存在？我就不得而知了。

苏群走后约一小时，老陶家人开始寻找小花。他们四处寻觅，一无所获。老陶和小陶分头去了村里、河堤上。陶文江和陶冯氏则留在家里，在房子里找开了。陶冯氏不惜翻箱倒柜，用一根竹竿伸进床肚里拨弄。陶文江说："小花又不是一件东西，怎么可能在这些地方呢？"

没过多久，老陶和小陶回来了。他们自然没有找着小花。现在，老陶家人可以确定：小花跟苏群去了汪集。他们希望苏群回家时后面跟着摇头摆尾的小花，现在能做的只有耐心等待。

转眼就到了下午三点，这是苏群回家的时间。但她没有按时回家。大约四点左右，还没等陶文江去路边守候，老陶率先出了门，去打听消息。

老陶手里捏着一本《科学实验》，一面读，一面向严妈河堤走去。在路上他碰见了一个人。那人让老陶还是回家吧，说苏群今天晚上是回不来了。

老陶碰见的是余队长。早上，就是他派人来通知老陶家汪集邮局里有包裹的。此刻他站在路边，似乎已等候了多时。看见老陶，一把抓住他，附耳低言一番后老陶的脸色陡变。老陶再也没有往前走，而是转身回去了。

到家后，老陶搬了一把椅子挡在堂屋门前。他坐上去，将双腿伸直，脚跷在一张小板凳上。就这么半躺半坐着，眉头紧锁，一只手按着自己的腹部。老陶说，他有点不舒服，可能是感冒了，过一会儿就会好的。

陶文江、陶冯氏和小陶都在屋子里。由于老陶挡在门口，他们便无法出去了。天色越来越暗，眼看着就到了陶文江出门守候的时间，他焦急地在房子里走来走去，但又不便明说。

渐渐地，房子里也暗了下来，陶文江竟然忘记了点灯。在外面天光的映衬下，门前出现了老陶半躺着的黑影，最后只剩下脸上的两只镜片在隐约闪烁。陶文江也停止了踱步，伫立在堂屋的后窗前面，一动不动的，两只镜片也在闪烁。父子俩背对着背，一躺一站，默默无语，就这么相持着。整个房子里除了陶冯氏偶尔的叨唠，就再也没有别的声音了。小陶甚至能听见陶文江粗重的鼻息。过了一会儿，陶文江禁不住唉声叹气起来，并开始跺脚。

陶文江发作以前，老陶终于让出了大门。他从椅子上站起来，临出门前说了句："苏群今天不回来了。刚才我碰见余队长，他捎信来说，公社里有事，可能又要成立宣传队什么的。"

说完，老陶拿了一把铁锨，走出门去。他让小陶也拿了一把锨，跟他一起出去。这时天已经完全黑了，父子俩扛着铁锨来到自留地上，的确有些怪异。

直到远离了房子，来到河边，光线稍稍地明亮了一些。老陶将铁锨插入地里，用手扶着锨柄。小陶学老陶的样子，也将铁锨插入地里，扶着锨柄。他们面对面地站着，开始说话。

老陶告诉小陶："你妈妈被隔离审查了，一时半会儿回不来了。"说到此处，便不再说。他用眼睛盯着小陶，看他的反应。

小陶吓得不敢出气。过了一会儿，老陶又说："你要做好准备。要是爸爸也被隔离了，家里只剩下你和爷爷奶奶，要是爷爷奶奶再有什么不测，那你怎么办呢？"

小陶说："那我就去北京找外公。"

老陶叹了一口气，就不再说什么了。他拔出铁锨，在地里铲了几下。小陶听见草根被斩断的声音。地里黑乎乎的，什么也看不见。干了几下之后，老陶就住手了。这时小陶问："爸爸，你说小花还会回来吗？"

老陶没有回答。他对小陶说："陶陶，你已经十一岁了，是个大孩子了，什么时候才能真正懂事呢？"说完，不由得又长叹一声。小陶知道自己让爸爸失望了。

之后，父子俩沿着河边，在园子里转了一圈。天已经完全黑透了，园子的轮廓依然依稀可见。经过两年的努力，幼小的树苗已经慢慢长大了。虽然现在是冬天，树叶落尽，但枝枝杈杈的树木看上去郁郁葱葱的。在黑黢黢的园子旁边，小河闪闪烁烁的，反射着天光。老陶父子转过来，看见了他们家的房子。这时，陶文江已经点亮了煤油灯。灯光射出窗口，看上去既远又近。

老陶扶着小陶的肩膀，对他说："我们回去吧，爷爷奶奶要着急了。"

# 6

苏群被隔离审查的消息不胫而走，在三余传开了。但三余人并不清楚何谓"隔离审查"，他们只知道苏群被抓起来了。

据说她被余队长叫到大队部去，说是有人找。苏群进去的时候闪出了两个穿军装的人，咔嚓一声给苏群戴上了手铐。这与传说中的靳先生被捕的情形如出一辙，被叫到大队部去，然后咔嚓一声戴上了手铐。

我们知道，苏群是自己骑车去的汪集。她准备去汪集邮局，去取一个包裹。苏群是否取到了包裹？我不得而知，总之后来她被带进了公社革委会的大院里。当天晚上，苏群没有从那里出来。第二天、第三天也没有从那里出来。苏群在公社革委会大院里，一住就是二三十天。

这二三十天里，苏群的生活极有规律：吃饭、睡觉、写交代材料、接受工作组成员的审查。她的行动从原则上说，被限制在一间平房里。这间房子既是她睡觉的地方，也是她写材料的地方，因此不可或缺地有一张板床和一张桌子。但苏群也可以在公社大院里活动，比如吃饭的时候、上厕所的时候。

一日三餐，苏群都要去公社食堂里打饭。二十多天下来，和在大院里上班的人都很熟悉了。但他们不和她说话。苏群倒是很想和他们搭讪，但想到自己的身份，也只好作罢。所以，所谓的熟悉也只是面熟而已，但这一点不无重要。

在食堂里吃饭的有公社党委书记、副书记，革委会主任、副主任以及公社秘书、干事、会计等重要人物。这些人，平时想认识还没有机会呢。现在，虽然没有说过话，但彼此都知道了对方是谁。苏群将他们的面孔一一牢记在心，心想：没准以后能用得上呢。书记、主任、秘书、干事一干人，后来见到苏群时也开始点头微笑了，算是打招呼。他们的笑容或招呼被苏群看作是此次隔离审查的重大收获。

苏群很自觉，二三十天来，从不走出公社大院大门一步。她在大院里面走动，也只是打饭和上厕所。每次，都有两个女知青跟着。

她们是从下面的大队专门调上来，监视苏群的。能混迹于公社大院里，对她们来说也是一个机会。两个女知青和苏群一起打饭、上厕所，睡觉也在苏群住的那间平房里。因此苏群的房间里共有两张床铺。一张单人的，苏群睡，另一张是双人的，两个女知青合睡在上面。

女知青比苏群还要机灵。她们不仅结交大院里的重要人物（她们有和他们说话、打招呼的权利），对身陷囹圄的苏群也很巴结。不仅因为女知青是从南京来的，和苏群有老乡的情分，也由于经过几年的锻炼，她们已日趋成熟，深知世事无常。

当然，与苏群亲近是有分寸的。首先得不违反规定，给自己增加麻烦。其次，一定得是私下里，比如晚上睡觉的时候，房间里只有她们三个人。届时，女知青的嘴会变得很甜，她们甚至管苏群叫大姐。有时候她们也会痛哭流涕，在苏群面前诉说各自的身世以及在下面插队锻炼的艰难。

但在工作组面前，两个女知青就完全变了一个人。她们表情严肃，说话的嗓门也提高了。这，苏群完全可以理解，因为这时需要巴结的是工作组的人。工作组的人来自南京，和女知青有老乡的情分，况且大权在握，怎能不让她们又敬又爱呢？

工作组来自南京，和公社大院里的人并无关系。他们在一间专门的房子里"提审"苏群。那房子是一排办公平房中的一间，只是门框上没钉牌子。苏群除了打饭、上厕所，每天还要去这间房子。提审苏群时，两个女知青站在边上陪着，甚是无聊。

工作组一行共三人，他们千里迢迢地从南京赶来，完全是因为苏群。后者自觉待遇甚高，不免有些受宠若惊。后来（隔离审查以后），苏群才知道工作组的全称为"五一六反革命集团专案小组"。

这"五一六"三个字苏群还是听说过的，当年侯继民便是因此入狱的。虽说老陶一家和侯继民的关系亲密，相信他是无辜的，但到底有些疑惑。直到苏群因同样的问题被隔离审查，她这才完全相信了侯继民。不仅他不是一名"五一六分子"（像自己一样，蒙受不白之冤），整个事情都可能子虚乌有，是一个骗局。想到这些，苏群既感安慰又非常惶恐。

感到安慰的是，这毕竟不是事实。像侯继民一样，苏群开始念叨"相信群众相信党"来了。侯继民将这七字真言用烟壳织成

185

图案，以安慰和激励自己。苏群不吸烟，只有在心里念叨，有时也说给两个女知青听。

让苏群惶恐的是，这事儿虽然荒唐，但却十分严重，其后果可达到被捕枪毙的程度。侯继民就是一个例子。与侯继民相比，苏群目前的处境简直就是天堂了。虽然三余人对隔离审查和被捕入狱的分别不甚清楚，但苏群心里却异常明白，二者有着天壤之别。当然，如果她坚持不低头认罪，从隔离审查到真正的坐牢也就是半步之遥了。

工作组正是这么开导苏群的。他们说："你被捕入狱不要紧，但得为子女的前途想想。"

此言一出，苏群不免热泪盈眶。她想起了小陶、小陶的前途以及在三余扎根的理想。工作组很善于攻心，见苏群有所动摇，也不再紧逼，让她回去顺着这个思路好好地想一想。

第二天，他们把苏群叫到房间里，问她："想好了没有？"

在他们身后的墙上，贴着"坦白从宽，抗拒从严！"八个大字组成的标语。这是工作组的八字真言，此刻不禁熠熠生辉，放射出道道毫光。比起苏群、侯继民的七字真言来毕竟多了一个字，因而更是法力无边。苏群顶不住了，琢磨：还是交代了吧！

虽说苏群下了决心，但真做起来却不那么容易。因为，的确没有什么可交代的，所有内容都得现编现卖。工作组还特别地严谨，所有的交代都要和已掌握的材料进行核对，时间、地点、人物皆不能错。苏群连蒙带猜，使尽浑身解数，还是不能使他们满意。

在工作组看来，苏群当真是狡猾无比。他们哪里知道对方的苦衷？一个压根儿不知道"五一六"为何物的人（从工作组嘴里苏群是第二次听说这个词，第一次是听侯继民说的），现在要编出整个事情，还得有具体的细节、场景、人物和对话，并且得与标准答案严丝合缝。真是比登天还难啊！就是让以编故事为生的老陶来，恐怕他也力不从心。何况苏群不过是老陶的妻子。也幸亏她是老陶的妻子，长期地耳濡目染，总算有一些虚构的能力，因此才可能与工作组周旋下去。

# 7

工作组的人坐在桌子后面，桌上放着一大沓材料。每当苏群编不下去时，他们就会翻一下材料，然后说出一两个细节，以示提醒。也就是说，当苏群不能自圆其说时，他们就会提示她。但他们绝不多说。一个细节，一个名字，或者某人说过的一句话，并且掐头去尾，留下足够的余地让苏群发挥。

苏群想：要是能搞到那份材料该有多好？那样，她就不用乱猜了，直接将材料抄写一遍，交上去也就完了。省得花这么多的时间，对双方都是一种折磨。但搞到材料几乎是不可能的，虽说近在咫尺。除非她去偷。一来，苏群完全没有偷窃的经验和技巧。二来，对她而言，偷窃的罪行比起反革命来更不可思议，更无法想象。因此这事儿想都不用想。

二十三天为三周加两天。苏群被隔离审查的时间是这样度过的。前半个月为八字真言和七字真言的对抗、相持，直到在压力下苏群的防线彻底瓦解。余下的时间便是编材料。虽然有工作组的热心配合，预计也得花上两周时间。整个过程预计一个月。可后半段进行到一周时却出了一点意外。

这天，工作组的人拿来一封信，交给苏群。信是苏群的父亲从北京寄来的。这一次没有等苏群取回三余，他们从汪集邮局里拿来，直接交给了她。邮路自然是大大地缩短了。

这封信，与老人家以前的来信相比更加地厚重，所用的信封也略大。在工作组人员的注视下，苏群撕开信封，没想到里面还套着一个信封。在第二个信封上，苏群的父亲用毛笔写了四个小字"阅后付丙"。不看则已，一看之下，苏群不禁头皮发麻，惊出一身冷汗。

这时，苏群想停下来已经来不及了。他们之所以将信亲自交给她，就是想让她当面拆的。而苏群当众拆信，也是想消除工作组的疑虑：这不过是一封普通的家信，没有什么不可告人的。

苏群硬着头皮拆开第二个信封，展开信纸，开始阅读。与此同时，工作组的人站在椅子后面（苏群坐在一把椅子上），目光如炬地注视着，将一切都看在了眼里。

苏群的父亲在信中告诉苏群，中央出了大事，林副主席叛逃苏联，已经摔死在蒙古的温都尔汗了。老人家还说了些别的什么，苏群已经完全看不清了。她只觉得天旋地转，整个人都要从椅子上滑下去。

当天的提审到此结束。椅子后面的那人走回桌子后面，没有说一句话。直到苏群在两个女知青的搀扶下离开房间，他们都没有说话。直到第二天、第三天，照例的提审被取消了。工作组方面没有任何说法，没有任何消息，苏群就像是被他们遗忘了。

## 8

整个被审查期间，最后两天是最难熬的。由于那封信，工作组的人已不再提审苏群。后者心想：接手他们工作的恐怕是真正的公安部门了。她将离开公社大院，住进带电网的监狱里。因此思想斗争十分地激烈。

首先是痛心疾首的埋怨。"爸爸啊，爸爸，"苏群在心里呼喊，"您这是怎么啦？为什么早不写，晚不写，恰恰是在这时候写来了这封信？为什么不写点别的，就像以前那样，而要传什么小道消息？您这不是置女儿于死地吗？爸爸啊，爸爸，您怎么这么糊涂呢！"

远在北京的苏群的父亲自然是沉默不语，毫无反应。苏群继续说道："这下可好，女儿坐牢永世不得翻身不说，还得连累您老人家。您的外孙陶陶因为妈妈是个反革命关在大牢里，一辈子都抬不起头来。可他今后的道路还很长啊！"说到此处，苏群不禁潸然泪下，泣不成声了。

哭也无用，苏群觉得得想点办法。她想还是死吧。这样虽然会落下个畏罪自杀的罪名，但今后小陶就不必惦记坐牢的妈妈，给她送牢饭了。计议已定，苏群开始寻找机会。

自从上次提审以后，两个女知青对她监视得更紧了，几乎寸步不离。但即使把她们支开，又能怎么样呢？环顾这间住了二十多天的房子，苏群第一次发现了屋顶上的那根房梁。上吊！想到此处，她不禁豁然开朗。

苏群想象自己像孙厂长一样地吊在房梁上，头歪向一边，嘴巴里吐出血红的舌头。她仿佛听见老陶痛心疾首地说："阿群，你怎么会变成这个样子？像个农妇一样，用裤带把自己吊在房梁上，样子真难看！要死也得换个方式啊！"

苏群辩驳道："这间房子里又没有刀，我不能割腕自杀。也没有安眠药，吃了以后就像睡着了一样。也没有煤炉，把门窗关好，就可以让自己煤气中毒。房子里只有这根房梁，你让我怎么办！"可是，如果苏群真的吊在房梁上，还能像现在这样开口说话吗？

在三余，村上人寻死无非几种办法，投河、上吊、喝农药。不像南京人，习惯于割腕、吃安眠药和用煤气。南京人还会跳楼，但三余根本就没有楼。就是在汪集，苏群目前住的也是平房。南京长江大桥建成以后，南京人还喜欢跳大桥。虽说也是往水里跳，但那是跳大桥，而不是投河。即便如此，老陶还是不赞成这种惨烈的死法。他以身作则，"文革"中老陶有一次自杀未遂的经历，就是服的安眠药，而且还跑到了郊区一个偏远的小镇上。即使是死，老陶也是很要面子的。

几年以后，老陶家发生狗食风波（详见"洁癖"一章），苏群下意识地解开衣服扣子，跑向河边。事后老陶十分不满。倒不是因为苏群的自杀冲动，而是她所采取的方式。在老陶看来，苏群就像一个没有受过教育的农妇。苏群解释说，自己完全没有意识到，也没有真的想死。老陶说："那就更可怕了！"

而现在，苏群的意识十分清醒，她决定把自己吊死在一根结实的房梁上。

　　但想上吊也不是那么容易的。首先，苏群没有三余农妇那样的布缝的裤带。就是有，她的腰也不够粗，因而裤带不够长。有限的裤带绕过碗口粗细的房梁再套在自己的脖子上，长度不够。苏群得找一根长度合适并且够结实的绳子，之后，还要将两个女知青支走。

　　就在苏群寻寻觅觅为一根上吊绳而烦恼时，林彪叛逃的消息已传遍了全国。八亿人民无人不知，无人不晓，除了苏群。中央下发了有关的文件，一级一级地向下传达，直到三余一队的村民。他们奔走相告，说是林秃子带了一群老婆坐飞机逃跑，周总理从小柜子里拿了一个"捣蛋"往天上一撂，飞机就爆炸了。林秃子摔下来，跌断了三叉骨。三余人说得有鼻子有眼，虽说有些玄乎，但距事实真相也差不了多少。

　　林秃子自然是指林彪。他现在已经不是林副主席，而是林秃子。因为头上无毛，是个秃顶，所以是林秃子。一群老婆是老婆叶群的误传。他们乘坐的飞机机型是三叉戟，三余人听成了三叉骨。"捣蛋"即是导弹。老陶不无兴奋地说："老百姓的语言就是生动！"为这些有趣的说法，老陶家人关起门来偷偷地乐了很久。

　　至于公社大院里的人，自然没有那么愚昧。他们有文件为依据，对事实真相了解得更加全面。他们没想到的是，有一个人由于孤陋寡闻，正寻死觅活，在找一根上吊的绳子。如果这时候有谁向苏群透露一点消息，就能够救她一命。可没有人想到这一点，苏群更加想不到。

在食堂里打饭遇见时，依然没有人和她说话。两个女知青也觉得没有必要和苏群谈论此事。既然工作组不谈，她们又何苦多事呢？于是苏群继续寻找着那根把自己吊死的绳子。

她找到了吗？

如果林彪叛逃的消息属于谣言，我想，苏群一定找不到上吊的绳子，以从她的罪行中解脱出来。但如果（像现在这样）消息属实，那她倒有可能找到那根绳子。这便是我是对世事无常、造化弄人的理解。在侯继民被假枪毙的故事中我已陈述过有关的理由，这里就不再说了。试想，蒙在鼓里的苏群就这么吊在了房梁上，那该是多么地可悲可叹，乃至可笑？走笔至此，我不禁起了怜悯之心，还是让苏群找不到那根命运的绳索吧！

# 9

她不但没有找到绳子，而且被意外地解禁了。隔离审查被解除，苏群获准返回三余。一辆顺路的拖拉机载着她，车斗里放着那辆骑往汪集的自行车。马达突突，一路颠簸，每一下震颤都使苏群浑身酸麻。她鼻子一酸，眼圈不禁有些红了。

在小墩口，拖拉机放下她。苏群骑着自行车，沿着严妈河堤，一路向三余村骑去。很远，她就看见了村子的轮廓。已经是春天了，沿河两岸的柳树已开始抽条，满目一片依稀的浅绿。很快，苏群看见了老陶家那青灰色的屋顶。放猪的孩子最先发现了她。他们前呼后拥，跟着自行车跑着，一面鬼喊乱叫："小陶他妈来家了！小陶他妈来家了！"

苏群骑上了村道。陶文江没有站在路边守候，老陶家人并不知道她回来了。也不见小花摇头摆尾地跑来。在一群放猪孩子的簇拥下，苏群骑进了老陶家的桥口。

老陶一家站在房子前面迎接她。陶文江仍然穿着过冬的棉袄，乐得嘴都合不上了。陶冯氏忙着呵斥放猪的孩子，不让他们往屋子里钻。小陶似乎不认识苏群了，呆呆地愣在那里。放猪的孩子在他的耳边一个劲地喊："你妈到家了！你妈到家了！"老陶接过苏群手上的自行车，靠在墙边。人群闪开一条路，苏群走进堂屋里。

她在一把椅子上坐下来。陶冯氏打来一盆热水，拧了一个毛巾把，递给苏群。苏群接过，拿在手上。这时她说："陶陶呢？陶陶在哪里？"

看见小陶冒出来，苏群一把拉住他，眼泪禁不住扑簌簌掉下来。

陶冯氏说："帮你妈擦把脸。"小陶不动。看见苏群唏嘘不已，哭成了一个泪人儿，他觉得很不好意思。

放猪的孩子在一边叫道："你妈哭了！你妈哭了！"

终于（大约三分钟后），苏群拿开毛巾，露出了捂得通红发胀的脸。她的眼泡肿肿的，说："我这是为陶陶的前途担心啊，将来他怎么生活呢？"说完，又哭开了。

现在，苏群已不必为林彪的事去坐牢或者上吊了，但"五一六"的问题并没有澄清。工作组离开时带走了所有的材料。他们对她说："回去后你好好地反省吧，我们还会来找你的。"

看来，这个坎是怎么也迈不过去的。

苏群等待着，老陶一家等待着。可半年过去了，并没有任何动静。再没有人到他们家来，通知苏群去汪集取包裹。

苏群的父亲照常写信来，他根本不知道那封"阅后付丙"的信差点闯下大祸，要了女儿的命。苏群也从来都没有对他提起过这件事，甚至，连隔离审查的事也没有提过。

苏群按时去汪集采购、取邮件，生活渐渐地恢复了正常。继小花之后，老陶家养了小白。傍晚时分，苏群背着一只木头药箱，又开始挨家挨户地行医，给村上人换药。扎根的进程在中断了一段时间后又开始继续。

三余人才不在乎苏群有没有结论呢，他们甚至都不明白"五一六"是怎么一回事。他们感兴趣的不过是苏群被咔嚓一声戴上了手铐。后来苏群来家了。据说，公社崔书记派了一辆小汽车，把苏群一直送到了小墩口（事实是一辆拖拉机，也不是崔书记派的）。这样的荣耀足以抵消戴手铐带来的耻辱。苏群被隔离审查的事就像没发生过一样。渐渐地，似乎老陶家人也忘记了这件事。

## 10

冬天来临的时候，老陶和苏群开始筹划，为村上人布置一间活动室。

老陶认为，三余之所以贫穷是当地人不善于科学种田，而不

194

善于科学种田是因为没有文化。如果有一间活动室，苏群就能为乡亲们念念报纸书刊，增长知识，开阔眼界。这样做，也能使老陶家人更好地联系群众。冬天夜长，村上人也有个地方好去，免得去牛屋里烤火，或者早早地上床睡觉，浪费了大好时光。

和余队长商量后，决定把活动室设在老陶家住过的那栋牛屋里。不用说，自从老陶家搬进新屋后，那牛屋更加地破败了。两年前老陶家人糊在墙上的报纸早被撕掉，村上人拿去烧火了。墙缝里塞的稻草也被掏空了。因此牛屋需要再糊一遍。

余队长又让人送来一担稻草。由于活动室只需要一间，一担稻草足够了。他们布置的是靠西的那间房子，也就是以前隔出的陶文江和陶冯氏的卧室，而堂屋和靠东的房子则没有布置。老陶家人用稻草将墙缝塞实，在墙上糊了两层报纸。之后，再糊一层画报。工序与以前完全相同，但如今已熟能生巧，不出半天工夫整个裱糊工作就完成了。

老陶和小陶从家里抬来一张桌子（老陶家的那张吃饭的桌子）。陶文江将两盏擦得锃亮的煤油灯也送了过来，并亲自点上。明亮的灯光下，苏群爬上一张凳子，往墙上贴毛主席画像。

她让小陶退到远处，看她是否贴正了。小陶站在门槛上，煞有介事地眯着眼睛，对苏群说："左边再高一点，再高一点，再下来一点，行了，正正好。"

苏群跳下板凳，走到小陶身边，一只手搭在他的肩膀上，和小陶一起欣赏着墙上的主席画像。的确，贴得很正，没有丝毫的歪斜。

老陶家人还搬来了几把椅子。余队长也从村上搜罗来几张条凳。苏群特意从汪集采购来的那支报夹，夹着几张当月的报纸。老陶有选择地拿来了一些书刊，放在方桌上。甚至，小陶也为活动室贡献了几本小人书。布置就绪，三余一队的活动室便开张了。

这天晚上，村上的人倾巢而出，拥到活动室里来。靠西的那间房子被挤满了，还有很多人待在没有裱糊的堂屋和靠东的房子里。苏群坐在方桌前，那儿还留了一张条凳，是留给余队长和其他可能到场的队干部的。

房子里虽然很挤，但方桌四周却空出很多地方。方桌上点着两盏煤油灯，照得桌面明晃晃的。村上人开始议论，说是老陶家吃得好，连桌子上面都是一层油。苏群孤零零地坐在桌边，四周是黑乎乎的人群，就像等待演出开场一样。男人们抽着烟袋，女人则抱着鞋底，闲话之余纳上几针。她们不时地在头发上磨磨针，或往鞋底上吐一口唾沫，好起润滑作用。小孩们跑来跑去，很不安分。整个房子里烟气弥漫。虽然屋外北风呼号，墙上的画报一鼓一吸的，但人们并不觉得冷。

终于，余队长到了。他刚一坐下，苏群就准备念报纸。余队长说："不忙，等下子余书记。"直到此时，苏群才知道余书记也将前来，不禁深受鼓舞。

他们等了很久，也不见余书记驾到。而余书记不到，就不能念报。坐在桌前的苏群无事可干，不免无聊。余队长和村上的人倒不在意。他们磕着烟袋，唾沫星子乱飞，正说得起劲。渐渐地，他们几乎忘记了苏群的存在。村上的男女老少聚集一堂，谈天说笑，这是从来没有过的事。以前开社员大会，也只是一家派一个代表，往往是家里当家的男人，妇女孩子则很少参加。

余书记进来时，大伙儿闪开了一条道。他披着一件蓝大衣，头戴一顶三块瓦的帽子。虽然余书记也姓余，但不住在本村，他住在三余五队。

余书记也有一辆自行车，属于大队集体财产，但只有他一个人骑，式样为永久男式二八加重。他就是骑着这辆车穿村而来的。一到，就撩开大衣，一屁股坐在桌前的板凳上。余队长尽量往边上挪，整张条凳都让余书记给占据了。余队长只是在板凳头上搭了半边屁股。

见人已到齐，苏群清了清嗓子，开始念报。她刚念了两句，余书记霍地站起来。余队长毫无防备，板凳一翘，便摔在了地上。村上人哈哈地笑起来。有人说："胳膊拧不过大腿，他能玩得过余书记？"

这个"他"便是指余队长。余队长故意显得摔得很重，坐在地上半天不肯起来，以显示余书记的机智和威力。苏群也觉得这只是余书记即兴开的一个玩笑。没想到他一转身，将大衣一拢，便走了出去。

过了一会儿，九月子跑进来对余队长说："余书记喊你哪。"余队长随即爬起来出去了。由于这两个重要人物的离去，读报只好中断。

又过了一会儿，九月子再次进来，对苏群说："余队长喊你哪。"

苏群离开桌子跟出去，只见余队长一个人站在桥口，并不见余书记。看来余队长刚把他送走。远处黑暗的村道上传来一阵狗吠以及一串清脆的车铃声。余队长走过来，讷讷地对苏群说："余书记不叫你读报纸，说你的问题上头还没得结论呢。"


# 11


　　活动室是苏群一手搞起来的，老陶家其他人只是帮忙。这是她的工作，老陶觉得他们不应过多地插手。所以开张这天，他早早地就将小陶赶上床睡觉了。老陶和陶文江、陶冯氏站在这边的园子里，隔着沟边丛生的刺槐，注视着牛屋门前的空地和远处的桥口。村上人络绎不绝地拥进桥口，走进灯火通明的牛屋里。一时间人影憧憧，直到牛屋前的空地又空了出来。老陶他们也转身进了屋，插上门栓。

　　大约一小时后，陶文江和陶冯氏也已经上床了，老陶在灯下看书。突然，他听见有人敲门。老陶问："谁呀？"

　　一个声音说："是我。"已经完全听不出是苏群的声音了。

　　老陶开了门，看见苏群泪流满面地站在外面。进屋后，她仍止不住地抽泣着。老陶指了指顶上的望席，向苏群示意，意思是别惊动了老人和小陶。

　　老陶家的房间是用向日葵秆隔开的，上面是空的，彼此相通。老陶、苏群房间里的灯光通过望席的反射，映照在其他房间里。这时陶冯氏说话了，"是阿群吗？"她问。

　　没有人回答。过了一会儿，她又问："是阿群回来了吗？"陶文江也咳了起来。

老陶对着顶上的望席说："没什么事情，你们睡吧。"

这以后，整栋房子里就再也没有人说话了。但老陶家人就此再没有睡踏实。甚至小陶也醒了，睁着眼睛看着顶上，看顶上的望席。老陶和苏群房间里射出的灯光，一圈圈地、很不均匀地映照在望席上。那黄黄的灯光亮了整整一夜。

这一夜，老陶一家睡得很不安稳。陶文江不住地咳嗽、翻身，将棕绷床弄得咯吱直响。陶冯氏叹着气，低声地嘟囔着。小陶在梦中错牙，有时候醒了，看见望顶还亮着。倒是老陶和苏群的房间里全无声息，安静得出奇。

小陶最后一次醒来时，听见了一种奇怪的声音，是苏群在小声地读报纸。这时，其他的声音都已经停止了，唯有这单调的读报声持续着。后来，小陶又睡过去了。

# 十 富农

## 1

苏群没有等来"五一六"专案组的人，倒是老陶等来了他的同志。同来的还有三余大队的余书记，以及三余一队的余队长。他们和老陶谈话时，老陶家的其他人回避到了屋外。时间不长，那穿着一身涤卡中山装、拎一只黑包的人便起身告辞了。老陶家人回到屋里，看见老陶坐在堂屋的椅子上默默地吸烟。他的神情很委顿，就像被人痛打了一顿。

原来，老陶被开除了党籍，该同志是专程来通知此事的。被开除党籍的原因，是下放后老陶仍不思好好地劳动改造，反倒企图篡夺农村的基层领导权，干起了什么"代理生产队长"。

一九五七年，当时小陶还没有出生，老陶和苏群新婚燕尔，老陶终于脱离了行政工作，调到南京市作协当了一名专业作家。他的第一批小说也陆续在全国报刊上发表刊出，逐渐地有了一些名声。当年的老陶，可谓意气风发、前程似锦，可他却伙同另外几个写小说的年轻人办起了什么同仁刊物。这本叫作"探索者"的刊物甚至没有来得及出版，就被定性为反党刊物，参与者诸人也被打成了反党集团的成员。

刊物没有出版，如何就能定性？所依据的是他们的设想、活动以及上报给有关部门待批的计划，这些东西比刊物本身更能说明问题。"探索者"们因此遭到了不同程度的惩罚。有的被打成右派分子，遣送回乡，有的则流放劳改。对老陶的处分相对较轻，留党察看一年。回忆这段往事，老陶不禁很是感慨，如果他不是一个党员，没准就被划成右派或流放劳改了。

私下里，他曾对侯继民说过："党员就是一张皮，如果没有这张皮，人家就直接吃你的肉了，就像那些非党员的同仁一样。"

老陶被留党察看一年，以观后效，甚至，这张皮也没有完全剥去，只不过划开了一道长长的口子。若表现不好，强有力的专政之手便会两边一扒，那皮就会被连血带肉地撕扯下来。当然，如果表现积极，有悔过的举动，那手也会像慈母之手一样，用一根绣花针把你的伤口细致地缝合起来。可很多年过去了，远远超过了一年的限期，既没有人将老陶的这张皮撕扯下来，也没有人将它缝合。老陶带着这道凶险万状的伤口，度过了惊涛骇浪的岁月，一直到了今天。

在"文革"期间，老陶被揪斗、靠边、进五七干校，但党组织内部并没有处理他。是老陶自己心虚，过分敏感，认为自己已体无完肤、万劫不复。于是弄了一瓶安眠药，跑到郊区去自杀。即使是在他自杀未遂又活转过来的情况下，党组织也没有追究此事。这里的奥妙真让老陶百思而不得其解。

神秘莫测的组织依然高高在上，无动于衷。老陶扪心自问，不禁有些感动。他从来也没有想过以自杀去威胁组织，即使老陶想这样做，那钢铁的组织也不会屈服于他的——他还不至于幼稚如此。老陶是真的想死。但自杀即意味着背叛。因此，虽然组织上对自杀之举不予追究，死而复生的老陶还是自觉无颜，惶惶不可终日。

下放以后，由于远离斗争的旋涡，压力相对减小。加上有更多的闲暇，关于此事，老陶想了很久，逐渐地有了一些觉悟。

他觉得，"文革"乃是群众运动，虽然有坏人从中挑拨离间，煽风点火，但组织本身还是清白的、值得依靠的。"文革"初期，各级党委都遭到了不同程度的冲击，自身难保，如何能有闲暇和余力来处理自身的事务呢？现在，党组突然来人了，宣布他被开除了党籍，老陶虽然如遭晴天霹雳，但并没觉得有什么不公。这至少说明，党组织的工作正在逐步恢复。虽说开除他党籍的理由是他不老老实实地接受改造，乱说乱动，企图篡夺农村基层领导权，这未免不实。但老陶曾经自杀（这是他的一块心病），自觉已不配再当一名党员了。人家没提这件事，已经是给自己留面子了。

还有一件事，就是侯继民的来访。组织上要么尚未察觉，要么是引而不发。老陶虽然相信侯继民是无辜的、冤屈的，但面对组织，私人感情是不能替代党性原则的。现在，老陶终于可以放松下来，心安理得地将侯继民视为自己的难兄难弟了。

被剥去党员这张皮的老陶，一方面感到自己浑身赤裸，羞愧难当，同时也觉得无所顾忌了。

# 2

老陶家开始养小白的时候，隔壁的牛屋里来了一户人家。这家人也是从南京下放的，但他们不是下放干部，也不是下放户，更不是知青。一家三口，是被押送回乡的。户主余耕玉是逃亡富农，刚解放那会儿离开了三余村。那时候，他是个二十几岁的小伙子，如今已经是五十来岁的半拉老头。余耕玉的老婆四十多岁，年纪和苏群相仿，长相却老了很多。他们的闺女二十岁不到。母女俩都不能算是三余本地人。

余耕玉领着老婆闺女回到了三余。他们家的老房子，早在土改时就被分掉了。据说当年他们家的房子有二十几间，是三余村上第一户富裕人家。但老陶心中有数，三余的富农再富也富不到哪里去。二十几间房子也不过泥墙草顶的土屋。至于土地，余耕玉家倒有五十多亩。但三余地广人稀，人均土地五亩多。当年余耕玉爹妈在世，加上兄弟几人，平均也就十来亩地。老陶以前在南京郊区搞过土改，他知道，余耕玉家的情况若是放在苏南，定个地主绰绰有余（那儿人均土地才几分，一亩不到）。但说到实际的经济状况，最多就是个富裕中农。

余耕玉是个贫穷的富农，这是没得说的。看来二十多年在外面闯荡，也没能使他富到哪里去。这从他们家带到三余来的家当便可以看出，不过是些桌椅板凳床板，一只五斗橱，两只竹壳热水瓶。远没有老陶家搬来的时候那么壮观。

余耕玉家住进了老陶家住过的那栋牛屋。因此，两家的情形不免有个比较。那牛屋在老陶家人搬走后更加地破败了，在旁边高大瓦屋的衬托下，简直是破烂不堪。余耕玉家看来并不是暂住。他们不是下放干部，因此没有安家费可盖新屋，而以前的老屋已经不复存在。就是存在，也收不回来了。

这两家人虽然都是打南京来的，但对立的情绪一开始就不可避免。阶级阵线是其一。老陶家好歹也是革命干部（虽说苏群的问题尚无结论，老陶也被开除了党籍），而余耕玉家是逃亡富农，自然不可同日而语。命运安排两家人住在同一个园子里，进出一个桥口，抬头不见低头见。老陶家人觉得，越是如此，就越需要提高警惕，绝不能将彼此混为一谈。

余耕玉一家，显然也是来三余扎根的。实际上，他们家的根原本就在三余，只不过后来被斩断了。在这方面，两家人也势必成为竞争对手。各自的条件不同，利弊参半，心里都憋着一股劲儿。

# 3

老陶家靠帮助生产队科学种田（老陶）、行医给村上看点小病（苏群）和不时地施舍点钱物（陶文江）笼络群众，余耕玉家则很直接。他们家的闺女金凤十七八岁了，出落得如花似玉，又是城里人的模样。余耕玉扬言要在当地招一个上门女婿。

虽说他们家的成分不好，村上的小伙光棍们还是跃跃欲试。一时间余耕玉家的牛屋门前人来人往，川流不息，都是身强体壮的小伙子，来帮他们家干活的。甚至，九月子也动了心思，把他放的鸭子赶到了牛屋后面的小河里。但由于他和老陶家的关系，自然被余耕玉否决了。

最后，一个叫有军的小伙子脱颖而出，被余耕玉一家相中了。

有军年龄和九月子相仿，个头也差不多，身体却十分健壮。十八九岁的年纪，平时能挑两百斤重的担子。有军挣的是十分工，不像九月子，只挣六七分工，和妇女一样。他不爱说话，只知埋头干活，其机敏灵活方面自然不及九月子。余耕玉一家相中的是一个老实人。况且有军原本就和余耕玉家沾亲，他管余耕玉叫"二爷"。虽说沾点远亲，也没有影响到有军的成分，他家乃是三代贫农。就是现在，有军也是三余村上最穷的光棍。还有一条也很重要，有军和老陶一家毫无干系。由于身体健壮，没有吃过苏群的药，老实巴交，也没有开口向陶文江夺过钱用。

余耕玉家相中了有军，其他动心思的小伙子就不再上门来了。他们转念一想：余耕玉家成分不好，有军又穷，因此也没觉得有什么不平。自此以后，有军天天上门，帮余耕玉家干活。村上人都说，余耕玉雇了一个不花钱的长工。这长工一个顶俩，即使那些追求金凤的光棍不再上门，他们帮忙干的活一样也没有落下。因此余耕玉家的人也不觉得少了点什么。

后来一下工有军就来到余耕玉家的自留地上，甚至连自己家也不回了。一天三顿，他在余耕玉家里吃饭，只是晚上回家睡觉。他在余耕玉家的地里光着脊梁，挥汗如雨，金凤则在有军休息时递上烟袋、毛巾，其情形竟也十分地感人。

余耕玉一家虽然比老陶家晚来了三年，其扎根的进程却更为迅速有效。这怎能不让老陶感到压力呢？好在每过一段时间，余耕玉就会被押到大队或公社批斗一次，以配合当时的政治运动。看着他和另外几个"地富反坏分子"站在主席台上，头戴高帽子，老陶的心里是否感到了些许的安慰？这我就不知道了。但至少说明，他们两家毕竟是不同的，有本质区别的。

余耕玉似乎已经习惯了这样的批斗。犹如演戏一般，到时候他便披挂上场（头戴高帽，胸前挂一块倒写着自己名字的牌子），在台上站上一到两个小时。下来时，早有闺女和未来的女婿接着，又是递水，又是抹汗什么的，就像他干了多少农活似的。当然，每批斗一次，余耕玉就会委顿几天，气焰远不如没批以前那么嚣张了。

因此，无论怎么说，老陶家还是压了余耕玉家一头。如果情形相反，住在牛屋里的不是余耕玉，而是老陶一家，在台上挨批的是老陶，而不是余耕玉，那真是难以想象。所以说，在某种程度上，老陶还是有些佩服余耕玉的。


# 4


老陶被开除党籍后，自然不便再插手队上生产。他把全部的精力转移到自留地上，认真地经营自己家的园子。好在在三余这样的地方过日子，是不是党员并无关紧要。没有人关心这个。别说是老陶被开除了党籍，就是余耕玉这样被押送回乡的逃亡富农，

206

村上人也划不清界线。

和余耕玉家比邻而居，时间一长，不免会有些摩擦。比如老陶种在沟边作为篱笆的刺槐，常常会越过土沟长到余耕玉家那边去。老陶未被开除党籍以前，碰上这样的事，余耕玉总是一声不吭，让有军将刺槐的根刨出来了事。老陶被开除党籍以后，余耕玉家开始提出异议了，说老陶家的刺槐把他们家自留地里的肥力都吸走了。

还有一些刺槐长在土沟里。那土沟为两家园子的分界，不归哪家所有，但刺槐毕竟是老陶家种的。有军不管这些。冬天的时候，把沟里的刺槐砍了，抱到余耕玉家门前的空地上晾晒，晒干后当柴烧。老陶家人心里虽然不悦，但也没有说什么。苏群嘀咕道："他们总该打个招呼的。"

老陶家虽然政治地位下降，但在物质上却丝毫没有受损。加上老陶把抓生产的精力和经验全部放在了经营园子上，他们家的园子比以前更加兴旺了。真是鸡飞狗跳，绿树成行，蔬菜时鲜四季不断，自留地上玉米小麦竞相争辉。小白的饮食虽然严加节制，只准它吃点鸡食，但由于老陶的鸡食营养丰富，它还是不可遏止地发胖了。

余耕玉家也养了一条看门的狗，但因为没有东西吃，瘦得皮包骨头。刺槐构筑的篱笆挡得住人，但挡不住狗，尤其是一条瘦狗，并且饥饿难耐。不仅刺槐做的篱笆挡不住，就是老陶家精心编扎的向日葵秆的篱笆也挡不住。那狗常常钻过两道篱笆，跑到老陶家的鸡圈里，偷吃鸡食。偷吃鸡食不打紧，它还威胁到母鸡们的生命安全。老陶家的鸡常常被余耕玉家的狗撵得四处乱跑，鸡毛纷飞。

光吃点鸡食，苏群也不会说什么。她虽然心中不快，也懒得上门找余耕玉家人理论。由于自持和轻蔑，苏群不和余耕玉家的人说话。做邻居快一年了，她没有和他们说过一句话。老陶家的其他人也一样。

余耕玉家的人也很自尊，也不和老陶家人说话。刺槐长到余耕玉家自留地里那次，还是有军出面找老陶交涉的。后来有军就成了两家的中间人，有什么意见不直接说，而需要通过他来转达。虽说有军是余耕玉未来的女婿，算是他们家的一员，但毕竟还没有上门。况且有军本人的成分是贫农，和他说话也不算降低自己。

这天余耕玉家的狗扑向老陶家的鸡，正逢苏群给鸡喂食。她挥舞着喂鸡食的勺子驱赶余耕玉家的狗。狗进鸡圈时钻过一道缝隙，这时竟找不到进来的地方了，于是便绕着篱笆里面乱跑。老陶家的鸡纷纷避让，上下乱飞，鸡毛如雪片般飘落下来，场面十分地热闹。小陶听见动静后也跑了过来。他拿了一根棍子跟着撵狗，撵上之后，重重地给了那狗后腿一下。余耕玉家的狗"儿儿"地叫着，一头撞破了老陶家鸡圈的门，跑了回去。

没过多久，余耕玉的老婆就骂上门来了。苏群捏着一把喂鸡食的勺子，扎着围裙，和余耕玉老婆吵了起来。小陶那根打狗的棍子还没有扔掉，这时紧紧地攥在手上。对方除了余耕玉的老婆，还有有军。他扛着一把铁锹，是直接从余耕玉家的自留地上奔过来的。余耕玉的闺女金凤也跑过来，帮她妈吵架。这边，陶冯氏迈着小脚，也从屋子里出来了。两家的户主（老陶和余耕玉）都没有露面，想必在暗中窥视。

这一架吵得天昏地暗，还差点动了手。余耕玉的老婆说了很多难听的话。她说："狗是畜生，不懂事，人总该懂点事吧？不能连畜生都不如！"

苏群说："你这个富农婆也太猖狂了！"

余耕玉的老婆说："你们家也好不到哪里去！好人不下放，下放无好人！"

她的话不禁刺痛了苏群，使后者一时语塞。后来苏群说："我们家是革命干部，你们家是什么东西！"

余耕玉的老婆很不屑地哼了一声："革命干部？现在不是被共产党开除了吗？"

通过这次吵架，老陶家人算是明白了自己的处境。现在，要想压余耕玉家一头已经不可能了。事实证明，他们是同一类人，都属于坏人之列。虽然老陶家在物质上很富有，但政治地位上却无任何优越可言。

"现在，连富农分子都敢在我们头上拉屎撒尿了！"苏群绝望地说。

老陶安慰妻子说："你不能这样看待问题。邻里之间发生点摩擦是常有的事，不能上升到那样的高度。"

苏群说："以前他们不敢这样。"她的意思是老陶被开除了党籍，她的"五一六"问题也尚无结论，余耕玉家听到风声，才会如此猖狂的。

# 5

老陶修理了鸡圈的篱笆。篱笆虽然修复了，但留在老陶家人心理上的创伤却难以弥合。这以后，两家人再也没有发生过争吵。余耕玉家人管住了他们家狗，不让它去老陶家偷吃鸡食，滋事生非。老陶也严禁小陶越沟而过，去余耕玉家看热闹。

白天，余耕玉一家去生产队里劳动，金凤会一个人悄悄地溜回来，在牛屋里等有军。有军来后，也不去自留地上干活，把铁锹一戗便钻进屋去。两人将屋门反锁，在里面睡觉。牛屋周围常常聚集着不少孩子，他们会扒着门缝和墙洞向里面偷看。这时，光着上身的有军会从房子里冲出来，将孩子们驱散。到后来，有军也懒得这么做了。因为他进屋以后，孩子们又会再次聚拢过来。

小陶并没有看见有军和金凤在牛屋里面睡觉。但他却常常看见围着牛屋的一惊一乍的孩子，看见过有军提着裤子奔出来，金凤在屋里叫骂："有什么好看的？回家看你爸你妈去！"

后来，有军也不奔出来了，金凤也不骂了，牛屋前的孩子却越来越多。虽然有军金凤不露面，也没有任何声息，但一看见那些孩子，小陶就知道他们肯定在里面。他也想过去扒着门缝看个究竟，但想到老陶的禁令就踌躇不前了。

这样的事，自然传得很快，想必也传进了余耕玉和他老婆的耳朵。可富农夫妇似乎没有把它放在心上。他们老老实实地在生产队的大田里劳动，摸黑才回家，从不中途回来看看。有军和金凤的事显然得到了默许，没准还是他们一手操纵的。因此金凤才如此地理直气壮，有军也毫不避讳，就像他俩已经是真正的夫妻。村上的人也不以为意。既然连金凤的爹妈都不管，旁人又何必多管闲事呢？况且有军固定是余耕玉家的女婿，和金凤睡觉是早晚的事。情绪激动的是孩子们，他们像苍蝇一样地叮在牛屋的墙上，看见有军从里面出来，便嗡的一声散开了。

这对血气方刚的男女，犹如干柴烈火，又得到家人的怂恿和村上长辈的谅解，便再也无所顾忌了。孩子的偷看和围观，只能使他们更加兴奋。苏群愤愤不平地说："这对孩子会造成什么影响！"

三余的大人虽然原谅了有军金凤，孩子们却总是和余耕玉家过不去。他们不仅偷看有军和金凤睡觉，还经常来园子里捣乱。余耕玉家的狗很瘦弱，在孩子们的欺负下自身难保，更别谈看家护院的任务了。可余耕玉家还有一条狗，就是有军，每每会咆哮着从余耕玉家的园子里冲出来。谁要是让他逮着，准会被痛打一顿。不仅是在余耕玉家的园子里，就是在路上碰见，有军也不会饶了他们。老陶家人把这些都看在眼里。苏群说："都是余耕玉和他老婆教唆的！"

余耕玉家住的牛屋以前老陶家住过。老陶家住的时候，在堂屋的北墙上开了一扇窗。余耕玉家住进来以后，这扇窗户仍然保留着。因此，屋后墙上开窗的在三余只有两家，一家是老陶家，一家是余耕玉家。

余耕玉家堂屋的后窗下放了一排泥柜，上面搭了一块木板，和三余其他人家一样。不同的是，余耕玉家泥柜上面的木板上放了一只竹壳热水瓶。这可是从南京带下来的东西，在余耕玉家人看来很是金贵。

这天下午，几个孩子放学，从北面的村道上经过。他们隔着河向余耕玉家的房子扔砂礓。一块砂礓不偏不倚，穿过墙上的后窗，正中泥柜上的热水瓶。余耕玉的老婆正好从堂屋里过，她眼疾手快，一把将热水瓶接住。余耕玉老婆抱着热水瓶奔出来，把孩子们堵在了路上。在她看来这显然是人赃俱获。

我们已经领略了余耕玉老婆骂架的气概，这回更是不得了，一蹦三尺高，险些没再把热水瓶摔下来。自然，有军一如既往地陪伴在侧。他们认定肇事的是一个叫三鸡子的。那孩子一向和余耕玉家作对，并且和小陶很要好（以前他们是三余小学的同学。小陶去葛庄读书后，三鸡子留仍在三余小学，留级到现在）。暴躁的有军一把拉过三鸡子，啪啪啪扇了他三四个大嘴巴，还不肯罢休。之后，又押着哭哭啼啼的三鸡子去了他们家。三鸡子的父母不由分说，痛打了三鸡子一顿。这件事一直闹到晚饭前后。

老陶家人离开堂屋的后窗，正准备吃晚饭，村上又闹了起来，还夹杂着一个女人声嘶力竭的哭号声。原来，不甘屈辱的三鸡子跳河了。

好在河不深，不过是园子前面的小河，况且三鸡子会浮水，怎么着也淹不死的。他这么做不过是向余耕玉家人表达强烈的抗议。三鸡子很快就被人捞了上来，他们家人哭得像三鸡子真的死了似的。于是形势逆转，三鸡子家的人包括亲戚十几个，扛着扁担、铁锹到余耕玉家算账来了。

老陶家人凑在堂屋的后窗前，从下午一直看到晚上。当三鸡子被有军抽嘴巴时，苏群气愤地说："富农分子太猖狂了！"后来，三鸡子被余耕玉家人押着，穿村而过，老陶说："他们到底想干什么？"这会儿，三鸡子家的人和亲戚拥进桥口，向牛屋而去。老陶又说："物极必反！物极必反！"

三鸡子的确不好对付，因此余耕玉的老婆才会痛下杀手，企图借机一举击溃的。没想到三鸡子比他们想象得还要狡猾。他这一跳不仅反败为胜，甚至连以前同情余耕玉家的人也觉得他们太过分了。余耕玉经营了快两年的群众关系几乎毁于一旦，于是只好恢复了逃亡富农的身份，对前来问罪的乡亲不住地赔礼道歉，低头认错。

据说余耕玉当众抽了自己十几个大嘴巴，承认他治家不严，没能管得住自己的老婆和闺女。有军呢？两只眼睛瞪得血红，腮帮子上的肉一鼓一鼓的。但既然未来的丈人软下来，他也只有唉声叹气的份儿。

这件事后来被汇报到大队部去。再次开社员大会时，余耕玉又被押上台去，批斗了一番。下来后，余耕玉就病倒了，并且一病不起。看来，他们家真的气数已尽。

# 6

小陶去洪泽读中学以后，每月回三余一次。他再也没有看见过余耕玉。据说他得了食道癌，躺在床上等死。仍然有很多孩子，围在牛屋前窥视。但现在他们已经不是偷看有军和金凤睡觉了，

213

而是看余耕玉垂死挣扎。自从出了三鸡子那件事后，他们的胆子比以前更大了，几乎旁若无人。在三鸡子的率领下，每天都有一帮孩子聚在牛屋前面的空地上打闹、喧哗。进出牛屋的有军、金凤和余耕玉老婆对他们敬而远之。

一个将死之人有什么好看的？不然。在孩子的心目中，死人的吸引力完全可以和男欢女爱等量齐观。昏暗的光线中瘦得只剩一把骨头的余耕玉躺在凉车上，已经吃不进任何东西，徒劳地张着一张窟窿似的嘴。据说有军从田里挖来几条蚯蚓，放进余耕玉的嘴里，试图通过蚯蚓的蠕动疏通余耕玉的食道。这偏方听上去让老陶家人觉得很是不可思议。

余耕玉张着嘴，粒米不进，那样的一种形状或姿态不禁充满了吃的欲望。余耕玉家的人在那洞中放入各种食物和非食物，生的和熟的东西，死的和活的东西，自然一概无用。余耕玉的嘴现在只能向外呕吐了。

一天有军拿了一根烧红的炉钩子，插入余耕玉的口腔。一阵青烟过后，紧接着闻见了皮肉烧焦的煳味儿。围观的孩子吓得尖叫起来。这件事，死无对证，因为余耕玉真的死了。

三鸡子一口咬定，有军的确这么干过。但面对死者，人们的同情开始转向，都说三鸡子这小子诡计多端，整死了余耕玉不算，还要嫁祸于人。即使有有军捅炉钩子的事，那也是为余耕玉好，有军这后生的孝心大了！

老陶评论说："愚昧啊愚昧，真是太愚昧了！"

听说余耕玉病势沉重，他倒是想让苏群想点办法的。一来，苏群从没有医治过食道癌这样的重病；二来，由于鸡食风波，两家人早就不相往来了，所以只好作罢。但老陶家人总觉得像生吞蚯蚓、捅炉钩子这样的事情太过残忍和不可理喻。

余耕玉死后不久，有军就和金凤结婚了。喜事是在牛屋里办的，几乎和丧事同时。现在余耕玉一家仍然三口，和从南京下来时一样，只不过户主变成了有军。"余耕玉家"也变成了"有军家"，村上的人都改了称呼。第二年金凤给有军生了个大头儿子。他们仍然很穷，多年以后仍住在那栋越发残破的牛屋里，没有余钱盖新房。但有一点却胜过了老陶家，就是，经过一番努力和折腾，终于在三余扎下根来。切切实实的，无怨无悔的，扎下去的根想拔都拔不出来。金凤的儿子成分随父亲，也就是有军，也是贫农。


# 7


我讲了下放干部、知青以及被遣送回乡的逃亡富农的故事。在浩浩荡荡的下放大军中，还有一类人，叫"下放户"。

下放户和知青不同，是全家下放。也和下放干部有别，下放后便没有了工资。他们完全和当地农民一样，靠挣工分吃饭、养活全家，物质上的贫困是可以想见的。虽然，在政治上下放户要比被遣送回乡的地富反坏分子优越，但来的毕竟是异地他乡，此前也从未干过农活，因此那丁点的优越也很难看得出来。可以毫不夸张地说，这是最为悲惨的一群，悲惨到不为人知、不为人见的地步。下放干部大多抱着东山再起的希望，知识青年也能得到家庭来自城市的支援，必要时还可办病退回到城里。那些被遣送的地富，在本乡本土扎起根来也相对容易。唯有下放户是上不着天，下不着地。这群人被历史彻底遗忘乃是题中应有之义。

我曾提到帮老陶家盖房的二级瓦工小董，他们家就是下放户。这些人下放前大多是工厂里的工人，说他们是能工巧匠也不为过。可他们拥有的专业技能，对种田而言一无所用。并且他们也不像知青那样是"群居"的，有专门的知青户，而是分散到各个生产队（这点和下放干部一样），和当地村民混杂在一起。渐渐地，在种田和过日子（当然不是他们原来的日子，而是当地人那样的日子）方面便落了下风。

多年以后，当老陶再次碰见小董时，已经完全认不出他来了。不仅认不出这是小董，也不认为眼前站着的这人是下放户，是从南京下来的。

老陶问起小董家里的情况，他说："我记得我们家盖房子的时候，你说你老婆怀孕了，现在，小孩儿也该三四岁了吧？"

小董眨巴着一双红眼睛，也不知道是因为激动，还是害眼病，说："我老婆生的是双胞胎，养不起，当时就把老大送人了。老二养到一岁多，得肺炎死了。想把老大要回来，人家说，你们养，还是要死，连自己都养不活，还养什么小孩？想想也是。"

老陶一时不知道说什么是好，后来没话找话说："那你就再生嘛，趁着还年轻。"

小董一连吐了几口痰，说："现在想生也生不出来了。上回去汪集卫生院检查，大夫说我得了不育症。"

看来就是小董想在三余扎根也不可能了。他像一根枯树桩子

216

那样戳在那儿。等有一天这树桩子彻底枯死了，三余就再也没有他这号人了。

# 十一 扎根

## 1

余有富是三余最穷的穷人——那些娶不上媳妇的光棍不谈。余有富有老婆,还有一个儿子。他家的园子位于村西,也独门独户,四面有小河环绕。园子里有一栋三间草房,屋前屋后是自留地,也种了些蔬菜、庄稼。从这些方面看,和三余村上的其他人家并无两样。

先说有富老婆。据说以前是汪集街上的妓女,从良后嫁给有富的。那女人四十来岁,貌相奇丑,长脸、暴牙,脸上还有十来颗麻子。身材却不大像庄稼人,细细长长的。有富五十多岁,娶亲很晚,要不是这个从良的妓女,现在恐怕还是光棍一条。

再说他们的儿子。十五六岁的年纪了,还在三余小学读二年级。小陶上三余小学时,他已经在那里读了好几年了。他们同学一年,后来小陶转到葛庄小学上学,有富的儿子还在三余小学。小陶去洪泽县中上初中后,他还在那里,继续读他的二年级。

即使有富的儿子不读书,有富和他老婆也不会让他干农活的(在学校里,反倒要为靳先生干)。这孩子在家成天抄着手,脸色白白的，没有一点血色。他的身材倒很像有富老婆，细细长长的，走路时迈着碎步。由于眼睛不管用，一到晚上就看不见，三余人俗称"麻雀眼"，其实就是夜盲症。乃是因为营养不良，缺乏维生素 A 所致。有富的老婆却很得意，说是以后要给麻雀眼配镜子，就像老陶家人一样。

使麻雀眼与众不同的，还有他的那件衣服，暗绿色的。在三余村上绝无仅有，就是老陶家的人也觉得稀奇。那衣服不时地反射出一些光泽，说不清是用什么质料做成的。据说是有富老婆做妓女时的"遗物"，是用她的一件衣服改的。这一点似乎没有什么异议。麻雀眼常年拖着清水鼻涕，他总是用手一抹，然后在那件绿衣服上一揩。据小陶反复观察，那些光泽不过是擦在衣服上的鼻涕造成的。

最让村上人瞧不起的倒不是这些，而是有富家不会过日子。按说，他们家人口不多，三口人有两个劳动力，日子应该过得不错。可有富家至今屋顶上没有烟囱，烧的是"缸缸灶"。即是一口泥缸，一侧有一个洞，将锅架在缸沿上，柴草放进洞里去烧。由于没有烟囱，每当做饭时便烟雾弥漫，整个房子都成了烟囱，就像失火了一样。有富老婆咳个不停，眼泪横流，总算把饭烧熟了。

这样的方式既邋遢，又费柴草，所以冬天一到，有富家就没得烧的了。于是有富架梯上房，扒房顶上的稻草。房顶由于缺草，一到雨雪天气，屋子里便漏个不停。外面下大雨，他家下小雨。这哪里像正经人家过的日子？

再说有富家的自留地。也怪了，种什么败什么。种菜生虫，种麦子歉收，有时候连下的麦种都收不上来。他们家园子里的树，还没等长大就砍了，缺草时烧锅。因此成亲这么多年了，儿子也这么大了，有富家的园子仍然是一片荒芜。三余村上最荒的园子就是有富家了。甚至他们家养的猪也是僵猪，长到七八十斤便不再长，吃得还特别多。有富老婆有模有样地每天两次喂猪，嘴里呼唤着："哦罗罗……哦罗罗……"

她让麻雀眼用草木灰和水，写了一副对联贴在猪圈的墙上。左联是"日长半斤"，右联是"夜长四两"，加起来就是每天长九两。可他们家的猪，喂了将近一年，还是八十多斤。

有富本人倒没有什么特别，成天戴一顶棉线织的帽子。这种帽子很常见，三余四十岁以上的男人几乎每人一顶。天热的时候，可以把下面的部分卷上去。遇到冬天刮西北风，就向下一抹，整个脑袋就被罩住了，只是在眼睛的位置上留出两个小洞。这种帽子一般为黑色，俗称老头帽。

有富戴着老头帽，背着一个粪兜子到处转悠，好似打家劫舍的匪徒。但没有谁怕他，尤其是孩子们。他们常常跟在他的身后抢狗屎、牛粪（他们也拾粪）。身材稍高的孩子甚至会把有富的帽子拎起来（老头帽的顶端有一个小"鬏鬏"），然后抛来抛去。被揭掉帽子的有富由于怕冷，脖子几乎缩到领口里去了。他满脸无奈的笑容，虽然着急，但从不发火。

有富并不是一个拾粪的好手，加上孩子们的为难，粪兜子里常常只有几橛干瘪的狗屎。但他仍然到处乱转，用粪勺子在草丛土坷垃里扒拉。粪没有捡到，但没准能发现一只破鞋，或者一把哪家扔掉的光秃的笤帚。

有富还特别喜欢捡烟屁股抽。这可难为他了。三余村上抽纸烟的人本来就不多，即使有人抽烟屁股也绝不放过。因此，有富捡烟屁股的习惯很可能是老陶家下来以后才有的。现在他捡粪的重点区域放在了老陶家园子附近，一旦发现烟屁股，马上奔过去。抽完之后，又继续寻觅。

小陶上三余小学的时候，他的同学（也是麻雀眼的同学）经常捉弄有富。他们撕下一小条白纸包上土块，放在路边。远远看去，就像一截烟屁股，甚至是一根香烟。有富走来，必弯腰去捡。于是孩子们便从躲藏的地方跑出来，笑得眼泪都流出来了。

次数多了，有富也知道他们在捉弄他。但每次，他还是会把白纸包着的土块捡起来。

有富是怕错过一支真正的香烟？或者只是为博取孩子们一笑？这我就不知道了。总之，这个游戏可以无休止地玩下去，有富非常配合。


# 2


老陶家下放以后，洗衣服成了一件大事。以前在南京，老陶家有保姆，专门给他们洗衣服。水管里流着自来水，将搓衣板往水池里一戗，保姆三下五除二就洗完了。下放后，衣服得去河边洗，而且没有人帮忙。小件单衣也就罢了，逢上洗床单被面这样的大件，不免全家出动，弄得手忙脚乱。

老陶将那只洗澡用的大木盆从屋里扛出来，放在门前的空地上。他和小陶提着水桶，轮流去河边取水，注入盆中。之后，老陶脱了鞋，挽起裤腿，站在木盆里踩踏，就像三余人脱土坯前着泥一样。老陶定是受到他们的启发，一面踩踏，一面大叫有趣。他想引诱小陶也来踩床单。后者果然上当，也脱了鞋，挽了裤子，走进盆中。后来，这道工序就完全由小陶来完成了。

如此踩踏一番后，苏群架起搓衣板，慢慢地搓洗。由于没有洗衣服的经验，又过分讲究，一条床单几乎要搓上一小时，双手都搓出了水泡。天暖的时候倒也罢了。冬天，河水冰冷刺骨，老陶家洗衣服时还得掺热水。这时，陶文江的茶水炉子就用得上了，甚至还供不应求。

床单被面用肥皂粉搓洗一遍后，还得去河边清过。最后，彻底洗好了，老陶和苏群加上小陶分别攥住床单的一头，合三人之力开始拧床单。一边往左一边往右，一截一截地拧，把床单拧得像麻花一样。之后，将床单打开，担在房子前面的尼龙绳上晾晒。

苏群的理想是，有一天洗衣服的工作能由她一个人完成，就像三余妇女一样。也不用澡盆，也不用热水，站在河边的码头上，双手一抖，那雪白的床单便铺展开来，覆盖在河面上，然后渐渐地沉入水中。那床单就像充了气的气球，中间鼓起一块，不禁让苏群看得如痴如醉。

她试过几次，终因体力和技巧方面的问题而不能如愿。因此，当赵宁生提出让夏小洁帮着洗衣服时，苏群并没有特别加以拒绝。后来，老陶家洗床单被面的工作基本上都交给了夏小洁，苏群只是洗一些小件单衣。渐渐地有了依赖性。赵宁生和夏小洁不来，老陶家的床单就没人洗，而床单不洗就没法换。

不方便的地方还在于，夏小洁毕竟与老陶家无亲无故，洗床单纯属帮忙。她也不接受任何报酬。因此老陶家人心里很不踏实。况且，这也不是长久之计。

后来，老陶家请了有富老婆，帮忙洗衣服。

为何选中有富老婆，而不是别人？大约因为他们家穷，引起了老陶家人的同情。或许还由于有富老婆在汪集街上住过，算是半个城里人，让她洗衣服老陶家比较放心。有富老婆不仅洗床单被面，其他的衣服也都全包了。她还帮老陶家缝被子。从拆、洗、晾晒到缝，现在都不用苏群操心了。有富老婆每月来老陶家两次，中午留下来吃顿饭，临走时陶文江会塞给她两块钱。这是有偿服务，因此老陶家人心安理得。

由于有富老婆帮老陶家洗衣服，有富全家与老陶家也越走越近。现在，有富在老陶家附近转悠，经常能捡到货真价实的烟头，或者是一根完整的香烟。我甚至怀疑，这是陶文江故意丢弃的。就是有富什么都捡不到，走进老陶家的园子，陶文江也会发给他一根香烟。因此，当有富老婆在老陶家洗衣服时，有富常常借故前来，向她请教一些家务事。他老婆洗衣服时，他也会在边上帮个忙，递个肥皂什么的。自然，好处是少不了的，至少能多抽老陶家的几根香烟。

再后来，老陶家有活儿也会让有富帮忙干了。比如砌一个鸡窝，或者把生产队上分的粮食挑回来，或者把稻子挑到小墩口的机房机成米。届时，有富也会被留下来吃饭。每次吃饭都必然有肉。有富常常空腹前往。虽说干活儿时力气不支，腿脚发软，但

223

毕竟可以省一顿。老陶家的饭，吃一顿管几顿，所以这节省就大了。在老陶家干完活回家，有富还不吃饭，至少一顿。这样算起来，一日三餐就全免了。

一次，有富去老陶家干活，恰逢他们在汪集街上割的肉吃完了。做饭时陶冯氏割了一块咸肉，切成片用饭锅蒸了。蒸好的咸肉满满的一大碗，上面浮着半指厚的油。没吃早饭的有富吃了大半碗肥肉片子，并将蒸咸肉的油全都喝了下去。回到家，他就不行了，拉肚子，让麻雀眼跑来向苏群要药丸子。止泻药吃下去仍拉个不停。有富老婆猛然醒悟，是油水太大了，肠子打滑，带不住。马上拌了一碗喂猪的糠，让有富吃下去，水泻立止。有富心想，这一泻至少泻掉半碗油。还好，还有半碗在肚子里，加上那碗糙嘴难咽的糠，晚饭可以不吃了。

至于麻雀眼，老陶家人也很关心。苏群特地跑了一趟洪泽县医药公司，买来几瓶鱼肝油，让麻雀眼按时服用。那鱼肝油丸，像珍珠一般，圆溜溜的，晶莹透亮，闪烁着一层油光。麻雀眼吃的时候，每每咬破胶囊，一股奇腥的鱼油直射口腔。虽然味道不佳，但毕竟是油，麻雀眼贪婪地咽下。他很爱吃鱼肝油丸，没事就吃上两三粒，根本不需要别人提醒。每次，他都恨不得把一瓶鱼肝油丸都吃下去。苏群反复告诫说，只有慢慢地吃，他的病才能治好。因此麻雀眼才忍住了。

关于鱼肝油的秘密，麻雀眼很长一段时间没有告诉有富和他老婆。终于有一天憋不住了，麻雀眼说出来。有富和他老婆于是分尝了一粒，果然里面是油。有富老婆说："怪不得呢，每天吃油，眼睛哪能不好呢！"

对于苏群"此油非彼油"的说法，有富和他老婆完全不予理会，就像苏群在故弄玄虚一样。什么"维生素 A"，从来没听人说过。可想了想，有富老婆又觉得不对。"老陶家的油水大呢，他们家人怎弄的眼睛也不好呢？"她说。

有富自然无法回答。

经过一段时间服用鱼肝油，麻雀眼的眼睛渐渐地有所好转，晚上走路看得见了。有富老婆欣喜之余不免也有些遗憾，他们家的麻雀眼越来越没有希望戴上老陶家人那样的镜子了。


## 3


有富老婆帮老陶家洗衣服，一洗就是三年。其间，老陶家发生了很多事，苏群被隔离审查、老陶被开除党籍，以及老陶家的两条狗相继死于非命。有富老婆一直洗到了老陶家养小黑的时代。对老陶家政治地位的下降，她并不介意，一如既往地每月两次来老陶家洗衣服，然后留下来吃顿饭，临走拿几块钱。

俗话说，路遥知马力，日久见人心。虽然别人对老陶家的遭遇并不在意，他们家的人自己还是十分敏感的。因此，现在管饭时老陶家的油水更大了，陶文江塞给有富老婆的钱也更多了。老陶全家，对有富家人都更加地亲热、和气——除了一个人，就是陶冯氏。她对有富老婆的到来十分反感。

陶冯氏比陶文江小六岁，如今差不多也快七十了。从年轻的时候起，陶冯氏就没有工作。她是老陶家唯一不戴眼镜的人，也是他们家唯一不识字的人。不读报纸，不关心国家大事。没下放以前，陶冯氏还能和院子里的老太太们拉拉家常。下放以后，由于语言不通，她基本上不和村上的人说话。不是不说，而是陶冯氏说的时候，三余人完全听不懂。而他们说些什么，陶冯氏也不明白。平时，陶冯氏足不出户，下放三四年了，甚至连园子的桥口都没有出过。陶文江虽然孤独，但他可以读报、听收音机，有时还会去村边堤上走走。陶冯氏就惨了。离开了那些南京的老太太，和三余人又无法沟通，就是老陶家人，由于嫌她啰唆，对她也经常爱理不理的。可陶冯氏的嘴并没有闲着。她整天唠叨个没完，到后来已经完全不需要听众，纯粹是自言自语。自问自答，有说有笑的。随着下放年头的增加，陶冯氏就越发如此了。

陶冯氏唠叨些什么呢？无非是些陈年往事。什么怎么一把屎一把尿地把培毅（老陶）拉扯大的，又怎么一把屎一把尿地把陶陶（小陶）拉扯大的。陶陶是三代单传，怎么地不容易。说着说着，陶冯氏就把老陶小时候的事和小陶小时候的事说混了。

说起自己年轻时的风光，陶冯氏不禁眉飞色舞。陶文江当年是武定门小学的校长，她便是校长太太，上上下下都叫她"陶师母"。陶冯氏负责过一阵子学校里的"伙食团"，那是她一生中最辉煌的时代。她怎么拎着一杆秤，后面跟着一个人，拉着板车去菜场买菜。陶冯氏虽然不识字，但秤还是认得清的。

说起那时的打扮，"红皮鞋、小阳伞……"。红皮鞋怎样咔嗒咔嗒地走在青石板铺成的街面上。小阳伞一撑，就遮住了三伏天的太阳。陶冯氏穿着旗袍，一边一个露出"藕段似的雪白粉嫩的膀子"。

陶冯氏的记忆似乎到"文革"为止。"文革"中老陶家的种种遭遇和情形，她从来不曾提及。关于下放和三余，那就更不用说了。除了下放的当天晚上，她怎样千难万险地走过严妈河上的木桥以及老头子（陶文江）在牛屋里烤火，差一点就点着了房子。这也有一个好处，就是陶冯氏不必像陶文江那样无谓地担忧。关于下放后的生活，在陶冯氏的记忆中，最深刻的既不是苏群被隔离审查，也不是老陶被开除党籍，或者小花、小白相继殒命，而是一件微不足道的小事情。

一天，老陶和苏群还没有下工，小陶上学未归，陶文江站在路边守候，家里来了一个人。这人拎着一只木头箱子，站在老陶家门前，一言不发。陶冯氏吓坏了，以为他要谋财害命。陶冯氏说了很多好话，对方毫无反应，只是一个劲地傻笑。直到老陶家的其他人回来了。

原来此人是三余村上剃头匠的儿子，子承父业，每月一次上门给村上的人剃头（队上记工分）。自西向东，今天轮到老陶家。年轻的剃头匠生性腼腆，不善言谈，对陶冯氏的话也听不太懂。但他恪尽职守，一直站在老陶家门前，一动不动的，竟然站了个把小时。最后，老陶家人还是没有让他剃头。倒不是因为陶冯氏受了惊吓，而是怕他的工具不卫生，染上癞痢头。后来苏群从洪泽买回推子、剪刀等理发工具，学会了给家里人剃头，小剃头匠才不再上门了。

类似的事还发生过一次。也是家里没人（除了陶冯氏），来了一群外地的乞丐。他们倒没有向陶冯氏乞讨什么，只是躺在老

227

陶家房子外面的墙根晒太阳、捉跳蚤。陶冯氏吓得要命。她插上房门，瑟瑟发抖地在房子里待了很久。直到陶文江回来，给了乞丐每人一毛钱，把他们打发走了。

陶冯氏说："我一个老太婆，花子就是把我杀了，也没得人晓得啊。幸亏老头子回来了，给了花子钱，好说歹说的，才走了。你没看见他们那双眼睛，红通通的，就像要吃人一样！"

陶冯氏的恐惧不无道理。


## 4


以上两件事均发生在小黄的时代里。小黄白天在老陶家吃食，晚上去有义家看门，对老陶并没有看家护院的责任。因此，任何人都可以走进桥口，来到老陶家的园子里。为使陶冯氏安心，老陶常常请有富老婆过来。有时也不洗衣服，专门陪陶冯氏说话。临走时自然不会空手，陶文江总要塞给有富老婆一两块钱。

由于接触的机会多了，陶冯氏和有富老婆说话彼此也能听懂一些了。当然不是全懂，似懂非懂的，这也已经足够。两人的交谈还十分热烈，虽然常常是驴唇不对马嘴的。陶冯氏有说的愿望，而有富老婆有听的义务。如果她不能和陶冯氏说上话，就不能常来老陶家串门，即使来串门，陶文江也不会给钱。

为迎合陶冯氏，有富老婆常说些解放前汪集街上的旧事，这不禁唤起了陶冯氏的记忆。而陶冯氏说起"伙食团""红皮鞋""小阳伞"什么的，有富老婆也表示完全理解。两人在一起，经常谈什么"梳头油""雪花膏""鹅蛋粉"，议论什么衣服料子。有富老婆说起他们家麻雀眼的那件暗绿色的衣服，是用她的一件衣服改的。而那件衣服没改以前，是如何地漂亮稀罕，穿在她的身上，如何地尽显腰身。

俗话说，言多必失。渐渐地，陶冯氏明白过来有富老婆以前是干什么的了。她干的那个行当，在新社会已经绝迹，但在陶冯氏的记忆里却印象深刻。联想到陶文江一次次地塞钱给有富老婆，陶冯氏不禁起了疑心。

这以后，她就反感起有富老婆来了，并拒绝和她说话。有富老婆一来，陶冯氏就找老头子，把他盯得紧紧的。即使说话，也开始指桑骂槐。好在有富老婆不怎么听得懂老南京的骂人话。再说拿了老陶家的钱，所以也不好说什么。再后来，老陶家养了小黑，陶冯氏也不怎么怕了。她坚决不让有富老婆再到家里来，一度十分热烈的交谈就这么中断了。

5

老陶家养小黑以后，有富老婆就不来和陶冯氏说话了。可每月两次，她还来老陶家洗衣服。洗衣服就要留下来吃饭，临走拿钱。陶冯氏看在眼里，气在心头。她可不管有富老婆来是洗衣服的，给她钱是作为洗衣服的报酬。横竖这钱是陶文江塞给她的，陶冯氏看得清清楚楚。老头子塞钱给一个婊子，你说她能坐视不管吗？

陶冯氏开始念念叨叨。由于她唠叨惯了，一开始并未引起老陶家的人注意。后来发现她不大对劲。陶冯氏再也不唠叨什么红皮鞋了，她总是对老陶和苏群说："把你们的钱放放好，不要让老头子看见。"

说了很多次，老陶和苏群并没在意。后来突然醒悟，不禁惊讶于陶冯氏说话的委婉。大概她觉得这是一件见不得人的事，不便直说。

看见老陶、苏群全无反应，陶冯氏唠叨的内容又有所增加："有了钱，老头子要干坏事。把你们的钱放放好，不能让老头子看见。"

老陶于是对陶冯氏说："妈，你真是老糊涂了，爸爸是什么人，你还不知道吗？"

苏群也说："妈，你想到哪里去啦！"

陶冯氏也不接他们的话茬，只是一个劲地说："钱不是什么好东西，现在外面坏女人太多，都找上门来了。"

一段时间以来，老陶家常常有这样的对话。说话的人为陶冯氏、老陶和苏群。陶文江自然也听在耳朵里，但他一言不发，就像此事与己无关一样。他依然抄着双手，腰背挺得笔直，甚至比以前还要直了。陶文江以这样的姿势，或坐在煤炉前烧开水，或去田边堤上走动，使自己置身事外。小陶就更没有发言权了。

一次，他在读高尔基的小说《我的大学》，上面说到喀山的妓女。小陶问陶文江："妓女是什么意思？"

陶文江回答说："就是骗男人钱的女人。"

小陶还是不解。这时，陶冯氏在边上插话说："就像有富老婆，骗你爷爷的钱！"

听闻此言，陶文江便抄着双手走了出去。这事儿让小陶浮想联翩了很久。

终于有一天，陶文江爆发了。这天清晨，老陶一家还没有起床。陶文江正摸索衣服，准备起来倒痰盂（他是老陶家起得最早的人）。陶冯氏也醒了，又开始唠叨有富老婆的事。突然，陶文江怒吼起来，连声说道："该死！该死！该死！"一面吼叫，一面抓起衣服没命地抽打仍躺在被子里的陶冯氏。

"不得了啦！要杀人啦！老头子要杀人啦！这个砍千刀的，作孽呵！"陶冯氏叫道。一面叫，一面哭号起来。

在小陶的记忆中，这是陶文江第三次发作（一次是从居委会交代问题回来，一次是因为喂小黑的事）。不同的是，这次他没有砸任何东西，而是动手打人了。在陶文江的一生中，他从来没有打过陶冯氏，没想到老了以后，竟然发生了这样的事情。因此他一面捶打陶冯氏，一面不禁为自己的行为感到羞耻。"该死！该死！该死！……"渐渐地，竟然带上了哭腔。如果说前面的几个"该死"是说陶冯氏，后面的则显然是在骂自己了。这谁都能听得出来。

老陶穿着短裤，直奔陶文江和陶冯氏的房间。他一把拉住陶文江，说道："你看你们闹的！是不是觉得我们家的事情还不够多啊？有什么大不了的事，值得这个样子？"

陶文江顿时就不吭声了，并从此再无声息。陶冯氏仍嘤嘤地哭着，嘟囔着。她将被子蒙在脸上，听上去越发地不清不楚。

自此以后陶文江再也没有打过陶冯氏，也没有发作过。他又恢复了常态，抄着双手，挺着脊背，对陶冯氏的数落听而不闻。陶冯氏一如既往，唠叨不已，甚至比挨打以前更甚。老陶和苏群如今也懒得反驳她，任其唠叨嘟囔，只是不搭理而已。因为，那是毫无作用的。有富老婆仍然每月来两次，帮老陶家洗衣服。她来的时候，陶冯氏便怒目而视，指桑骂槐、含沙射影。日子就这么过着。

# 6

大约半年后，陶文江服下两小瓶敌敌畏自杀了。

这敌敌畏是老陶家稀释后用来杀灭室内蚊虫的，平时由陶文江保管。他把它们藏在床头柜最下层的一个角落里，自己一伸手就能摸到。

这天早上曾经发生了争吵。说争吵也不确切，陶文江一声没吭，只是陶冯氏一个人在嘟囔，也许声音比平时略高。无论是老陶还是苏群，都没有想起来阻止她。因为，他们早就习惯了。

陶文江摸出两支敌敌畏，用附带的小砂轮在瓶颈上轻轻一划，敲开后倒入一只干净的碗里。他倒举着小瓶子，将里面残留的药液沥尽。收拾掉碎玻璃和小砂轮，之后一饮而尽。这以后陶文江反复冲洗了那只用过的碗，并用开水消了毒。自己也刷了牙漱了口，然后来到堂屋里的一把椅子上正襟危坐，等待药力发作。

不用说，陶文江被送往洪泽县医院抢救。措施无非是灌肠。考虑到灌肠之于陶文江的重要性，因此这么做还是很值得的。果然，一瓶肥皂水下去，他的大便就此通畅了。在县医院苍蝇乱飞的厕所里，陶文江第一次（下放以来）拉得那样痛快淋漓。也许是由于对灌肠的留恋，他表现出了很强的求生欲望。看着老陶唉声叹气、苏群泪流满面，陶文江不禁后悔了。后来在观察室里，他再次感到腹中绞痛，于是又进了厕所。陶文江坚决不让老陶跟进去。直到半小时后，老陶觉得情形不对，走进厕所，看见陶文江跌坐在粪沟里，人已经死了。他张着嘴，舌头吐向一边，浑身上下都是粪便。一些粪水甚至流进了嘴巴里。

　　帮着把陶文江抬往县医院的是有富和村上的几个农民。当时有富就建议给陶文江灌大粪。说是一勺粪肥下去，老爹保管会吐，一吐就什么都吐出来了，就没得事了。老陶家人自然不会采用这个偏方，因此有富就嘀咕了一路。现在，当他看见陶文江倒在了粪沟里，说得更来劲了。

　　"你望望，老爹就是要吃屎，一吃就没得事呐！"他说。

　　事后，谈起陶文江的死，苏群总是眼圈红红地说："爸爸总算是临走前痛痛快快地大了一次便。"

　　这是怎么啦？他们总是提到大便，总是把它和陶文江联系在一起。为什么他的故事总是和大便纠缠不休，一直到死？关于这些问题，我和读者朋友们一样，思索至今而不得其解。可怜洁癖一生的陶文江，就这么死在了粪便里。

# 7

老陶和苏群在洪泽又待了两天，等着陶文江的遗体火化。之后，他们把陶文江的骨灰带回了三余。骨灰盒被葬在三余村西的坟地里，老陶亲自挖坑。由于不是棺木，所以坑不必挖得很大，就像是挖一个用来栽树的洞，但很深，直到下面都见着水了。将陶文江的骨灰盒放入洞中，填上土，上面再垒起一个小土丘。坟前既没有石碑，也没有墓志铭，就像坟地里的其他坟堆一样。

三余人大多不识字，所以不需要墓碑，但自己家的祖坟还是认得出来的。陶文江的坟堆老陶家人也能认识，那座没长草的新坟便是陶文江的了。不仅老陶家人认识，村上的人也都认识，绝不会混淆。陶文江的坟上没有长草，从地里挖出来的土也没有干透，上面印着铁锹拍打的锹印。而那些原先就有的旧坟，不仅长了草，而且由于长年风雨侵蚀，已开始向下坍塌，轮廓格外的柔和。远远望去，就像是一个个的浪头一样。站在三余村西的坟地里，老陶家人不禁有了晕浪的感觉。

关于扎根，老陶家人以前认为，就是让小陶在三余娶一个媳妇，生儿育女，繁衍子孙。这样的设想不论如何悲壮，都不免有某种喜庆的色彩。现在想来，那不过是扎根的后半段，是其结果。扎根的前半段就是他们（陶文江、陶冯氏，包括老陶和苏群）要死在这里，化作三余的泥土（村西的坟地里耸立着老陶家的祖坟）。现在，陶文江作为老陶家的一条老根，终于埋下去了。那抽枝发芽、开花结实的事就看小陶了。

因此，陶文江的死使老陶家的人既感空虚，又不免觉得踏实。

陶文江是喝敌敌畏自杀的。在洪泽县医院里，他们很顺利地就开出了死亡证明，没有人深究此事。这是另一件值得庆幸的事。因为，追究起来，不免会有许多麻烦，这不用多说。

三余村上，就有一户人家，弟兄两个分家后仍住在一个园子里。后来因为晒稻草的事（哥哥家的稻草晒到弟弟家这边来了），发生争执，弟弟意外地用草叉把哥哥戳死了。弟弟并没有因此被捕坐牢。问题是这样解决的：大嫂招了个上门女婿，从此内疚的弟弟就将此人当作了哥哥，甚至比亲哥哥还亲。那上门女婿待哥哥的儿子也如自己的亲儿。他还继承了哥哥的名字，叫作有财（弟弟叫有宝）。但此有财非彼有财，老陶家人也是下放三年后才知道其中的奥妙的。日子就这么过着。看来三余这地方的生与死，的确是非同寻常的。

虽说如此，但一想到陶文江是怎么死的，老陶家人还是不免怨恨。现在，他们对陶冯氏的态度更冷漠了。后者只是在陶文江刚去世时沉默了一阵，没过多久，就又开始唠叨了。

陶冯氏不停地自言自语，讲她的红皮鞋、小阳伞（再也不提有富老婆的事）。也不完全是自言自语，有时竟像是在和陶文江说话，有问有答的，不禁让老陶家人感到恐怖。有时候他们听烦了，便粗暴地制止陶冯氏。陶冯氏挤出几滴老泪，用手抹着，说："要是老头子还活着，你们就不敢这么和我说话咯。"

她不说这话则已，一说就更让他们不耐烦了。他们问陶冯氏说："爸爸是怎么死的？"或者："爷爷是怎么死的？"陶冯氏不禁语塞。

这样会安静一阵子。后来，这一招也不灵了。陶冯氏依然唠叨嘟囔不已，抱怨他们不孝顺，说她是怎么一把屎一把尿地把老陶和小陶拉扯大的。一面说，一面伤心地擦眼泪。

每当这时他们就会说："妈，你要是再闹，就带你去派出所！"或者："奶奶，你要是再闹，就带你去派出所！"

陶冯氏眼泪立止，茫然地望着老陶父子或苏群，瞳孔上的白内障灰蒙蒙的，看上去不免可怜。

这是他们的撒手锏，百试不爽。看来，陶冯氏对派出所还是有概念的。她哪里知道在三余，甚至在整个汪集公社都没有什么派出所。家里人只是在吓唬她。

一般来说，老陶和苏群轻易不会提到派出所或公安局，除非万不得已。小陶就不同了。他常常会捉弄陶冯氏，时不时地会问她："爷爷是怎么死的？他的身体那么好，腰都没有驼，本来可以活到一百岁的。"

如果陶冯氏试图反驳，小陶就说："奶奶，昨天我看见公安员了！"

他之所以敢肆无忌惮地恐吓陶冯氏，自然与老陶、苏群的态度有关。他们觉得小陶说得没有错，如果陶文江不是喝下两瓶敌敌畏的话，的确有望活到一百岁。小陶对付陶冯氏，就像对付家里的猫狗一样地有把握和轻而易举。

# 十二 作家

## 1

老陶写了一辈子的小说，只出过一本书，叫《陶培毅作品集》。这本黑色封面左上角上有一个火焰图案的书，甚至老陶本人也没有见过，是老陶死后，由组织上（作家协会）整理出版的。

这本书，约三十来万字。后面的附录部分，收入了老陶亲友的一些回忆和悼念文章，占去了很大篇幅。另有一篇老陶与别人合作的话剧剧本，篇幅也不小。刨去这两项（附录和剧本），剩下的才是老陶独立完成的小说。共十六篇，约二十五万字。

老陶写作的年代，从建国初期开始，直到一九七七年病逝，约二十五年。也就是说，老陶平均每年写一万来字的小说，属于非常少产的作家。老陶不仅少产，而且短寿，因而弥补这一不足是完全不可能的了。

其二，这本书是按年代顺序编辑的。我阅读它时，大有阅读共和国编年史的感觉。如第一篇小说写土地改革，第二篇写互助组，第三篇写农村基层普选，接着是粮食统购统销和农业合作社。之后有两三年的中断，是因为老陶与另外几个写小说的办了个同仁刊物《探索者》。此刊后来被定性为反党刊物。"探索者"们自然也成了反党集团的成员，或被流放回乡，或戴上了右派帽子。比较而言，老陶所受处罚算是轻的，不过留党察看而已。为此他不免惴惴不安，歇几年不写也是正常的。

这次中断只是小中断。大的中断是"文革"以后，也就是老陶率领全家下放三余期间，他差不多有十年没有摸过笔杆子。当然，这只是形象的说法。下放期间，老陶仍笔耕不已，但他到底写了些什么，只有他自己知道了。总之不是小说。即使是小说，写了之后也不曾发表。

这样算起来，老陶写小说的时间不过十年。十年写了二十五万字，平均每年两万字还多。但老陶仍然少产，这是改变不了的了。

直到老陶重新执笔，他一连写了三篇小说。一篇写洪泽湖渔民栽草养鱼的故事，一篇写某科学工作者遭受"四人帮"的迫害，最后一篇写遭迫害的民主人士最终得以平反昭雪。虽然只有三篇，但篇幅几乎是前十三篇之和。可见多年的压抑使老陶的创作热情高涨。眼看着那产量不足的遗憾就要得到弥补，可老陶却得了癌症。

还是回到老陶的这本书。我读它，犹如读共和国的编年史。为政治服务是老陶这代作家的信条，同时也是这一行当（文艺创作）从业人员必须遵守的原则。既是行规式的原则，在特定的领域里就是法律，是法律本身。只有在其规定的范围内工作才谈得上自由。在其之外的乱说乱动、乱写乱画，自然是违法行为了。

这里只有一个选择，要么不从事写作，如果从事，就必须遵纪守法。可怜那些酷爱文学写作的人们，岂能不信奉为政治服务？他们所能做的只是，把来自外部的律令变成、尽量变成自己内心的渴求。一旦这一转变完成，自由，或者自由的感觉便会油然而生了。因此，"为政治服务"这五字要诀，在内或在外并无意义。有意义的、重大意义的只是：它是唯一的。只此一家，别无分店。

读者朋友可能厌烦了，我为何要在这一问题上喋喋不休呢？是在为老陶的写作辩护吗？或者，目的是抹杀老陶的那些同辈沾沾自喜的文学成就？是的，我承认。但倒过来说也一样。我在为老陶的同代人辩护，我不想让老陶沾沾自喜。作为一个死人，他就更没有这样的权利了。

## 2

还是让我回到老陶的书。通读之下，我发现老陶是一个农村题材的作家，只写农村（那篇科学工作者遭迫害的小说是唯一的例外）。还有老陶的语言特点，即所谓的"群众语言"，也是极为鲜明的。

在他的小说中充满了乡间俚语、俗语、歇后语以及民间谚语。比如，"茶壶里煮饺子——肚里有货倒不出来""狗咬烫芋头，甩不掉，舍不得""人冷披袄，鱼冷钻草"等等（我是随意摘录的）。不仅他笔下的人物这么说话，作为作者的老陶也这么说话。

考虑到老陶出身于城市，这么做，显然是费了一番工夫的。这便是所谓的"深入生活"。

深入生活作为流行一时的创作前提，虽不具有为政治服务那样的法规意义，但却是老陶和他的同代人追求的目标。中国是一个农业大国，百分之九十以上都是农业人口。因而一提到深入生活就意味着深入农村，也就不难理解了。

那些出身于乡村的作家自然得天独厚，因而在深入生活的过程中反倒不那么积极。因为他们已经先于"深入"而在"生活"中了。他们更大的热情在于为政治服务。那些出身于城市的作家则情况不同。虽然，他们活着，但没有生活。他们的生活不能算是生活，或者说，那是不算数的。

于是乎，这些人纷纷来到农村，与贫下中农们摸爬滚打在一起，一面在小本子上记个不停。深入生活的结果，就是写出了那些"散发着浓郁的乡土气息的作品"。这些作品，就是那些出身于农村的作家看了也会自愧弗如，也会脸红的。老陶便是他们中的佼佼者。

老陶之所以少产，与他自觉深入生活得不够有关。他的一生，都在积极地深入生活。青年时代，投身于轰轰烈烈的土改运动，并交了不少农民朋友。回城后，仍然你来我往。老陶到郊区农村去，一住就是几个月，甚至半年一年。"文革"开始后，老陶去了五七干校。虽然是被迫的，但毕竟是来到农村务农。再后来，他率领全家下放三余，具体情形在这里就不多说了。尽管如此，老陶至死都觉得生活深入得不够，在这方面有强烈的自卑感。这是没有办法的事。

如果说老陶的少产，与这方面的认识有关，那么他的手勤，就更说明问题了。老陶总是写个不停，在生活的同时做了大量的笔记。他虽然最终也没能著作等身，但那些笔记本，如果叠摞起来，肯定会超过老陶的身高。只是，老陶做笔记的本子有的是布面的，有的是纸面的，有的套着塑料皮，规格大小都十分地不统一，将它们叠放起来不是一件容易的事。好在老陶已经把自己放平了，笔记本经过简单的排列，与他的身长做个比较还是可行的。

这些笔记，还只是笔记中的一部分，仅仅包括下放三余后做的那些。老陶以前的笔记，通通在"文革"抄家时被没收了。那些笔记本如果集中起来，也相当于老陶的一两个身高。因此说，老陶不仅是笔记等身，而且是等两个身、三个身。

我仿佛看见，在田边地头、煤油灯下，老陶总是不停地写着。但他到底在写些什么呢？翻开老陶遗留的笔记本，我发现，无非是些乡间俚语、俗语、歇后语和民间谚语，以及三余一队的农业大事、田亩和人口状况。此外，老陶的笔记中还有一些会议记录、上级传达的文件精神及其概要。当然最多的还是乡间俚语、俗语、歇后语和民间谚语。老陶不厌其烦地整理编目。比如，以拼音 A 开头的歇后语和谚语，以拼音 B 开头的谚语和歇后语，等等。也就是将平时记录的零星材料加以归纳编辑，把一个笔记本中的内容抄到另一个笔记本上。考虑到老陶的职业和所处地位（城市出身的农村题材作家），他这么做完全可以理解。可有一点，却让我十分地迷惑。

在老陶的所有笔记中，没有丝毫的个人感受，既无情绪宣泄，也无冷静的思考。总之，没有一点一滴的"主观"色彩。老陶一家在三余的生活竟也没有一点踪迹。因此，翻看这些笔记，对我目前写作的这本《扎根》是没有什么帮助的。但也有一个好处，就是我可以在老陶空缺的地方任意驰骋。如果老陶在他的笔记中记录了个人的信息和他一家的生活，我写《扎根》就纯属多余。老陶从没打算以那些材料写出一本鸿篇巨制。如果他那样做了（积累素材），我的小说也仅仅是剽窃而已。在我的理解中，剽窃素材是比剽窃原著更可耻的事。因为剽窃素材就是剽窃别人的生活本身。

总之，我得了个便宜。老陶若地下有知，对我的做法肯定是不屑一顾的。在他看来是重要的东西，我认为一钱不值。反过来也一样，我所以为的珍宝他也觉得完全无用。这也许就是两代写书人的不同吧？

老陶的一生都在深入生活，到死都觉得深入得不够。他哪里知道，他的生活和遭遇在我看来就已经是一本寓意深刻的好书了。所以说，我们并不存在矛盾。就算老陶现在仍然活着，也是一样的。


# 3


老陶重新执笔后，写了一篇渔民栽草养鱼的小说。这是他在水上公社生活数月的成果。这篇小说两万字不到，但草稿加上笔记竟然有二十万字之多。按照惯例，老陶每完成一篇小说，便会将草稿销毁。但这一次，他没有这么做。老陶心血来潮，在二十万字的草稿之上另加了一页，作为封面。上面用毛笔写下如下两行字：

留给那些倚马千言的"才子"们参考，
文学创作是一项多么艰苦的劳动！

这"倚马千言的才子"，自然是指小陶了。此时，他正在洪泽县中学读初中二年级，作文在学校里写得颇有些名气。小陶不免有些飘飘然起来。

有一篇作文的题目叫"记一件难忘的事"，小陶写了这样一个故事。

夏忙季节，生产队的一头水牛拉着石磙在晒场上轧麦子，中途休息时忘了卸下石磙。水牛卧在晒场上，突然站起来，向河边走去。它大概想去水里凉快凉快。水牛的前腿已经走进了河里，眼看身后的石磙就要从岸上落下。如果砸在水牛后腿上，后果不堪设想（水牛受伤后势必要耽误队上的生产）。说时迟，那时快，余队长一个箭步冲上去，用一只脚挡住了石磙。牛腿没有受伤，余队长的腿却被砸坏了。

我们知道，余队长确有其人。大热天，水牛去河沟里的树荫下泡着也是天经地义的事。还有它拖着石磙轧麦子也是常见的劳动景象。但把这些事儿凑到一块儿，却是小陶的独创。

这篇作文被当作范文，被老师在班上当众朗读。事后，小陶把作文本带回三余，交给老陶看了。后者批评了小陶的胡编乱造，同时也发现了儿子讲故事的才华。

对于这件事，老陶的感受是比较复杂的。最终还是忍不住，用一支红笔在小陶的作文本上批改起来。老陶的批语写得密密麻麻的，占据了作文本上几乎所有的空白。他的字又很小（做笔记养成的习惯），因而那些批语加起来比小陶的作文本身字还要多。这以后，小陶的作文老陶每篇必批。在这些批语里，老陶首先是挑小陶的毛病，意在打击他的骄傲自满和浮夸的习惯，当然，也包含了某种期望。

现在，老陶除了一如既往地记着他的那些笔记，还多了一件事，就是批改小陶的作文。他甚至也要求小陶做笔记。这些笔记，一如小陶的作文，老陶都要过目、批改。批改的字数自然也多于小陶做的笔记。夏天的时候，老陶赤膊搭一块毛巾，冬天则手捧一杯热茶，用以暖手。他不停地写着记着，工作量空前增大。然而这一时期，老陶却没有一篇小说问世。

这时，下放干部的子女都在练就一技之长。有的在画素描，有的学拉二胡，有的拆装自行车和半导体不止。也有的在练毛笔字。对孩子将来能回南京，家长们已不抱指望。但在洪泽县城里就业，也许还是可能的。洪泽不行，那就去汪集镇上，好歹也是城镇户口，总比在下面的生产队里务农要强啊。一时间，大家都瞄准了洪泽县城（和汪集相比，自然是首选）。那里有文化馆、淮剧团、机械厂以及车轮滚滚（自行车轮）的大街。那练二胡的可以去淮剧团，画素描的可以进文化馆，捣鼓半导体和自行车的没准能进机械厂，实在不行也可以在尘土飞扬的马路边上摆一个修自行车的摊子。

但练习这些技艺，须有一个条件，就是，家长以前是干这行的，或者多少能沾点边。这样才能有效地指导自己的子女，把他们培养成有用的人才。并且由于自己与这一行当的关系，多少能有一些熟人，到时候兴许能走个后门什么的。有这两项条件（技术和熟人关系）的保证，家长们不禁信心倍增。

再说老陶，除了写作，便一无所长了。在风气的影响下，他不免有些想入非非。加上小陶的作文在学校里连获好评，老陶陷入了痛苦的沉思。也许，小陶也能子承父业，靠写作吃饭。那样的话就不必在三余扎根，娶亲生子、终身务农了。但老陶深知，写作这一行当非比寻常。弄不好的话，饭吃不成，还会家破人亡。风险的确太大了。是让小陶做一个本分的农民，度过安贫乐道的一生，还是培养他当一个声名远播的作家，但有可能身遭不测？老陶一时举棋不定。

他不禁想起那个拎着剃头箱子，站在他们家门前的剃头匠的儿子，也算是子承父业。老陶恨不得自己也是一个剃头匠，那样的话就无须多想了。他还想起帮队上购买手扶拖拉机的计划，如果能如愿以偿，小陶就可以当一名拖拉机手了。可惜老陶被开除了党籍，再不能过问生产队的事。还有小陶学医，跟着苏群在一块猪肉皮上练习针刺。要知道苏群也是半路出家，何况三余大队的赤脚医生现在已经有人。还有当兵、进汪集农具厂、去三余小学教书，等等等等。一时间，关于小陶前途的种种设想纷至沓来，不禁让老陶思绪万千。最后他得出结论：自己能帮上忙的，用得上力的，也只有写文章了。

难道写作不是一件高尚的事情吗？此时此地，老陶的思虑未免低俗。但我却以为，这是他关于写作的思考最为真实的一次。

在老陶的时代里，只有降至生存和吃饭的水平，文学才是切实可行的。在此之外，并无任何自由的余地。剩下的，只是在"行规"之内技艺的磨炼及其比较，也就是乡间俚语、俗语、歇后语和民间谚语的相互较量。我觉得，实在不用为小陶的未来担忧或感到悲哀。真正悲哀的是老陶自己。

<br>

# 4

老陶一面批改小陶的作文，一面，对其他的下放干部说："将来，我是不会让陶陶写东西的。"

后来，小陶正式开始写一篇小说，老陶忍不住提出了一大堆修改意见。但在外人面前，老陶仍不肯松口。他说："我们家的陶陶将来绝对不会去写作，走我这条路。"

直到这篇题为《小莲放鸭记》的小说在《新华日报》副刊上发表了，下放干部们前往老陶家道喜，说："子承父业，可喜可贺，小陶这孩子前途无量！"

老陶就像第一次听说这件事。他拿起他们带来的那张《新华日报》，略略扫了一眼，就扔在一边了。老陶说："是孩子瞎闹，写东西顶多算是他的一个业余爱好。我是绝对不会让他走这条路的！"

下放干部们本以为，小陶的小说之所以能够发表，是靠了老陶的关系。但看情形又不像，于是便觉得小陶这孩子是一个神童了。

自然，小陶的小说能够发表，是老陶走了后门。他的一个老朋友，在《新华日报》担任副总编。不仅如此，《小莲放鸭记》的每一个细节几乎都经过了父子俩的讨论。那段时间里，老陶家经常发生激烈的争论。父子俩争得脸红脖子粗的，各不相让，看得苏群捏着一把汗。当然，老陶是写作方面的权威，他的意见最后总是占了上风。写成的稿子，老陶一一批改，字里行间写满了评语和修改方案。然后，让小陶拿回去重写。如此反复再三，小陶不胜其烦，最后都想放弃了。愤怒的老陶几乎要拳脚相加。

《小莲放鸭记》一共写了七稿，最后终于通过了（在老陶那里）。誊清以后小陶带到洪泽县城的邮局里邮寄。在稿件里老陶附了一封给副总编的亲笔信。于是六一儿童节这天，《小莲放鸭记》终于见报了。

这篇小说，写的是一个叫小莲的小姑娘与富裕中农做斗争的故事。

暑假期间，小莲回到生产队，帮助一个富裕中农放鸭子。那富裕中农每天起得很早，天不亮就把队上的鸭子赶到了河里。小莲原以为富裕中农吃苦耐劳，劳动积极，自己不免有些惭愧。渐渐地，她发现有些不对劲。鸭子一般是天亮时分，将蛋下在鸭圈里，过早地把它们赶出来，蛋就来不及下了，只好下在河里。于是富裕中农下河摸鸭蛋，又是蹚水，又是扎猛子的，把衣服弄得精湿。开始的时候小莲很是纳闷。后来，她起了个大早，比富裕中农还要早，躲在河边的树丛后面偷偷观察，终于发现了富裕中农的秘密。小莲与富裕中农损害集体的行为展开了斗争。在社员群众的帮助下，她终于揭露了富裕中农。后者不仅退回了所有的鸭蛋，还做了检讨。小莲也因此受到了队上的表扬。

不难看出，这篇小说取材于九月子放鸭子的事。不同的是，九月子放鸭子是一个人放，而在《小莲放鸭记》中是两个人放。九月子放的鸭子属于村上的各家各户，乃私人所有。小莲放的鸭子则是生产队的，属集体财产（包括鸭蛋）。九月子从河里摸鸭蛋送到老陶家换钱，富裕中农摸了鸭蛋便偷偷地拿到集上去卖。

老陶不止一次地提到过九月子这个生活中的原型。下放干部们几乎是异口同声地说："源于生活，高于生活嘛！"

这一创作原则但凡受过教育的人几乎无人不知，哪怕他们根本不写小说，哪怕他们的专业只是画画、拉琴、机械制造或者在机关里当干部（下放以前）。

深入生活还不够，还得源于生活，高于生活。而源于生活、高于生活的目的和标准自然是为政治服务了。这下可好，整个体系便可以首尾相接、圆满无隙了。一条狗，终于咬着了自己的尾巴。

一九七六年，老陶一家终于离开了三余，进了城。当然，不是回南京，而是进了洪泽县城。老陶去洪泽县文化馆工作。苏群去了洪泽县商业局。老陶家搬进了县食品公司（商业局下属单位）的院子里。

下来时，老陶家是五口人，如今进城，只余四口。陶文江被埋在三余村西的坟地里。关于是否将他的骨灰盒起出来带走，老陶家人经过一番讨论。最后决定，还是不带。小陶中学毕业后，没准还得来三余扎根。即使他发表了《小莲放鸭记》，有望成为一个作家，那也得深入生活。甚至比以前更需要了。按老陶的话说，就是要为小陶保留一块生活基地。我认为，说坟地恐怕更确切一些。总之，陶文江（准确地说是他的骨灰盒）没有跟回去。他的坟头已经长出了令人欣慰的寸把长的青草。

老陶家人临走以前，开始疏远小黑。没有了陶文江的保护，这事儿很容易做到。他们特地请九月子过来，培养与小黑之间的感情。老陶家人准备把小黑托付给九月子，唯一的要求是不要剥皮吃肉，让它老死三余。

那些从南京带下乡的家具，又被绑上了草帘子、箍上草绳，由队上的人抬到小墩口，从那儿抬上卡车，一路向洪泽县城而去。此次搬迁路途较短，半个多小时就到了。老陶家人是乘坐班车前往洪泽的，一路上也没有什么新鲜的事。

后来，九月子将小黑带来过食品公司一次，给老陶家人看看。小黑摇头摆尾，但从眼神看，已经不认识老陶家人了。它的这副巴结相，不过是出于陌生环境中的自我保护的本能。老陶家人喂了它一堆肉骨头，在它的癞疮上撒了一包消炎粉。然后，小黑便跟着挎着篮子的九月子一瘸一拐地回去了。那篮子里装着老陶家人送给九月子的一些药品和旧衣服，以报答他喂养小黑的劳苦。

继《小莲放鸭记》之后，小陶又发表一篇小说。写的是一户下放干部离开了生产队回城，乡亲们如何的哭天抹泪、难舍难分。他们家养的一条黑狗，如何的尾随汽车，在公路上奔跑。小陶写道："那狗像黑色的箭头一样射出去，一直跑到了我的稿纸上……"

我保证，这事儿绝对没有，乃是小陶的虚构。这恐怕也是"源于生活，高于生活"的创作原则的体现吧？

# 5

　　小陶发表《小莲放鸭记》之前，老陶亦发表了他的那篇渔民栽草养鱼的小说。这篇小说，与《小莲放鸭记》相比，尽管情境人物各异，但我怎么觉得结构十分雷同？一个赤胆忠诚的贫下中渔，坚信"人冷披袄，鱼冷钻草"，坚持为集体栽草，以获鱼。一个又刁又滑私心很重的富裕中渔从中作梗。最后，在支部书记和社员群众的支持下，栽草终于成功。富裕中渔惨遭失败，同时也从中获得了教育，并得以转变。我试着写出如下等式：

　　《小莲放鸭记》中的小莲 = 老陶小说中的贫下中渔。

　　《小莲放鸭记》中的富裕中农 = 老陶小说中的富裕中渔。

　　《小莲放鸭记》中的社员群众 = 老陶小说中的社员群众。

　　小说围绕某一特定事件（在《小莲放鸭记》中是鸭子生蛋，在老陶的小说中是栽草获鱼）展开。最后的结局都是"正面人物"（在《小莲放鸭记》中是小莲，在老陶的小说中是贫下中渔）获胜，而"中间人物"（在《小莲放鸭记》中是富裕中农，在老陶的小说中是富裕中渔）必败，但一概深受教育，并得以转变。

　　当然，如果是"反面人物"，则不会出现以上的情况。他们是不可能得以转变的。他们的逻辑是："捣乱——失败，再捣乱——再失败，直至灭亡"。那么，什么样的人物才是反面人物呢？自然是天生的，像地主、富农或者渔霸，由成分所决定。而中间人物则一定是富裕中农或者富裕中渔，也由成分所决定。这些人，没有私心是不可能的。经过事实的教育和社员群众以及党员干部的帮助，不转变也是不可能的。当然这中间会有曲折、波澜，这正是小说情节得以展开的天地。

老陶的这篇小说，是他在水上公社生活数月，广泛搜集素材的成果。两万来字的小说，笔记加上草稿写了二十万字。他将草稿留下，送给"倚马千言的才子"小陶。因为，作文屡屡获得表扬使后者不免有些轻狂。除此原因外，我也不能排除老陶很看中这篇小说。这毕竟是他辍笔十年后第一次发表小说啊。且不论小陶的轻狂或老陶的沾沾自喜，通读《陶培毅作品集》后，不知为什么，我总是为这篇小说感到难过。老陶的沾沾自喜就更加剧了这种难言的心情。

老陶的这篇小说，与《小莲放鸭记》明显地雷同，与这一时期的其他小说也颇为相似（小陶的语文课本中，就有两篇与自私自利的中农做斗争的故事），唯一不像的是老陶自己的小说。

我说过，读老陶的小说犹如读共和国的编年史。老陶写"土改"，写互助组，写农村基层普选，写粮食统购统销，写合作社。尽管如此，老陶的小说还是尽量地别出心裁，并也能做到面貌各异。为政治服务和深入生活的创作原则老陶须臾不忘，但毕竟没有简化到公式的地步。从原则到公式是老陶的堕落吗？抑或是时代的作家们的必由之路？

当然，二者是有稍许不同的。原则即是指在规定的区域内活动，不得越雷池一步。而公式，直接导出结果，并且是确定无疑的结果。当原则规定的区域进一步缩减，乃至彻底取消活动的余地，公式便是唯一可行的了。所以说，它们又是一回事，至少存在着严格的逻辑关系。相反的例子也有。

在那本《陶培毅作品集》中有一篇小说（我不想提它的名字，就像我不提老陶其他小说的名字一样），是那样地与众不同。我猜想，老陶写它时一定喝醉了，醉得忘乎所以，将原则抛在了一边。

那篇小说里，有"政治"，但没有"服务"，有"生活"，但不"深入"，"源于生活"，但绝不"高于生活"。请原谅我用这些并非形容词的词来形容这篇小说，而不涉及它的内容。

老陶一定是喝醉了，或者他真的喝了酒，或者被自己所写的故事所陶醉。总之，我感到了其中的醉意，感到了老陶写作时的快乐。我甚至听见了老陶那"嘎嘎嘎嘎"不甚优雅的笑声。

这篇小说和那篇写栽草养鱼的小说一样，在老陶的作品中是一个例外。它从未给老陶赢得任何声誉，分析老陶作品的评论家们也从没有提及。即使是在编入《陶培毅作品集》的时候，似乎也很羞涩，是被作为一篇"人物素描"而悄悄地插入其间的。正是这篇混进来充数的东西，又让我开始难过了。

我为那篇栽草养鱼的故事感到难过，是因为老陶终于意识到他那个行当的现实。他清醒过来，不再为自己青年时代的抱负烦忧。老陶将写作定义为生存和吃饭，这就对了。所以，我在难过之余也为老陶感到高兴。从此他便可以一心一意，不会再吃苦遭罪了。

我为老陶那篇发出"嘎嘎嘎"笑声的小说感到难过，是因为他生不逢时、英雄末路以及诸如此类的感慨。我在难过之余只是难过，并无任何高兴之意。

老陶的其他小说皆在这两篇小说之间的区域展开，即公式和忘乎所以之间。从中我既可以看见来自原则的重压或支撑，也能瞥见些许轻盈飞翔的东西。在字里行间，某一段落、某一句式。他那特有的"嘎嘎嘎"的笑声被抑制为"嘎"，便戛然而止了。

老陶重获写作的权利后，发表的第二篇小说（科学工作者遭"四人帮"迫害）中完全没有笑声，有的只是愤怒。第三篇小说（受迫害的民主人士得以平反昭雪）中，老陶又开始笑了，"嘎嘎嘎"，但不是"嘎嘎嘎嘎嘎嘎嘎……"，级别是三个"嘎"。老陶总算笑了三笑。正当我期待老陶忘情地笑下去的时候（在下一篇小说中），他却沉默了。因为，死人是不会发笑的，也不会愤怒，更不会写小说。


# 6


老陶经常去水上公社深入生活，一去就是一两个月。回来的时候，只待一两天。稍事休息，拿上一些换洗衣服又走。

老陶家不是已经进城了吗？老陶怎么还要往下面的公社跑？这说明了老陶的职业特点（作家）。如今，他可不是去扎根的。再说，浩淼起伏的洪泽湖面上也扎不了根，最多能种点捕鱼的水草。老陶就此泛舟湖上，四处漂泊，洪泽湖水面上于是响起了那"嘎嘎嘎"的笑声，呼应着野鸭子的鸣叫。

老陶家仍保留着夏天在屋外吃饭的习惯。饭桌仍然是那张旧竹床。一家人绕桌（竹床）而坐，由于高瘦笔直的陶文江缺席，看上去更加地和谐了（竹床很矮，吃饭时需要坐在比竹床还高的椅子上）。身后，自然已不再是那栋泥墙瓦顶的房子，而是真正的青砖大瓦房。房子也并非老陶家私有，而是食品公司的宿舍。老陶家住在其中靠西的两间房子里。所以吃饭的时候，分属各家的小桌子会在门前一字排开，有三四张之多。每家人每天吃些什么，彼此看得清清楚楚。

老陶家的饭菜一如在三余时那么丰富。自然，蔬菜变少了，或者不那么新鲜了（不比从自家园子里拔的）。但肉类却异常丰盛，尤其是猪肉。家住食品公司，岂能食无肉？不同的是，老陶家的饭桌上常有野味。什么野鸭子、獐鸡子，甚至还有大雁，都是老陶从湖上带回来的。他每次回家，总是提着一只麻袋，口朝下一抖，一些水禽怪鸟的尸体便落在了地上。于是苏群烧开水（陶文江的这项工作由她继承了），之后，小陶开始择毛。老陶不断地提醒小陶，注意清洗野味体内的铁砂。这些野味并非是小陶亲手宰杀的，乃是被铁砂击中毙命，因此来不及放血。煮出来的野鸭汤就像洪泽湖水一样的浑浊，但味道还算鲜美。

绕着竹床，喝着野鸭汤，老陶开始讲述湖区的生活、水上公社的见闻。

渔民们站在齐腰深的水里，将小船悄悄地推出芦苇荡。船头架着霰弹枪，俗称喷砂枪。那喷砂枪可不是拿在手上的那种，既大又沉，犹如一门小炮，其威力也和一门炮差不多。一枪（炮）下去，射杀野鸭子无数。往往是好几条船，从不同的方向齐射。如此一来，一群野鸭子就都在劫难逃了。

老陶还说到海东青，一种湖上特有的猛禽，个头虽然不大，连老鹰都怕它。海东青的颜色自然是青色的，煞是悦目好看。老陶说："我们的陶陶要学习海东青！"

于是继岳飞、方志敏、侯叔叔之后，小陶又有了一个榜样。不过这回不是人，而是一种鸟，小陶也从未见过，学习起来就更不好办了。

老陶对小陶说："嘎嘎叫的是公鸭，嘎嘎叫的是母鸭。猪游——猪游——，是'猪游子'叫。'黄脚三'就像不会拉二胡的拉明子，最不好听了。"

说起湖上的景色，老陶更是眉飞色舞。他告诉小陶，冬夏两季是不同的。秋风一过，湖水就如竹叶般的青绿，细浪密波，洪泽湖的脾气也变得温柔可爱。且蟹黄藕白，芦苇飞缨。沿岸的滩涂上，条柳落叶了，芦苇放花了，芦苇棵里没准能捡到一窝花白青幽的野鸭蛋。夏天则完全不同。黄水拍击着两岸，芦苇和条柳被围在湖水中央，只露出一点点的梢头。风高浪急，小汽艇和拖帮船队都得靠岸行驶。

说着老陶转向苏群，对她说："你不知道，住在小船上，清晨黄昏，湖上的景色有多美，你是根本想象不出来的。有一天，我睡在舱里，清晨醒来向外一看，夜雾还弥漫在草滩上，像梦一般地轻柔。远远传来了欸乃声，接着出现了一只船头，是渔民下湖去拿簖。船头轻轻地滑过，几乎是无声地驶入梦境。后来鸟雀醒来了，在芦苇里叽叽喳喳地叫起来。"

这样的描写，从未在老陶的小说里出现过，在他的那些笔记中更是无迹可寻。如果我不在此记录下来，就将永远地不为人知。

是啊，老陶一趟趟地往湖上跑，就是为了写他的那些小说吗？就是为了写栽草养鱼以及和富裕中渔斗争的故事吗？倘若这样，那真是没有必要。也许，深入生活不过是一个借口。他一趟趟地往湖上跑，吃住在小渔船上，就是为了追寻这难得一见的良辰美景。这一问题，恐怕连老陶本人也回答不了。

由于老陶声色俱佳的描绘，苏群和小陶对湖上的生活很是向往。老陶许愿，一定要把他们带到湖上去，体验一番。但因为苏群上班，小陶上学，始终也没有合适的机会。况且，就算他们有了时间，家里也不能脱人啊。搬来洪泽以后，陶冯氏衰老得更快了，生活已基本上不能自理。她整天靠在床上，嘟囔着那些陈年往事。

"唉，要是爸爸活着就好了。"老陶说。他的意思当然不是率领全家去湖上，居住在小渔船上，那不就又成下放了？老陶的意思，是说如果陶文江健在，就可以照顾陶冯氏。那样的话，苏群和小陶就可以跟他一起去湖上住上一阵。他要让他们见识一些从没有见识过的东西。可惜，这一愿望最终也没有实现。

# 7

老陶越来越频繁地回到食品公司。倒不是他觉得水上公社的生活已经深入够了，或者湖上的美景看厌了，而是因为生病。老陶的气管炎越来越经常地发作，湖区缺医少药，只好回县城治疗。

现在，老陶回来时，再也不提着麻袋。一个人摇摇晃晃地步入家门，脸色苍白得让人害怕。归来时的欢声笑语已不复存在，代之以骚扰四邻的通夜猛咳。听见这咳嗽声，邻居们就知道老陶回来了。

归来期间，老陶卧病床上，很少下地。床前，竖立着一根悬挂盐水瓶的吊杆。一般几十万单位的青霉素挂下去，老陶的面色就会好转，哮喘声也逐渐减弱了。他仍然不下地，在床上静养一两天后就又动身去了湖上。

开始的时候，老陶还能一个人回家。后来，就不行了，必须有人搀扶着。先是一个人，后来是两个人，一边一个地架着老陶。老陶几乎是脚不沾地地被人担了回来。最后，担架进了门。抬他的人仍然是两个，没有增加。他们从县城的码头上岸，一路小跑地直奔老陶家。居然能够跑得起来，因为现在的老陶实在是太轻了。同时也说明情况危急，他们担心老陶没准会死在半路上。

老陶被他的渔民朋友抬进家门。说来也怪，看上去奄奄一息的他，几瓶盐水挂下去，立马药到病除，活转过来，精神甚至比去湖上以前还要好。当然，现在的用药量已不比当初。以前几十万单位的青霉素达到的效果，现在需要上百万单位。有时盐水瓶里还注射了链霉素。青链霉素混合使用，双管齐下，老陶的病岂有不好之理？

医疗方案是县医院的医生制订的，苏群只是执行而已，老陶被获准在家里挂水。当青霉素增加到八百万单位时，苏群不禁有些害怕了。县医院的医生说："不碍事的，出了意外我负责。青霉素是很难得的药，一般人想用还没有呢！"

医治的结果证明医生的话是正确的。看着看着，老陶的脸色就红润起来了。他自然站在医生一边。按老陶的话说，八百万单位的青霉素挂下去，就像夏天喝凉水那么地舒坦。他恨不得再多挂一些。医生说："下次吧，下次还有机会。"

至于这青霉素的难得，老陶家人还是略知一二的。当年他们家下放三余，村上的人对青霉素就很迷信。当然，他们需要它不是为了人（人舍不得），而是为了猪。据说一针下去猪马上活蹦乱跳，说是能起死回生也不为过。老陶当真命贱，就像三余的猪一样，几百万单位的青霉素下去马上就活了过来。当初，老陶家人还嘲笑三余人愚昧呢，现在他们对青霉素的崇拜比起三余人来有过之而无不及。那可是老陶的性命所系啊。

这期间老陶瘦得很厉害，体重大约只有九十来斤。脸上还不大看得出来。老陶的脸一贯消瘦，颧骨高耸，嘴巴前突，鼻梁上有一个突出的骨节。他光突的额头也很富于骨感。总之，老陶的脸给人以骨骼嶙峋的印象。

老陶的头发一向很黑，向后梳起。两道浓眉，眉心有一道长年不解的皱纹。他的这副尊容，家里人见惯了，因此也不以为意。突然有一天，他们发现老陶光洁的两腮深陷下去，眼窝发黑，远远看去就像一个骷髅，不禁吓了一跳。老陶家的人不由得想起了侯继民。不同的是，侯继民的脸色苍白，而老陶面皮青黄。

老陶个子不高，但以前身体很结实。在三余的时候，夏天他每天都要游泳。老陶赤着膊，肩膀上搭一块毛巾，能清楚地看见胸前的两块饱满的胸大肌。小陶一路跟在后面，看见老陶的小腿肚子随着行走的节奏一鼓一鼓的，很是羡慕。老陶的体重，那时大约有一百四十斤。考虑到老陶的身高（一米六七），可谓是五短身材。这样的身板儿特别适合干农活。

现在，老陶的腰也弯了，背也驼了，这大概和他成天咳嗽有关。老陶手捧一只硕大的玻璃瓶子，里面盛了半瓶清水，清水上浮着寸把厚的浓痰。他猛咳一阵之后，就会把玻璃瓶盖拧开，咯痰，然后再把瓶盖子旋上。这只用于吐痰的玻璃瓶后来成了老陶的必备之物，就像以前的保温杯一样，老陶总是把它捧在手上，去湖上时也带着。

现在的老陶，佝偻着腰，手捧一只巨大的玻璃瓶（与他瘦小的身材相比），整天咳个不停。即使是五月天里，他仍然穿着一件丝棉袄。别人早就换上毛衣或者单衣了。在棉袄的掩护下，老陶家人一时还无法瞥见里面可怕的现实。夏天又来的时候，老陶终于脱下棉袄，当真把他们吓了一跳。如今，他再也不会搭着毛巾去水渠里游泳了。即使是在辽阔无际的洪泽湖上，老陶也从来没有下去游过。

变化虽然剧烈，但有一个过程。由于朝夕相处，老陶家人的感觉未免迟钝。两三年的工夫，老陶就由一个壮实的中年人变成了一个驼背病弱的老汉了，不能不说太快了一点。但老陶家人却以为此事正常，没有感觉到很大的意外。只是由于老陶长期待在湖上，偶尔回来一次，相隔的时间长了，他们才觉出了某些变化。因此，当奄奄一息的老陶被抬进家门的时候，他们总是很震惊。一两天以后，也就适应了。那时，在青霉素的帮助下，老陶已经转危为安。所以他们始终认为，老陶不过是病了，气管炎发作，导致哮喘。有病治病，这很正常。后来老陶被诊断为肺气肿，那也是气管炎顺理成章的发展，没有什么值得大惊小怪的。

我的意思不是说老陶家人对老陶的病不重视。恰恰相反，他们过于重视了，以至于忽略了老陶的身体变化和衰老。他们的注意力完全被老陶的咳嗽以及对症下药所吸引，而对他的急遽消瘦（体重减轻了五十斤）没有深究。

他们总认为湖上的生活艰苦，风高浪急，老陶受了风寒。随着老陶病情的加剧，苏群和小陶对湖上生活的向往之情已经减退，甚至，有了某种程度的恐惧。因为，每次老陶总是身轻体健地出门，然后，奄奄一息地回来。他们不得不把老陶生病和湖上的生活联系起来加以考虑。但如果劝说老陶不去湖上，则几乎是不可能的。老陶之所以愿意回来疗养，其目的就是为了返回湖上，然后，再把自己折腾得只剩一口气。这件事，的确令人费解。

那湖上到底有什么呢？除了野鸭、獐鸡、清晨的日出，不就是破旧的小渔船和一望无际渺无人迹的水面吗？


# 8


老陶虽然弯腰驼背、两腮下陷，但一直到死，身上都不见老人斑之类的东西。脸上也没有眼袋。他的头上没有一根白发，略微拔顶，但绝不秃。牙齿也很坚固，只是由于不断抽烟，被熏得很黑。老陶一笑，便露出一副龇牙咧嘴的模样。身上自然是瘦得只剩下一把骨头了。但即使是在老陶最滋润的岁月，他也绝无啤酒肚子、槽头肉或者其他之类的赘肉。因此老陶是病了，而非衰老。这年他不过四十六岁，走在洪泽县城的大街上，人们尊敬地称呼他为"老爹"。切莫怪这些人眼大无光，从死亡这头看，病和老实在是一回事情。难道不是这样吗？

假如老陶的病被治好，并活到了今天，牙齿落尽（想必装上了一口洁白整齐的假牙），眉须皆白，满面红光，在那婴儿般粉红的肤色之上点缀着几粒幸福的老人斑，老脸上垂下两只松弛而慈祥的眼袋，并腆着一个极具权威的大肚子，这副形象之于老陶是完全不可想象的。老陶坚持着他的瘦骨嶙峋，就像坚持不断"深入生活"一样，一直到死。这又是何苦呢？

八十斤是一个极限，瘦到这个程度老陶便不再瘦了。他的咳喘也减轻了很多。老陶家人认为，这是青霉素起了作用。

这时，苏群已开始限制老陶去湖上。为此两个人经常发生争吵。考虑到他们一起生活了多年，几乎从没有红过脸，这是很不寻常的。

每次苏群都挡在门口，不让老陶出门。凭老陶现在的体力，已无法将她推开了，何况还有小陶的帮助（他坚定地站在苏群一边）。老陶大喊大叫，同时伴随着阵阵猛烈的咳嗽。他说："你们无权把我软禁起来！"又说："如果我去了湖上，就再也不回来了！"

听他这么说，苏群就越发地不敢放老陶出门了。

老陶咳得惊天动地。为咯出一块积痰，脸憋成了猪肝色，差一点没背过气去。这时苏群已无须拦着老陶了，他就是想走也没有了力气。事后，老陶喘息稍定（不像刚才那么猛咳了），他又会向苏群道歉，说预感自己的时间不会太多了，要写的几个东西还没有写出来，心里不免焦急。苏群听后不禁垂泪。

碰见老陶文化馆的同事，或是和老陶家相熟的下放干部（他们多半已调来洪泽县城），问起老陶的情况，苏群总是说："你们去劝劝他吧！老陶变了。"她指的显然不是老陶的身体，而是他的性情。的确，现在的老陶已经性情大变。

他骂苏群，因为她阻止他去湖上。骂小陶，因为他"倚马千言"。骂文化馆的领导，因为他们不学无术。骂医生，因为他不肯加大青霉素的用量。骂"四人帮"，因为他们迫害总理和小平。有关的小道消息已经传遍整个县城，但在公开场合，人们不免三缄其口。老陶不管这一套，指名道姓地骂不绝口。因为这件事，苏群和老陶也常常发生争执。

一天来了一个人，就是发表《小莲放鸭记》的《新华日报》的那位副总编。他路过洪泽，特地来看望老陶。此人小时候得过天花，脸上有几粒并不明显的麻子。连日来，老陶看他编的报纸，正没好气（"和当前群众的觉悟相比，这报纸的内容也太左了！"老陶如是说）。见副总编来到床前，俯下一张关切的麻脸，老陶不禁来了灵感，破口骂道："看看你办的这张报纸，就像你脸上的麻子！"副总编不由得涨红了脸。几粒浅淡的麻子依然浅淡，衬着那张红脸，立刻粒粒可数。

所以，老陶还骂朋友，骂有恩于自己、帮助过他以及关心他的朋友。

天气晴好的时候，老陶会去外面的街上走走。有时他会拐进菜场，顺便买一点蔬菜（蒜苗什么的）。但只要一语不和，老陶就会和卖菜的农民吵起来，骂他们缺斤少两，坑害群众。幸亏苏群或小陶跟踪在后，急忙上前劝解，这才使老陶免于被揍。现在，他们监视老陶已不是怕他去湖上了，而是怕他惹是生非。老陶的身体已经不堪一击，需要家人的随时保护了。（至于去湖上的事，老陶已经屈服。当然不是屈服于苏群的管制，而是自己的身体状况。现在，老陶上街一次，回来后都要喘上半天，更别说徜徉于波涛起伏的洪泽湖上了。）

所以，老陶还骂陌生人，骂老百姓。

这一时期的老陶，身体虽然瘦弱，但似乎精力无限。这主要体现在他的骂人和愤怒上。虽说只有八十斤的体重，但老陶的精神状态中没有丝毫的委顿之相，甚至更加地亢奋了。除了躺在床上养病，他总是倒背着双手，在不大的小县城里四处走动，多管闲事，找机会骂人。后面，总是悄悄地跟着苏群，或者小陶。老陶以一阵猛烈的咳嗽开道。听见这咳嗽声，人们便说："陶老爹来了！"唯恐避之不及。

# 9

一九七七年，全国恢复高考。小陶是洪泽县中学的应届毕业生。他读的是文科班。整个班上就他和一个女生（也是下放干部的子女）过了录取分数线。

体检地点设在一所小学里。这天，小陶混在一伙胡子拉碴的成年人中，进入教室的平房接受体检。他除了眼睛近视，身体基本健康。戴上眼镜后，视力可恢复到1.5。因此，很顺利地就过关了。

只是在量体重身高时，所有的人都被要求脱得一丝不挂，在房子里站成一排。穿白大褂的医生指挥他们齐步走，一面喊着"一二一"的口令。顺便还操练了一番立定、稍息、向左转、向右转、向后转以及向右看齐和报数。然后，一位医生走过来，用冰凉的手指挨个拨弄了几下他们的睾丸。完了转到身后，掰开屁股看了看。当医生检查一个人时，其他人的目光不由得都转了过去。小陶悲哀地发现，除他之外，所有人的那儿都很黑，并且"戴着钢盔"。小陶为自己稀稀拉拉的几根阴毛感到很是羞愧。

也难怪，这是"文革"后的第一次高考，人才积压了这么多年。他们中有知青、回乡知青，有这个小学里的老师，甚至也有小陶读书的洪泽县中里的老师。平时，老师们都不愿意和学生上同一个厕所，没想到在这儿却"赤诚"相见。不仅小陶不好意思，那些"戴钢盔"的成年人也很不好意思。他们的年龄平均比小陶大了十岁以上。

后来小陶想起他们班上的那个女生。她也要脱光衣服接受检查吗？由于男女检查是分开的，因此小陶并不能亲眼看见。

据说，医生按压了一番她的肚子，收起听筒说："把你妈妈叫来吧。"医生对这位闻讯而来的母亲说："你女儿怀孕了。"

怀孕了自然就不能再上大学。因此小陶成了整个文科班上唯一考上大学的应届毕业生。

关于小陶的这位女同学，我还想啰唆几句。

当年，他们家也下放在汪集公社，和老陶家不在一个大队。他们家和老陶家素无往来。不单和老陶家，和其他的下放干部也没有往来。不仅如此，女孩的父母也分别下放在两个大队里。他们离了婚，女孩随母亲。离婚的原因想必是为了女孩的前途，因为女孩的父亲是右派分子。女孩的父母虽然表面上离了婚，但暗中仍来往频繁，否则也不会选择相邻的大队下放了。因此，这仍然是一个三口之家，只是比较奇怪而已。

一天，女孩在村口和生产队长的三个儿子（老大十八岁，老二十五岁，最小的老三十三岁。女孩和当年的小陶一样，十一周岁）玩耍，为一点小事争吵起来。女孩说："再讲，我就把你们不要脸的事情说出来！"恰在此时一个女知青路过此地，听见女孩这么说，不禁觉得奇怪。她蹲下身去，拉住女孩，问她：什么是"不要脸的事情"？经过一番劝诱，在那杨柳依依的小河边上，女孩终于说出了生产队长的三个儿子和她"睡觉"的事。

女知青深知此事关系重大，马上跑到女孩家，告诉了女孩的母亲。这件事的结果，是生产队长的大儿子被捕入狱，二儿子和三儿子因年纪尚小，免于刑罚。生产队长仍然干他的生产队长。母女俩自然在队里待不下去了。

后来女孩的母亲经过一番努力，调来洪泽县城。女孩也转到了县城里的小学，毕业后进了洪泽县中，与小陶同学。关于她的事，在汪集无人不知，尤其是在下放干部和知青的圈子里。但在县城的环境里，并没有人知道他们家的底细。老陶和苏群也从没有向小陶说起过。直到高考体检事发，苏群这才讲起这番缘由。老陶自是骂不绝口。

当然，女孩肚子里怀的，不可能是当年生产队长儿子的骨肉。时间不对。那件事，已经过去四五年了。但如果没有那番经历，女孩也不会轻易就受到引诱的。所以，老陶骂得不无道理。

后来经过调查，肇事的是小陶他们的物理老师。高考前夕，全国都在闹地震，洪泽县中也成立了一个地震预测小组，由物理老师牵头。女孩是该地震小组的成员。在那间充斥着瓶瓶罐罐（检测地震的"仪器"）的房子里，物理老师多次和女孩交媾。洪泽湖上水面平静，波澜不兴，四周沿岸，大地坚固，良田千顷，并无地震发生。倒是在这间房子里，小震频频，经常将倒置的酒瓶震落在地。

物理老师后来被捕入狱，女孩则进了县医院打胎。关于她的事，也传遍了县城，包括她在汪集的经历。现在，他们不可能再往县城里调了，因为已经在县城里了。唯一的出路是回南京。但这件事谈何容易？老陶的愤怒又有了新的对象。他骂生产队长的儿子，骂物理老师，骂地震。但总体说来，这一时期老陶还是比较平静的，甚至说高兴也不为过。因为毕竟小陶考上了大学，不必在三余扎根了，也不必待在县城这个鬼地方了。

# 10

小陶考上了大学，这件事实在是出乎老陶的意料。老陶家人为小陶设想的种种前途，也都没有必要了。他不必去开拖拉机，不必去当赤脚医生，更不必在三余娶妻生子种地了。甚至也不必子承父业，写什么《小莲放鸭记》。小陶考上了大学，意味着从此他就是城市户口，毕业后是国家干部。这样的好事老陶连做梦都不会梦到。反观那些下乡知青，苦熬了那么多年，才有了考大学的机会，有的还名落孙山。小陶一步登天，是否太容易了？太凑巧了？老陶的心里不踏实啊。因此他坚持认为，小陶考上大学与他自己的努力无关，乃是赶上了好时光。同时，也为小陶的"一帆风顺"捏着一把汗。

他和苏群年轻的时候，也是一帆风顺的。苏群最爱说的一句话就是："我年轻的时候，那真是一帆风顺啊！"可后来呢？

这时，下放干部开始有了回南京的动向。作为知名作家的老陶，有望第一批回去。但他不禁犹豫了。经过多次和苏群商量，老陶决定留下来不走了。以后，小陶若是碰上什么事，也有个去的地方啊。再不用像他们当年那样，仅凭一张地图，就来了这里。看来，扎根还得继续下去。不同之处在于，不是让小陶在三余娶妻生子，而是他和苏群老死洪泽。落叶归根，总得有根可落。老陶和苏群将作为树根，深深地扎下去，有一天小陶就满头银丝，落叶归来了。

况且，陶文江的骨灰还在三余。这也是他们滞留不去的一个原因。陶文江作为一条老根牵制着老陶的动向，老陶和苏群又将作为小陶的根。这就叫作盘根错节。从洪泽到汪集到三余，小陶从此便有了实实在在的故土，有祖坟、石碑和老屋为证。

思路厘清以后，老陶顿时心平气和，甚至也不怎么咳喘了。他坚持要把小陶送到南京，苏群劝阻无效，于是，父子俩登上了去南京的长途汽车。

汽车一天一班，从洪泽县汽车站始发。去南京的人很多，车厢被挤得满满的。老陶父子没有座位，一路站着。这是老陶生病以来，第一次和人群挨得那么近，小陶不免担心。果不其然，车开后没多久，老陶就和一个乘客吵了起来。

他的身边站着一个白头发的老头，前面的座位上坐着一个身强力壮的小伙子。老陶和小伙子商量，让他给老头让个座。小伙子听而不闻，老陶便咒骂起来。他一面骂一面咳个不停，将唾沫星子喷了那小伙子一头一脸（很难说老陶不是故意的）。小伙子霍地站起来，并非给老头让座，而是要和老陶打架。老陶说："你敢打人！"

也许小伙子并没有真的要打老陶，只是想吓唬他。听他这么说，就没有退路了。小伙子一把抓住老陶的领口，几乎将老陶的双脚提离了地面。

小伙子身高一米八几，老陶本来就矮，体重此刻也就八十多斤。他一面在小伙子的怀里挣扎，一面仍骂不绝口，情形十分地滑稽可笑。小陶挤过人群奔过来。他虽然年轻，身体健康，但看样子也不是小伙子的对手。小陶紧紧地攥住小伙子的手腕，拼命地下压，唯一的目的是迫使小伙子的手抬低一些，以便老陶能踩着车厢地面。除此之外他就无能为力了。

好在老陶得道多助，周围的乘客纷纷指责小伙子的不是，一场纠纷才告结束。白头发的老头终于坐到小伙子的座位上去了。那老头除了头发白点，看上去十分地健康，说健壮也不为过。至少，比老陶是强多了。小陶看着他那红光满面的气色，真是气不打一处来。让他最气愤的不是那个小伙子，甚至也不是鹤发童颜的老头，而是老陶。小陶觉得他真是丢人现眼啊。

老陶仍然气愤难平，嘟嘟囔囔地咒骂着。车上的人说："这个老爹也是的，人家都不说话了，你就少说两句吧！"

小陶也说："爸爸，你就不能不说吗？"

老陶不吭气了。过了一会儿，他把脸转向小陶。小陶以为老陶又要教训他了，可是没有。老陶的语调变得十分柔和，开始对小陶问长问短。小陶哼哼着，表示答应，眼睛却始终看着窗外。老陶的态度因此变得更加谦卑起来。一路上，他都在试图和小陶搭话。老陶没有再提刚才争吵的事，只是没话找话。小陶的姿势始终没变，一只手握着车顶上的扶手，眼望窗外。

宽阔的洪泽湖面现在变成了窄窄的一条，闪烁着向后退去，渐渐被河堤上的树木遮挡住了。树丛中偶尔闪过湖水的片段，目光似的一闪，随后熄灭了。最后，洪泽湖被茂盛的树木完全遮挡住了。到后来路边没有树木也看不见它了。

整个车程四小时左右。到后来，老陶也停止了絮叨。他自觉无趣，紧紧地闭上了前突的嘴巴。一种类似于北风穿过墙缝的呼啸声传来，是老陶在呼吸。除了这一种声音外，就只有马达振动发发出的嗡嗡声了。

# 11

老陶家的一个亲戚骑着一辆三轮货车来接站。他和小陶把行李抬上车，亲戚骑着，去火车站托运。老陶父子乘公共汽车，随后赶来。会合后去行李托运处办理了有关手续。然后老陶父子坐在空车后面，亲戚带着他们去他家里吃晚饭。

一切都很顺利。小陶将坐晚上十点多钟的火车离开南京，去千里以外的济南大学报到。老陶将在亲戚家借宿一宿，第二天回洪泽。

饭桌上的气氛不无热烈。亲戚一家连夸小陶聪明，有出息。又说老陶一家总算熬出头了。老陶乘兴喝了两小杯白酒，面孔马上涨得通红。还好，他没有骂亲戚。小陶很是担心这点，所以他始终紧绷着脸，一言不发。

亲戚一家很知趣，八点一过就催他们去赶汽车了。车站就在前面的街上，到达火车站不过二十来分钟的路。他们的意思是让父子俩多待一会儿，分手在即，想必他们有很多的话要说。亲戚自然是恕不远送。男亲戚对老陶说："等你送完陶陶回来，我们再喝，好好地庆祝一下。"女亲戚说："菜我先不收，等你回来。"

就这样，老陶父子来到了街上。小陶仍然一言不发。站在站牌下等公共汽车的时候他也不说话。小陶的这种态度从洪泽来的汽车上一直保持到现在，看来一时很难改变。

他发现，这倒是控制老陶发火的一个好办法。自从他不和老陶说话以来，后者就再也没有发过火。不仅没有发火，甚至变得非常温和。站在站牌处的树影里，老陶几乎是央求着要把小陶送到火车站。小陶摇摇头，坚定地拒绝了。不仅如此，他还不让老陶站在这里，和他一起等公共汽车。他让老陶回亲戚家里去，说："有什么好送的？这又不是生死离别！"

在小陶的呵斥下，老陶听话地走开了。

他走出梧桐树的影子，来到被路灯照亮的马路上。老陶佝偻着腰，瘦小的身体就像是一个十二三岁的少年。他懵懵懂懂地穿过马路，险些被一辆疾驶而过的卡车撞倒。雪亮的车灯闪过之后，就又看见了老陶瘦弱的身影，慢腾腾地，终于挪到马路那边去了。直到走入对面的树影里，完全看不见了。老陶始终没有回过头来。这时车来了，小陶提着一只装着面包水果的网兜，随其他等车的人挤上去。

　　这是老陶父子的最后一面。

# 十三 结束

## 1

不久以后，老陶一家（现在只剩下老陶、苏群和陶冯氏）返城回了南京。

老陶不是要在洪泽扎根吗？但现在已由不得他做主。老陶的身体极度衰弱，苏群考虑到南京的医疗条件总归要好一些，所以不顾老陶的反对，还是决定搬家。老陶从洪泽县医院的病房直接搬进了南京省中医院的病房。苏群和陶冯氏则借了亲戚家的一间房子，暂住。

一入省中医院，老陶就被诊断为晚期肝癌。这件事，老陶家里只有苏群一个人知道。陶冯氏已经老糊涂了，即使告诉她，她也不会明白。对小陶，苏群则报喜不报忧。在信中她告诉儿子，他们已经搬回南京了，她和老陶都回到原单位工作。老陶甚至还恢复了党籍，可谓是喜上加喜。老陶的身体依然不好，住在省中医院里（这一点苏群没有隐瞒）。但，"这里的条件比洪泽县医院好多了"。小陶认为老陶不过是肺气肿发作，这样的事他早就见惯不惊。

对老陶本人，苏群更是守口如瓶。她和前去探望老陶的亲友、领导打了招呼，大家一致同意，还是暂时不告诉老陶为好。苏群自己则做出表率，在老陶的病床前表现得很高兴，有说有笑的。甚至，过于高兴了。每天从医院里出来回家，她不禁黯然神伤，独自抹泪。在老陶家里，唯一可以倾诉的人就是已去世的陶文江了。所以苏群说："爸爸，您说我该怎么办呢？要是培毅有个三长两短，那我该怎么办呢？"

自然，陶文江不会回答。正因为不会作答，所以也就不会把真相透露给老陶。

一直到老陶去世，苏群都没有就肝癌的事和他交谈过，她甚至从来都没有提过这个字眼（肝癌）。老陶也认定自己不过是肺气肿发作。他要求医生使用青霉素，被坚决地拒绝了。后来老陶又提过几次，医生很不耐烦地说："你就是让青霉素给害的！"老陶再问下去，医生就不再说了。苏群和医生也打了招呼，对老陶保密。

医生把苏群叫到自己的办公室，详细询问了老陶注射青霉素的历史。对于一次使用八百万单位的青霉素，医生的评价是："野蛮，真是野蛮，简直是兽医！"

他告诉苏群，肝脏的功能用于造血和解毒，人体中约百分之八十的毒素是经由肝脏排出的。大量使用青霉素不免使肝脏负荷过重，毒素聚积下来，因此导致了病变。苏群不禁想起十年前老陶吞下的那两百片安眠药，这时向医生提起来。后者点着头说："难怪难怪，这就叫作双管齐下，在劫难逃了！"

老陶对自己的病情，真的就那么一无所知吗？他去世后，从病床的垫褥下找到一本书,书名是《肝癌的早期诊断及其防治》。这本书,老陶是如何搞到手的?没有人知道。他为何要读这本书?答案却不言而喻。老陶把这本书藏在床下,显然是为了不让别人知道,尤其是不想让苏群知道。

我说过,在老陶的病床前,苏群表现得很高兴,甚至过于高兴了。老陶也一样,为自己卧病在床而感到快活,甚至过于快活了。苏群离开医院后,往往显得黯然神伤。老陶呢?当他一个人的时候,也不禁要为自己的未来着想。当然,当他们在一起的时候,是尤其地快活和高兴的。


# 2


的确,有很多值得高兴和快活的事。老陶的新作发表后,在全国文坛引起了很大的反响。他们家就要分到新房子了。小陶在学校里,也结识了一些新朋友。国家的形势也很好。"四人帮"被粉碎以后,百废待兴,一切都渐渐地走上了正轨。下放人员大批返城,冤假错案的平反昭雪工作正在全面展开……

老陶说:"我别无所求,只要再活三年,做三年的苦工!"

别以为老陶这话说得冒昧,令人扫兴,他是很兴奋地说出来的。这说明他对自己的病情并非一无所知,或许,是在安慰苏群?三年,乃是缓期执行的意思。现在,他们终于又有了一个明确的目标(继"扎根"之后)。虽然彼此间再没有多说什么,但已达成了某种共识。夫妻二人配合得如此默契。苏群四处寻医问药，为老陶再活三年而奔走。老陶则大谈他的三年计划，短篇、中篇、长篇，谈他的三余，谈他的湖上。往往说得天花乱坠。就像是那些故事已经在他的肚子里了，之所以没有立刻开始动手去写，乃是为了和老天爷讨价还价。

老陶说："再给我三年。"

老天爷说："不，就给你三个月。"

老陶说："那我一个字也不写，把它们带去见马克思。"

老天爷说："随你的便。"

"我只要再活三年，做三年的苦工"，这话对老天爷无用。但对苏群，对老陶的亲友、单位的领导却是一个莫大的鼓舞。当年，老陶率领全家下放三余时，他说："我们去洪泽湖吃鱼！"难道南京没有鱼吃吗？难道，为了吃鱼，非得跑到四百里外的洪泽湖去吗？此话不可深究。当年，老陶家人像喊口号一样地重复着这句话，顿觉勇气倍增。如今也一样，大家转达着老陶的名言"我只要再活三年，做三年的苦工"，不禁感动得热泪盈眶。老陶一向善于玩弄辞藻，到死都是这样。

这一时期，老陶的确是备受重视的。他被安排在高干病房里，为他看病的医生级别也很高。各级领导络绎不绝地前来探望，鲜花插满了老陶的病房。约稿和读者来信也如雪片般飞来，飘落到老陶的床头、枕边。正逢党中央在全国范围内落实知识分子政策，老陶作为省内知名作家，就像大熊猫那样地珍稀。何况他许诺的那些书，还没有写出来呢。

只有一个人比较矜持，就是小陶。自从去山东读书以后，他很少给家里写信。开始的时候还有只言片语，后来信就越来越稀了。苏群每周都要给小陶写一封信，告诉他家里的情况，当然都是一些振奋人心的好消息。小陶则很少回信。就是回信，也不怎么问及老陶。也许，他仍在为分手那天的事生老陶的气。

对于小陶的忽略，老陶有些沉不住气了。每次苏群来的时候，他都要问："陶陶来信了吗？"苏群说没有。老陶仍不肯罢休，在苏群带来的一大堆报刊邮件中乱翻一气，最后，终于相信了。老陶叹息一声，有两三分钟的时间一言不发。

每次都是这样。见面后，老陶的第一句话就是："陶陶来信了吗？"

苏群曾多次给小陶写信，让他给老陶写信，暗示他爸爸很关心他，读他的信对老陶来说是很大的安慰。但她又不能明说，说：你爸爸得了肝癌，已经到了晚期，恐怕时间不多了。让老陶给小陶写信，似乎也没有可能。老陶如今一个字不写，甚至包括那些从未间断过的笔记。老陶现在只说不写。面对那些前来探视的人，老陶说他的构思，说他的计划，口若悬河、滔滔不绝。面对苏群，他则只说小陶。说他小时候的事，说他以后的事。除了小陶的现在老陶不甚清楚外，关于儿子的过去和未来老陶似乎很有把握。他的理论是"三岁看到老"。老陶说："陶陶这孩子有毅力，有恒心，这一点像我，可就是别像我这样坎坷啊……"总之，写的欲望已让位于说，对国家大事文坛兴衰的兴趣也被儿女情长所取代。

但让老陶主动给小陶写信，仍然是不可能的。父子俩都憋着那么一股劲。苏群从中调停，最终归于无效。她知道，如果对小陶道出真相，他会马上回来的。但老陶必定会暴跳如雷，因为这会耽误小陶的学业。如果苏群坚持不说，日后小陶也会怪罪她。因此，最恰当的时机，是老陶弥留之际，不省人事的时候。苏群一直等待着这一天。甚至连招回小陶的电文都已经拟好了：父病危速归。

终于，她等来了这一天赐的时刻。这天凌晨时分，苏群靠在老陶病床边的墙上睡着了，老陶开始进入了弥留。苏群突然就被惊醒了，这时离老陶昏迷已经过去了半小时。苏群慌忙叫醒医生。十多分钟后院方投入了全力抢救，苏群被支到门外等候着。等再把她叫进去的时候，抢救工作已经结束，护士们正在收拾有关的器械。

苏群错过了老陶的弥留，错过了给小陶拍电报的最佳时机。当她站在门外等候消息的时候，让她走开去拍一封电报显然是不太现实的。况且附近的邮电局还没有开门，市内仅有的通宵营业的电信大楼又离得很远。早班车这时还没有发出。如果走着去，来回也得两个多小时。所以说，苏群的错过是必然的。而现在，老陶已经死了，苏群再不需要去赶时间了。她可以消消停停地去拍电报，报告老陶逝世的噩讯。走着去或者坐公共汽车都是无所谓的了。

最后苏群选择了走路。她迎着东方的第一缕曙光，向市中心的电信大楼走去。苏群给小陶拍了电报。电文是早就拟好的：父病危速归。同时，也给其他的亲友拍了电报。电文如下：培毅病故特告。

# 3

辅导员把小陶叫到系办公室，交给他那封"父病危速归"的电报。下午小陶就去火车站买了车票。晚上八点多，他登上了返回南京的火车。车上很拥挤，由于小陶是临时买的票，所以没有座位。在车厢的接合部，有人出租小人书，一毛钱一本。若租看小人书，可免费得到一张小马扎。小陶坐在马扎上看了五六本小人书。周围乘客挤来挤去，小陶只看见无数条人腿以及一双双形状各异的鞋子。他努力把注意力集中到小人书上。虽然旅行袋里装着其他书，但此时此地，也只有小人书他能看得进去。

到达南京时天还没亮。小陶按苏群信里写的地址向家里走去。这个家，既不是三余的那栋土墙瓦顶的房子，也不是洪泽县食品公司的青砖瓦房，更不是洪武路九十六号，小陶一次也没有去过。加之下放多年，他对南京的地形很是生疏，天又黑，街上没有可以问路的行人。小陶拿着一张地图，在市区里寻找着自己的家。后来他走进一个院子，在一间平房前面站住了。

小陶试探着叩了两下门，里面一个陌生的女人声音问："谁啊？"

小陶怯生生地说："请问这是陶培毅家吗？"

不问则已，一问里面立刻传出了哭声。小陶不禁起了一身鸡皮疙瘩。

小陶踩进黑乎乎的室内，马上被女人们的哭声包围了。床前伸出四五条胳膊，一齐抓住小陶，把他拉向床边。女人们边哭边告诉小陶："陶陶啊，你爸爸去了！"

由于这句话，她们哭得更响亮了。那张床上大约有三四个女人。伸手抓住小陶的是他的两个姑妈。她们先于小陶一步到达南京，举家奔丧来了。

老陶家的这间平房是借住的，很小，女人们挤在一张床上。男亲戚们则在附近的旅社开了房间。他们这会儿还没有起床，不知道小陶已经回来了。

苏群和陶冯氏挤在床里面。苏群一声不响。陶冯氏则哭得很起劲，并且带着唱腔。她边哭边唱。床前的地上放着一只痰盂，一股尿臊味儿直刺小陶的鼻子。一阵喧哗以后，小陶退到院子里，等姑妈们和苏群穿衣服起床。这时天已经亮了。院子里有一个砖砌的花坛，鸡冠花的颜色由暗转红，直到红得不能再红。

小陶被支使到附近的农贸市场买菜，主要是买肉。家里来了这么多亲戚，做饭是一件大事。任务交给了小陶的一个姑父，小陶归他支派。这会儿小陶手里拿着一只翠绿色的塑料筐，直奔菜场的肉案。他割了三斤红白相间的猪肉。师傅称肉时，小陶看得入了神。那人围着一条发亮的皮裙，身后的铁钩上挂着两扇粉白的猪肉。手中的肉斧明晃晃的，以及被剁得深陷下去的案板，一切都那样的清晰、新鲜，小陶就像是第一次看见。

小陶往回走的时候，街上出现了很多骑车上班的人，充耳一片车铃声。太阳这时也升起来了。自行车的钢圈反射着阳光，到处都是闪闪烁烁的。他走进路边的一个公厕小便，把盛着猪肉的塑料筐放在墙头上。尿池前的矮墙只齐到小陶的胸口。他一面撒尿一面越过墙头向外看，觉得心情十分地轻松。这样的早晨、这样的城市，小陶已经久违了。只有一件事让他略感不安，就是老陶已经死了。在这个车流滚滚、红霞满天的冬天的早上，实在是令人难以置信。

# 4

午饭以后，小陶由姑父领着，去医院的停尸间与老陶的遗体告别。家里的其他人和亲戚都已经告别过了。

姑父熟门熟路，很快就找到了地方。一个穿白衣服的工作人员打开门，小陶随姑父走进去。停尸间里很大，空空荡荡的。午后的阳光从开着的门照射进来，在地面上形成一块菱形。沿墙边放置着几张床，上面躺着裹着白布的尸体。姑父马上就认出了老陶。他招呼小陶过去，将床推到门边，以便看得清楚些。老陶全身都裹着白布，但身体的形状还是能看得出来。在他的头部，白布打了一个结。为解开这个结，姑父很是费了一番力气。终于，结被解开了，露出了老陶的黑发。在揭去白布的一瞬间，小陶看见老陶嘴角的一丝黏液被拉长，像明亮的蛛丝一样，在阳光下一闪。他感觉到姑父拎着白布的手微微一顿。这动作很轻微，姑父本人并没有察觉。也许只是小陶的幻觉吧？之后，白布就被完全揭开了。

老陶去世时八十斤不到。这会儿就更加瘦小了。他的五官缩成一团，显得那么苦愁。老陶张着前突的嘴，一副龇牙咧嘴的模样，牙缝里嵌满了黑色的烟垢。

他的头下垫着一条枕巾，是粉红色的，上面绣着鸳鸯戏水的图案。枕巾已经很旧了，阳光下能看见一层黑黑的头发摩蹭留下的污渍。自然，这不可能是老陶的头发摩蹭的（他的头已经不能动弹了）。这条枕巾也绝非老陶家所有。它出现在这里，不禁让敏感的小陶怦然心动。除此之外的一切都是白色的，裹尸的白布、枕头、床架，甚至四周的墙壁。

姑父说："我们给你爸爸鞠躬吧。"

小陶随之向后退了两步，和姑父站成一排。姑父略整衣服，向老陶的遗体弯下身去。小陶跟着姑父，也开始鞠躬。一次，两次，三次，一共鞠了三个躬。完了直起身体。略顿片刻后，姑父说："好了。"

他们走到外面，穿白衣服的工作人员走进去。姑父递给小陶一支香烟，两人慢慢地吸着，一面离开此地。身后的停尸间里传出一阵响动，大约是工作人员把老陶的遗体推回去。最后，听见哐的一声，是那人把门关上了。


# 5


小陶在家里共待了三天。第三天，举行了老陶的追悼会。追悼会一完，小陶就连夜赶回学校去了。

关于老陶的追悼会，我不想多说什么。总之是盛况空前。来宾有四五百号人之多，窄小的告别厅里自然容纳不下，更多的人站在殡仪馆的院子里。大喇叭里播放着阵阵哀乐，花圈挽幛无数。各级领导都到了场，发了言。致悼词的是省委宣传部的于部长，级别可观。此人老陶生前就认识，是靠造反起家的。老陶一向鄙夷此人，住院期间始终拒绝他的探视。因此关于是否接受于部长致悼词的安排，苏群和老陶的朋友们一时争论不下。

最后侯继民说："这不是为老陶，而是为了陶陶，为他的前途作想。老陶如果泉下有知，一定不会反对的。"苏群这才被说服了。

从下放三余开始，苏群和老陶就一直很担心小陶的前途。所以说，这是她的一块心病，是脆弱的地方所在。难怪侯继民轻轻一点，苏群马上同意了。可现在小陶已经上了大学，可谓前途无量。而且他所在的学校位于山东，不在于部长的管辖范围内，八竿子也打不着的。但此刻苏群完全想不到这些，对小陶前途的忧虑已成了她的一种习惯。

于是于部长穿着深色呢料中山装，走到麦克风前，声情并茂地朗诵了悼词。一面朗诵一面还用一块手帕不时地按按眼睛。

再说告别厅内，挽幛条幅从天花板上垂挂下来，各种尺幅，各种字体。这是文人墨客大显身手的好机会。他们遣词造句、煞费苦心，竞相舞文弄墨，表达了对老陶的怀念、赞美、哀悼、惋惜以及深深的不平。借机痛陈时弊、挖苦领导的内容也混杂其间。老陶有幸，身为一个写小说的，长期与文人们为伍，因此才得到了这份荣耀。这些墨迹未干的挽帐条幅追悼会后被取下，包成一大包，送到了老陶家里。苏群专门腾出一只大箱子，将包袱放进去。

锁好箱子后她对小陶说:"这些纪念爸爸的文字,一定要好好地保存!"

追悼会举行的消息还上了第二天的《新华日报》。

其后的几个月里,在报纸和文学期刊上经常能看到追忆或悼念老陶的文章。老陶被形容成一柄剑、一团火、一盆盛开怒放的鲜花、一个倒下去的战士。文章大多出自老陶的那些文人朋友之手,不禁写得神采飞扬、催人泪下。苏群把它们一一裁剪下来,贴在一本专门的纪念簿上。远在山东的小陶,从当地的报刊上偶尔也能发现纪念老陶的文章。苏群叮嘱他将其剪下,寄回家中。

总之,老陶死得很体面。通过他的死,人们才意识到这个人是多么重要,他去世后留下的空白是多么地难以弥补。不仅文学界是这么认为的,苏群和小陶对此也深有体会。即使老陶本人,对自己也需要加以重新认识。如果他地下有知,多半会受宠若惊的。

作为对老陶家属的补偿,老陶家很快分到了新房子。暑假小陶再回南京时,苏群和陶冯氏已经离开了借住的小平房。小陶再次按图索骥,在城里转悠了一个小时,才找到了自己家。这是一栋新起的预制板的楼房,老陶家被分在四楼。小陶进门的时候,一股石灰水的气味扑面而来,四壁白得晃眼。一只三余时代的五斗橱上放着一只橘黄色外壳的崭新的索尼电视机。"文革"期间被没收的书籍,老陶的手稿、笔记被归还了一部分,未及整理,凌乱地堆放在墙角的地上。

这便是老陶的新家。在这家里,老陶占据的空间有限,薄薄的一块,被置于电视机上方的墙上。镜框里的照片正是追悼会上用的那张，也是《陶培毅作品集》里用的那张。老陶黑白的面孔通过镜框前面的玻璃诡秘地闪烁着，表情阴晴不定。

新家里没有陶文江的位置。苏群大约认为他的死已是陈年往事，无须再提。实际上陶文江去世不过三年。某种陈旧之感是与地理因素联系在一起的。三余的生活已恍若隔世。

夜里，小陶做了一个梦，梦见自己回到了三余。地形完全变了，但老陶家泥墙瓦顶的房子却一如当年。一家五口在里面活动，干着各自的事。油灯如豆，映照着顶上的望席。

这样的梦，小陶后来又做过多次。他总是千辛万苦地回到了三余，回到那栋熟悉的房子里。在梦中，老陶和陶文江总是活着的，就像他们生活在三余时一样。随着时间的流逝，小陶也已大学毕业，结婚生子了。但在梦中他始终是一个孩子。老陶和陶文江也年龄不变。小陶从没有梦到过死去的父亲、爷爷，没有梦到过衰老的老陶。甚至，当小陶的年龄已经超过了下放时的老陶，在梦中后者仍然时值壮年，有着农民一样的健壮的身板。时光被固定在某一时期。

说来也怪，老陶家在三余的生活前后相加不足六年，下放六年后就迁往了洪泽县城。后来小陶去山东读书，假期回到南京的家里。大学毕业后他被分配到第三地工作，在那里也已经生活了近二十年。六年，在他度过的时间中所占的比例不小，但也不大。可小陶从来没有梦见过南京的家（那栋预制板的房子现在已经很破旧了），没有梦见过洪泽县食品公司院子里的青砖瓦房，也没有梦见过下放以前的洪武路九十六号。四十年里，从南到北，从东到西，小陶到过很多地方，曾在各式各样的房顶下栖身，有过一些完全不同的家。可在梦中，家只有一个，那就是三余村上老陶亲手设计建造的泥墙瓦顶的房子。小陶反复梦见的只是这栋房子，再无其他了。

所以每次填写履历表，小陶都很为难。

他出生于南京，童年随父母下放洪泽，而爷爷（陶文江）是从湖南某地出来的。关于南京，小陶并无强烈的记忆，九岁时他就离开了那里。后来虽然常常回来，但都没有机会长住。而湖南，小陶只是在出差时曾经路过，从没有从车上下来过。陶文江是从湖南哪里出来的？小陶不得而知。几十年来也从没有湖南的乡亲找上门。即使是老陶，也只是抗战时期逃难回过一次老家。

因此，在出生地一栏里小陶如实地填写上：南京。籍贯一栏就比较混乱了。有时他填：南京。有时填：湖南，或洪泽。后来小陶采取折中的办法，出生地：南京，籍贯则是：湖南三余。湖南自然没有三余。即使有，此三余也非彼三余。小陶知道，不会有人吃饱了没事干去查证的。这样填写他的心里比较踏实。于是这个方案就被固定下来，以后的履历表小陶都是这么填的。不信的话，你可以去查阅小陶的档案。

湖南三余，这是文字游戏吗？或是小陶人到中年无伤大雅的幽默？也许。但他那不期而遇的梦境却很真实。这大概就是扎根的意思吧？

看来扎根并非是在某地生活下去，娶亲生子、传宗接代（像老陶说的那样）。也不是土地里埋葬了亲人（像陶文江做的那样）。实际上，陶文江的桑木骨灰盒早已从三余村西的坟地里取出，换了一个大理石的，重新埋在了南京郊区的一处公墓里。三余的墓穴早已空空如也。但小陶还是会梦见那里，梦见那栋泥墙瓦顶的房子。

小陶再也不会回三余了。作为老陶安排的庇护所它已毫无意义。时代的变化超出了老陶的预料，他所忧虑的世事已不复存在。甚至，那看似坚固的水泥桁条的房子也已破败，被拆除了。地基上盖起了混凝土浇筑的三余皮件加工厂。炫耀一时的老陶家的房子只是在小陶的梦中经常出现。除此之外，就没有人记得了。


# 6


小陶的梦境是这样的。他对老陶的记忆大多也集中在下放的日子里，不能不说有失偏颇。三余的六年，对小陶来说也许不无重要，但在老陶，不过是一个结束的预兆。小陶从此开始走向生活，老陶则奔赴死亡。老陶的生活开始于更遥远的年代，他的荣耀和努力在小陶那里得不到证实。后者不过是根据自己有限的阅历将老陶的形象固定在了某个特殊时期。小陶是感情用事的，但谁又能责怪他呢？这是一个儿子的记忆，一个儿子的梦境，说是立场也成立。

别人也有自己的立场。比如，老陶的追悼会上来宾有四五百号，但没有一人是来自三余的。于部长的悼词中对老陶率领全家下放的事只字未提。那些辞藻华丽有如骈文的挽幛条幅中三余的生活也不见蛛丝马迹。还有那些追忆和怀念文章，述说了老陶的体面和荣光，但是没提三余。三余，长达六年的扎根生活，就这么被轻松地抹掉了。

　　老陶躺在一排塑料万年青后面，身着深色呢料中山装（和于部长身上穿的那件一样），头上戴着一顶同样质料的帽子，接受人们的鞠躬和致敬。他那苦愁的面容被油脂抹亮了，舒展开来。嘴唇上涂着鲜艳的口红，牙缝里的烟垢也被掩盖掉了。他的这副尊容虽然赚取了不少的眼泪、感慨和叹息，但对小陶而言，却是无法接受的。

　　一年一度，苏群都要带着小陶回南京给老陶扫墓。每次，都有老陶的朋友或有关领导作陪。他们在老陶的墓前献上鲜花，而后略整衣冠，后退一步，三鞠躬。有时也带去一些工具，清理墓冢周围的杂草。或者带上一罐油漆以及毛笔，将石碑上的铭文描摹一新。小陶一直设想，按照自己的方式去给老陶扫墓。他想啊想啊，直到多年以后，苏群因为身体原因不能亲自前往了，扫墓的任务交给了小陶。

　　小陶叫上了一个在南京的朋友（他的朋友，而不是老陶和苏群的），他们骑着自行车一路前往市郊。清明前后的扫墓高峰已经过去，墓地里空旷无人，显得很寂静。临去前，小陶照例准备了纸钱冥币以及清理杂草的工具，还有油漆。但这些东西都没有派上用场。老陶的墓前长满了荒草，小陶和他的朋友找了半天才发现石碑的确切位置。但他们并没有动手清除这些遮住视线的杂草。小陶觉得，这里应该更荒芜一些，最好有一天再没有人能够找到老陶的墓碑了。石碑上的铭文油漆剥落，小陶也没有重新描过。他觉得应该更斑驳一些，直到没有人能够认出上面的字迹。

他和他的朋友也没有对着老陶的墓碑三鞠躬。

他们的纪念方式是坐在石头上，各自抽了一支烟，一面聊着一个不相干的朋友。就像两个长途跋涉的人，偶尔路过此地，坐下来歇息片刻。

小陶的朋友问小陶："老爷子抽烟吗？"

小陶答："抽。"

小陶的朋友于是点了一支烟，搁在老陶墓冢的水泥顶上。一阵山风吹来，烟蒂上微弱的红色一顿一顿地向后退去，留下了一截长长的灰白色的烟灰，真像有人在吸食一样。

"老爷子的烟瘾还挺大！"小陶的朋友说。

直到老陶抽完了那支烟，他们才起身下山去了。

2002.10.13

# 韩东创作年表

1961 年　　　　5 月 17 日出生于南京，父亲韩建国（方之），母亲李艾华。

1978—1982 年　就读于山东大学哲学系哲学专业。

1980 年　　　　于《青春》杂志首次发表诗歌作品。

1981 年　　　　获《青春》杂志"青春文学奖"。

1985—1995 年　主编民办刊物《他们》，共出 9 期。

1992 年　　　　出版诗集《白色的石头》。

1995 年　　　　出版小说集《树杈间的月亮》。

1996 年　　　　出版小说集《我们的身体》。

1997 年　　　　出版诗文集《交叉跑动》。

　　　　　　　　获"刘丽安诗歌奖"。

1998 年　　　　出版散文集《韩东散文》。

　　　　　　　　参与发起题为"断裂"的文学行为。

2000 年　　　　出版小说集《我的柏拉图》。

2002 年　　　　出版诗集《爸爸在天上看我》。

2003 年　　　　出版长篇小说《扎根》。

2004 年　　　　获"华语文学传媒大奖"年度小说家奖。

2005 年　　　　出版小说集《明亮的疤痕》。

　　　　　　　　出版长篇小说《我和你》。

　　　　　　　　获《晶报》"最佳专栏作家奖"。

2006 年　　　　出版小说集《美元硬过人民币》。

2007 年　　　　出版小说集《西天上》。

　　　　　　　　出版思辨散文《爱情力学》。

| | |
|---|---|
| 2008 年 | 出版长篇小说《小城好汉之英特迈往》。 |
| | 应贾樟柯邀请，完成电影剧本《在清朝》的写作。 |
| | 《扎根》英文译本（Nicky Harman 翻译）获曼氏亚洲文学奖提名。 |
| 2009 年 | 出版小说集《此呆已死》。 |
| | 《扎根》英文译本出版。 |
| | 《小城好汉之英特迈往》韩文译本出版。 |
| | 获高黎贡文学节"评委会主席奖"。 |
| 2010 年 | 出版长篇小说《知青变形记》。 |
| | 《扎根》再版。 |
| | 《我和你》再版。 |
| | 《小城好汉之英特迈往》获"金陵文学奖"。 |
| 2011 年 | 出版随笔集《夜行人》《一条叫旺财的狗》《幸福之道》。 |
| | 获《十月》杂志诗歌奖。 |
| | 获《晶报》之"畅想文学奖"。 |
| 2012 年 | 出版中英文对照版诗集《来自大连的电话》。 |
| | 《扎根》日文译本出版。 |
| | 《扎根》意大利文译本出版。 |
| | 《爱情力学》再版。 |
| 2013 年 | 出版诗集《重新做人》。 |
| | 出版长篇小说《中国情人》。 |
| | 获"珠江国际诗歌节"大奖。 |
| | 获《长江文艺》杂志优秀诗歌奖。 |
| 2014 年 | 获"新世纪诗典"成就奖。 |
| 2015 年 | 出版诗集《韩东的诗》。 |
| | 出版诗集《你见过大海》。 |

出版诗集《他们》。

2016 年　　出版长篇小说《爱与生》（原名《欢乐而隐秘》）。

出版小说集《韩东六短篇》。

导演电影《在码头》。

获《诗潮》杂志"年度成就人物奖"。

电影《在码头》获"后天双年度文化艺术奖"。

2017 年　　法文诗集《SOLEIL NOIR》（《黝黑的太阳》）出版。

电影《在码头》入围釜山国际电影节新浪潮单元。

电影《在码头》入围平遥国际电影展新生代单元。

2018 年　　出版诗集《我因此爱你》。

获长安诗歌节"现代诗成就大奖"。

展览"毛焰　韩东"在四方当代美术馆举办。

执导话剧《妖言惑众》，首演。

2019 年　　电影《在码头》获休斯顿电影节"雷米奖"之导演金奖。

获《钟山》杂志"钟山文学奖"。

2020 年　　出版言论集《五万言》。

意大利文诗集《UN FORTE RUMORE》出版。

展览"我的诗人"（毛焰 韩东作品展）在深圳坪山美术馆举办。

2021 年　　出版诗集《奇迹》。

出版小说集《崭新世》。

出版诗集《他们——韩东、毛焰、鲁羊、于小韦四人诗辑》。

获首届"先锋书店诗歌奖"大奖——"先锋诗歌奖"。

**《扎根》《知青变形记》《小城好汉之英特迈往》合为"年代三部曲"出版。**

图书在版编目（CIP）数据

扎根 / 韩东著. -- 北京 : 中国友谊出版公司，
2021.8
ISBN 978-7-5057-5187-3

Ⅰ.①扎… Ⅱ.①韩… Ⅲ.①长篇小说—中国—当代
Ⅳ.①I247.5

中国版本图书馆 CIP 数据核字 (2021) 第 059750 号

| | |
|---|---|
| 书名 | 扎　根 |
| 作者 | 韩　东 |
| 出版 | 中国友谊出版公司 |
| 发行 | 中国友谊出版公司 |
| 经销 | 新华书店 |
| 印刷 | 天津创先河普业印刷有限公司 |
| 规格 | 889×1194 毫米　32 开 |
| | 9.25 印张　193 千字 |
| 版次 | 2021 年 8 月第 1 版 |
| 印次 | 2021 年 8 月第 1 次印刷 |
| 书号 | ISBN 978-7-5057-5187-3 |
| 定价 | 68.00 元 |
| 地址 | 北京市朝阳区西坝河南里 17 号楼 |
| 邮编 | 100028 |
| 电话 | （010）64678009 |